CAFE MENU
OPEN DAILY

1장 ··· 7

2장 ·· 79

3장 ·· 147

4장 ·· 213

5장 ·· 277

1장

텃밭을 가득 채웠던 찬란했던 빛이 사라졌다.

이제는 일견 평범해 보이는 텃밭을 새하얀 토끼가 뛰어 다녔다.

자다가 또 어디서 갑자기 나왔는지, 랑이도 그 뒤를 쫓아 뛰었다.

사라랑~

신나는 둘의 모습에 아우라들도 덩달아 신이 나는지 텃밭 위를 날았다.

평범했던 텃밭의 풍경이 점점 신비롭게 변했다.

토끼와 랑이와 아우라들이 뛰어 놓자 텃밭의 작물들이 자랐다.

새로운 환경을 환영한다는 듯.

마치 의식이라도 치르듯 그렇게 잠시.
"아."
탄식과 함께 변화하던 텃밭의 풍경이 멈췄다.
확장된 텃밭은 마치 원래 하나였던 것처럼 보였다.

[텃밭(확장)]
*상태
―최적화
*효과
―순환
―촉진

농사의 재능이 보여 줬던 것과 비슷하면서 다른 텃밭의 상태가 보였다.
'효과가 생겼네.'
순환이야 원래 있던 거고.
새롭게 생긴 건 촉진이라고 봐야 하나?
음, 애매한데?
이것도 사실 원래 있던 거나 다를 게 없는데.
샤랑~
이런 생각을 마치 알기라도 하듯 텃밭에서 머물던 아우라가 하나 내게 날아왔다.
그리고 자연스럽게 스며들었다.
띵~!

*추가 효과
―터의 가호(2)

그리고 효과가 하나 더 생겼다.

그건 처음 이 카페에 왔을 때 받은 능력 중 하나인 '터의 가호'의 성장이었다.

아마도 내게 이런 능력이 생긴 가장 큰 효과가 아닐까 싶었던 건데, 이게 이렇게 성장하다니.

'텃밭의 땅이 넓어져서? 아니면 남는 땅을 이용해서?'

확실한 건 텃밭을 확장하니까 생긴 효과라는 것뿐.

아직 이곳의 비밀에 닿기에는 부족한 듯하지만…….

그래도 차츰차츰 알아가는 듯해서 뿌듯했다.

"앞으로도 잘 부탁해."

텃밭을 향해.

그리고 아우라들과 토끼, 랑이에게 말했다.

다들 들었는지는 모르겠지만. 아무튼.

새롭게 단장한 텃밭에선 또 어떤 것을 수확할 수 있을지 기대가 되는데…… 기대할 건 하나 더 있다.

바로 '터의 가호' 성장.

이건 또 어떤 기적을 보여 줄까.

이것도 기대하면서 텃밭 확장을 마무리하려 했다.

그런데.

"으응?"

재배열한 텃밭 한쪽에 탐스러운 빛깔의 송이 열매가 보

였다.
 저긴 분명 그걸 심었는데…….

[샤인 머스캣(꾸꾸)]
*효과
—혈당조절
—다이어트

 "하준이랑 심은 게 엊그제인데 진짜 벌써 컸다고?"
 그것도 그냥 큰 게 아니라 열매까지 제대로 맺다니?
 샤인 머스캣을 수확하려면 꽤 걸릴 거라고 생각했던 예상이 완전히 벗어났다.
 혹시 벌써 터의 가호가 성장하면서 생긴 기적인가?
 아니면 텃밭이 확장해서?
 둘 다일 수도 있겠네.
 '하긴 하루아침에 나무도 자라는데 마른 묘목에서 열매를 맺을 수도 있지.'
 심지어 가호도 성장했으니 말할 것도 없었다.
 그러니 지금 중요한 건 그게 아니었다.
 물론 이 생각을 수아가 들었으면 'T세요'라고 했겠지만…….
 아무튼, 중요한 건 당장 따먹어도 될 정도로 탐스러운 열매 자체였다.
 송이가 빈 곳 없이 잘 채워졌고 알도 하나하나가 컸다.

'이장님이 말씀하신 대로 큰 것 같은데?'

송이도 나오지 않아서 아직 뭘 하지도 않았는데…… 마음이라도 통한 건가. 아니면 이장님이 준 농사 재능 덕분일 수도.

어쨌든 좋았다.

효과도 보니 괜찮고 맛은 아직 보지 않았지만 보나 마나 맛있겠지.

저건 또 어떻게 쓸 수 있을까?

행복한 고민이 생겼다.

그리고 그중에서 제일 먼저 생각나는 건…….

"하준이한테 꼭 보여 줘야겠는데?"

같이 심은 하준이었다.

엄청 좋아하지 않을까.

음…….

하준이를 생각하니 어쩌면 '희생' 재능 덕분일 수도 있겠다.

그 가족들에게 얻은 재능으로 텃밭 확장을 할 수 있었던 거니까.

게다가 꾸꾸(샤인머스캣)는 하준이랑 심고 이름까지 지어 준 거기도 하고.

그렇다면, 지금 이럴 게 아니라 당장 샤인 머스캣 한 송이를…….

"아!"

주소를 모르는구나.

1장 〈13〉

근데 송준혁 씨가 보건소에서 일한다고 들은 것 같은데?

오혜령과 둘이 대화할 때 들었다.

그렇다면 여기 읍내에 보건소가 여럿 있는 게 아니니, 아마 거기에 있겠지.

나중에 보건소 갈 일 있으면 하나 따서 주면 되겠다. 저걸로 뭔가 만들어서 줘도 좋고.

아닌가? 그냥 둘 다가 좋겠네.

뭘 만들어서 줘야 좋을지도 고민해 봐야겠다.

이건 어떤 메뉴로 만들지 하는 고민과 겹치니까 어렵진 않았다.

"확장하자마자 기운이 좋네."

이장님 말대로 여기 땅 기운이 좋긴 한 모양이다.

할아버지가 터를 잘 잡긴 했어.

새삼 텃밭과 카페를 번갈아 보며 생각하던 그때!

"아저씨! 저 왔어요!"

순식간에 생각에서 빠져나오게 만드는 목소리에 자리를 털고 일어났다. 수아의 목소리였다.

"쟤는 아이돌이 아니라 락을 해야 하는 거 아닐까."

분명 공터에서부터 부르며 오는 것 같은데 뒷마당 텃밭까지 들렸다.

쩌렁쩌렁한 성대를 타고났는데 아쉬운 재능이다.

그나저나 연습한다고 코빼기도 안 보이더니 오랜만에 왔네?

"웬일로…… 응?"
안으로 들어가 보니 수아가 먼저 반겨 줬다.
그런데 혼자가 아니었다?

* * *

"안녕하세요."
"어, 그래. 혹시 수아 친구?"
"네. 시아라고 해요. 지난번엔 당근 사과 주스 잘 먹었습니다."
"아! 네가 시아구나. 수아한테 많이 들었어. 잘 먹었다니 다행이네."
딱 수아 또래로 보이는 여자아이가 예의 바르게 인사했다.
큰 눈과 하얀 피부가 눈에 띄는 친구였다.
애도 시골에는 잘 없는 타입인데 저래서 친구인가 보다.
그래도 수아랑은 다르게 긴 생머리를 하고 있는 시아는 들었던 것보다 멀쩡하고 차분해 보였다.
"뭐예요. 부른 건 전데 왜 시아한테 먼저 인사해요."
"하려 했어. 오랜만에 왔네? 오늘은 연습 안 했어?"
"치이. 했거든요?"
장난스럽게 툴툴거리는 수아의 모습에 피식 웃었다.
근데 친구랑 웬일이지?

그것도 지금 시간이면 곧 버스도 끊길 거라서 친구가 돌아갈 수도 없을 텐데?

"오늘 시아가 우리 집에서 자기로 했어요! 연습도 하고 무대 자료 조사도 하고."

"응? 그래?"

그래서 연습을 안 하고 왔구나.

근데 그걸 왜 나한테 말하지?

그리고 왜 그런 표정이지?

"네! 그래서 아저씨~"

"뭐야. 왜 그렇게 불러?"

뭔가 바라는 게 있다는 듯 부르는 수아의 수상쩍은 표정이 경계심을 불러일으켰다.

요 녀석 뭐지? 친구도 데려오고.

"여기서 이거 먹고 가도 돼요?"

"응?"

수아가 웬 검정 비닐봉지를 꺼냈다.

저게 뭔데 여기서 먹고 간다는 거지?

"그게 뭔데?"

"떡뛰순이요!"

"떡…… 아, 분식?"

"오. 아시네요?"

누굴 진짜 아저씨로 보나.

수아의 얄미운 표정에 여기서 먹으면 안 된다는 말이 턱 끝까지 나오려다 말았다.

어차피 오늘 영업은 끝난 것 같으니 먹는 건 상관이 없었다.

"대신 아저씨 것도 사 왔어요!"

"……내 것도?"

"네! 아저씨 맨날 혼밥 해서 쓸쓸하잖아요."

"그 정도는 아닌데."

내가 아니라고 해 봤자 수아는 아랑곳없이 한 봉지 더 꺼냈다.

솔직히 허기가 지긴 했다.

좀 전까지 텃밭 확장한다고 체력을 많이 썼으니까.

중간에 복숭아 병조림으로 당 충전을 했다지만 허기까지 채운 건 아니었다.

"집에 가서 먹으면 되지 왜 여기서 먹어?"

"아저씨 음료랑 같이 먹게요."

"아, 음료. 테이크아웃도 되는데?"

"여기서 먹는 거랑 집에서 먹는 거랑 맛이 다르다고요……."

그야 그건 그렇지.

카페는 집과 분위기가 다르다.

그리고 음료가 담기는 잔도 다르고, 풍경도 달랐다.

무엇보다 호랑이 쉼터는 특별하지 않은가.

맛이 다르진 않더라도 뭔가 다르긴 하겠지.

나도 가끔 퇴근할 때 음료 하나 만들어서 집에서 먹을 때마다, 그 맛인데 그 맛이 아니라는 느낌을 받았다.

그래선지 이상하게 수아의 말이 납득이 되긴 했다.

하지만 일단 원칙적으로는…….

"그래도 카페에 외부 음식은 안 되는데…… 그리고 수호는? 같이 저녁 먹어야 되는 거 아냐?"

"오빠는 오늘 안 와요."

"왜?"

"내일 원정 경기인데 연전으로 해야 돼서 아침에도 경기하거든요. 그래서 거기 가서 잔대요."

"아."

다른 경기들도 그렇지만 야구는 구장을 왔다 갔다 하면서 하는 경기다.

특히 전국구 대회라면 어쩔 수 없이 다른 지역에 가는 일이 생긴다.

이번이 아마 그런 경우인가 싶다.

근데 조금 멀리 가서 하룻밤을 자고 온다니…….

지잉! 징!

"호랑이도 제 말 하면 온다더니. 네 오빠한테서 전화 왔네."

수아에게 폰 화면에 표시된 발신자를 보여 주고 전화를 받았다.

예상했던 대로 수아를 저녁까지만 부탁한다는 말이었다.

—죄송합니다. 미리 얘기 드렸어야 하는데. 원래는 달랐는데 갑자기 대회 일정상이라면서 원정으로 바뀌어서요.

"그래? 어쩔 수 없지. 여긴 혹시 모르니까 내가 봐줄 테니까 걱정 말어. 경기 잘하고."

―예, 감사합니다. 혹시 필요한 거 있으시면 말씀해 주세요. 갈 때 사서 가겠습니다. 그리고 수아가 먹으려고 주문하는 것도 제가 낼 테니까 해 달라는 거 해 주실 수 있을까요?

"됐어. 인마. 단골 서비스야."

수호와의 통화는 이렇게 끝났다.

급히 잡힌 일정이라 수호도 걱정이 이만저만이 아닌 모양이다.

그래서 아마 수아가 친구를 데리고 온다고 하자 흔쾌히 승낙했겠지.

뭐, 그런 것치고는 수아는…….

"넌 어째 좋아 보인다?"

"그럴 리가요. 오빠 없이 어떻게 하루를 잘 수 있을지 벌써부터 걱정인데요?"

"그런 녀석이 일정 생기자마자 친구 초대해? 밥도 여기서 분식으로 때우려고 하고?"

"헷."

아무튼 웃긴 녀석이라니까.

"알았어. 오늘만 여기서 먹어."

결국 허락했다.

결정적인 건 아무래도 카페 마감 시간이 다 됐기 때문이지만.

어쨌든 수아가 나까지 생각해서 포장해 왔다니까. 그

점도 참작했다.

"음료는 뭐 먹을래? 분식은 네가 사 왔으니까 이건 내가 쏠게."

"오오! 그럼 민초프!"

"……그래. 수아 넌 됐고. 시아라고 했나? 시아는 마시고 싶은 음료 있어?"

간단하게 분식과 마실 음료를 만들어오기로 했다.

뭐, 수아는 뭐 달라고 할지 예상했고.

"하나만 되나요?"

"응? 어, 꼭 그건 아닌데."

"그럼, 이거랑 이거. 저것도 돼요?"

"……다 마실 수 있겠어? 분식도 양이 꽤 되는데."

시아는 음료를 하나가 아니라 여러 개를 골랐다.

만드는 거야 어렵지 않지만 그래도 다 마실 수도 없는 걸 욕심내는 건 안 된다. 그래서 한 말인데…….

"시아는 다 마실걸요?"

"괜찮아요. 다 마실 수 있어요."

수아도, 시아 본인도 마실 수 있단다.

뭐지?

"시아 완전 먹방 너튜버처럼 먹거든요. 그 정도는 껌이죠!"

"그…… 래?"

수아의 말에 슬쩍 시아의 상태를 봤다.

[정시아]
*상태
―허기
―고민

음. 배가 많이 고픈 상태구나.
그래. 한창 배고플 나이니까. 그럴 수 있지.
상태에 고민이 하나 있긴 한데, 아우라를 보니 염려할 부분은 아닌 듯했다.
수아와 비슷하게 맑으니까.
누구나 고민 하나쯤은 있을 테니 그런 거겠지.
이건 넘어가고……
"그럼 음료는 두 개 정도 줄게."
"으음."
시아는 두 개로는 못내 아쉬운 표정이다.
그렇다면.
"대신 음료 말고 다른 것도 해 줄게. 디저트 어때? 분식 먹고 나서 먹을 거."
"디저트요?"
시아의 눈이 살짝 커졌다.
이건 좀 혹하나 보네.
메뉴판을 보며 고심에 빠진 표정을 짓는다.
그때!
"앗! 아저씨!"

"응? 왜? 뭐 먹고 싶은 디저트 있어?"
"디저트 하니까 생각나는데, 혹시 그거 만들 줄 알아요?"
"그게 뭔데."
"탕후루요!"
"탕후루?"
뿅! 하고 튀어나온 수아가 물었다.
뭔지는 안다. 과일에 설탕물을 입혀서 굳힌 간식.
요즘 애들 사이에서 유행한다고 들은 것 같기도 했다.
뉴스에도 나왔으니까.
'못 만들 건 없지만.'
건강에 좋은 건 아니라서 추천하고 싶진 않았다.
하지만 마침 아까 본 샤인 머스캣의 효과가 떠올랐다.

[샤인 머스캣(꾸꾸)]
*효과
―혈당조절
―다이어트

이거면 괜찮지 않나?
만드는 방법이야 찾아보면 될 거고.
"음. 뭐 해 보지. 시아도 괜찮아?"
"네. 좋아요."
그럼 디저트 메뉴도 골랐으니.

"이거 세팅하고 있어. 음료랑 탕후루 만들 테니까."
"네에!"
아기 새처럼 동시에 답하는 둘의 모습에 피식 웃으며 돌아서려는데…….

딸랑~ 딸랑~

늦은 시간, 문이 열리며 손님이 찾아왔다.

"어?"

문 열고 들어와선 뭔가 예상했던 모습이 아니었는지, 당황한 기색이다.

그 모습에 나도 잠시 고민을 했지만.

"어서 오세요."

일단은 손님을 받기로 했다.

* * *

강나윤에게 배우는 배곯음과 싸움이었다.

처음 연기에 입문할 땐 돈이 없어서 굶었다.

소극장의 막내로 들어가 커리어를 쌓을 때까지 거의 무일푼으로 사는 거나 다름없으니까.

조금씩 연기로 인정을 받고 자리를 잡을 때쯤이면 괜찮지 않냐고?

아니다.

이제부터가 진짜였다.

돈이 있고, 진수성찬이 눈앞에 차려져 있어도 먹질 못

한다.

"쓰읍. 나윤아 너 좀 살찐 것 같은데? 이전 작품 들어가기 전에 좀 빼자."

"나윤 언니 요즘 너무 보기 좋다! 건강해 보여요~"

"나윤 씨 이번에 들어가는 작품 때문에 그런 거지?"

다 다른 말이었지만 결국 뜻은 같았다.

살쪘으니 살 빼라.

원래부터 먹는 걸 좋아하는 강나윤에게 그건 너무나 어려운 일이었다. 가난해서 못 사 먹을 때보다 더!

'나도 먹고 싶다…….'

촬영 현장에서 스탭들이 밥차 앞에서 줄 서는 모습에 자신도 모르게 홀린 듯 다가간 적도 있었다.

하지만 이내 매니저에게 끌려 나와야 했다.

"나윤아. 조금만 참자. 너 조금만 먹어도 얼굴 부어서 지금은 안 돼."

"먹고 살자고 하는 건데 나도 좀 먹자!"

"먹고 살려면 참아야 돼. 자. 여기 샐러드 도시락 먹자. 오! 소시지도 있네."

"닭 가슴 소시지 물린다고!"

매니저에게 아무리 항변을 해 봐도 어쩌겠는가.

매니저라고 저러고 싶어서 그런 것도 아니고.

'이해는 하지만. 이대론 못 살아!'

참다 참다 폭발하기 직전.

촬영장을 뒤로하고 뛰쳐나왔다.

이대로는 진짜 오늘 사고 하나 칠 것 같았다.

그게 무슨 사고인지는 모르겠지만…… 분명 연예면이 아니라 사회면에 나올 사고인 건 확신했다.

그렇기에 나왔다.

물론 갈 곳은 없었다.

하필 촬영장이 경기도와 강원도 사이 어딘가쯤의 시골이었기 때문이다.

연고도 없는 곳이라 당장 갈 곳도 없는데…….

"하필 늦은 시간이라 문 연 곳도 없어! 으으으!"

시골이라 다 일찍 문을 닫았다.

카페, 식당, 하다못해 노점까지!

어떻게 탈출했는데 이럴 수가 있는가…… 운도 지지리도 없지.

점점 열이 솟구친다.

얼굴이 뜨거웠다. 자신이 왜 이러지 싶을 정도로 가슴속에서 화가 치밀어 올랐다.

너무 그동안 억눌려서 그런 걸까.

촬영장을 뛰쳐나와서 다행이지, 아니었으면 벌써 사고를 쳤을지도.

지금도 인적이 드문 시골이라 다행이지.

"하아―."

좀 더 차분하게 머리를 식히고자 차를 멈췄다.

이대론 안 된다. 자신을 잃어버릴 것 같은 느낌이었다.

사고 치기 전에 돌아가야겠지?

이대로 돌아가면 잠깐의 바람으로 끝날 수 있을 거다.
그런데 손과 발이 움직이지 않는다.
'이대로 가면 진짜 괜찮을까?'
속에서 아직도 일렁거리는 화는 그대로인데?
의문만 가지고 결정을 내리지 못한 채 고개만 들었다.
그런데…….
"응?"
눈앞에 차가 움직일 땐 보지 못했던 것이 보였다.
뭐지?
그건 시골의 길가에 놓인 작은 팻말이었다.
 이상하게 어두운데도 시선을 끌었다. 그래서 정신을 차리고 천천히 가 보니…… 카페라고 적혀 있는 것 같았다.
 그리고 팻말 너머 오솔길 쪽에선 불빛이 보였다.

* * *

 수아가 주문한 민초프 한 잔, 그리고 시아가 주문한 복숭아 주스 한 잔.
 음료는 순식간에 만들었다.
 먼저 아이들 것부터 내주면서 슬쩍 옆을 봤다.
 거기엔 마스크와 모자를 쓴 손님이 있었다.
 '이상하게 저런 손님이 자주 오네.'
 고나은도 그렇고 머쉬루비도 그렇고, 저런 타입의 손님 비율이 꽤 높았다.

그렇다면 저 손님도 연예계 쪽 사람일지도.
물론 그건 나랑 별로 상관은 없는 일이었다.
연예인 쪽은 어차피 잘 몰라 크게 관심이 없기도 하니까.
오히려 아우라에 더 관심이 갈 정도.
일단 아직 메뉴판을 보고 있으니, 저쪽에 관해선 천천히 생각하기로 하고 안쪽을 확인했다.
주방엔 탐스럽게 열매를 맺은 샤인 머스캣 한 송이를 건조 중이었다.
이건 약을 치지 않았으니 그냥 식초를 섞은 물에 씻어 내기만 했다.
'설탕물이 제대로 입혀지려면 물기가 없어야 되니까.'
전체적으로 한 번 물을 뺐으니, 이제 하나하나 알을 따서 닦아 주었다.
그중에서 하나는 자연스럽게 입으로 갔다.
생각해 보니 맛도 안 봤네.
오독!
입에 넣고 씹자 질기지 않고 톡톡 터지는 식감이 먼저 느껴졌다.
그리고 이어서 터져 나오는 과즙은…….
"와? 이거 뭐야?"
깜짝 놀랐다. 이거 왜 이렇게 맛있지?
맛있을 거라고 예상은 했는데, 그 예상을 뛰어넘는 맛이었다.

일단 가장 먼저 느껴지는 건 향이었다.

망고와 비슷하면서 좀 더 달콤하고 산뜻한 향이 입안에 확 퍼졌다.

'샤인 머스캣이 망고 향 나는 청포도라더니. 진짜였구나.'

그동안 도시에서 먹었던 것과는 차원이 달랐다. 또 과즙에서 느껴지는 달콤함은 어떤가.

이장님이 주신 복숭아, 사과도 달았지만 이건 그걸 넘어섰다. 마치 꿀이라도 먹은 것처럼 달았다.

맛있다.

텃밭에서 나는 토마토도 달다고 느꼈는데, 채소가 아닌 제대로 된 과일은 아예 차원이 달랐다.

"대박이네."

나도 모르게 손으로 계속 알을 집어먹게 된다. 너무 달아서 물리지 않을까 싶지만, 그것도 아니었다.

망고 향 같은 신선한 향이 산뜻하게 잡아 줬다.

이거…… 이렇게 먹고 나면 텃밭에서 나는 과일이 아니면 못 먹는 거 아닌지 모르겠네.

"이런 거에 설탕물을 입혀야 한다니……."

순간 고민을 했다.

그냥 이대로 줄까?

아마 맛을 보면 분명 좋아할 수밖에 없었다.

하지만 그래도.

'만들어 주기로 했으니까.'

그 기대를 꺼트리는 것도 좀 그렇지.

사실 나도 보기만 했지 직접 먹어 본 적이 없어서 궁금하기도 하고.

'그럼 먼저……'

어느새 반이 줄어든 포도송이에 한 송이 더 땄다.

그리고 다시 씻고 말리는 중에 냄비에 설탕과 물을 2:1 비율로 넣고 끓였다.

중·약불에 천천히.

설탕을 휘젓지 않고 녹이는 게 포인트란다.

그리고 설탕이 완전히 다 녹아서 거품이 올라오면 준비는 다 됐다.

확인은 설탕물을 얼음물에 떨어트렸을 때 바로 굳고 잘 부서지면 된다고 했으니…… 지금!

와삭!

"오?"

얼음물에 떨어트렸더니 설탕물이 그대로 굳었다. 그걸 꺼내서 부숴 보니 큰 저항감 없이 부서졌다.

이거 재미있는 식감이 될 것 같은데?

살짝 부정적이던 마음이 다시 돌아왔다.

사실 설탕을 넣은 양으로 따지면 토마토에 설탕을 뿌리는 것과 큰 차이는 없었다.

보기에 많이 들어가는 것처럼 보이는 거지.

'이런 것도 해 봐야지.'

너무 안 좋은 시선으로 보는 것도 삼가야겠다는 생각이

들었다.

복숭아 병조림도 사실 큰 차이는 없으니.

맛있는 걸 더 맛있는 거랑 섞어서 더더 맛있는 게 되는 것뿐.

다시 진지하게 돌아와서…….

원래 레시피는 여기서 조금 더 끓여 황금빛이 돌면 불을 끄는 건데.

그럼 설탕물의 밀도가 높아져서 설탕물이 두껍게 입혀진다고 되어 있었다.

그러니 불을 끄지 않은 채 아주 약하게 유지한 채로 꼬치에 꽂은 샤인 머스캣을 그 위에서 돌렸다.

보글보글 올라오는 거품에 샤인 머스캣 알을 굴리자, 그 위로 아주 얇게 설탕물이 입혀졌다.

"오?"

과일이 반들반들 유리처럼 코팅되는 게 꽤 재밌다.

하지만 설탕물이 타기 전에 서둘러야 하므로 감탄하고 있을 시간은 없었다.

나머지도 얼른 빠르게 굴렸다.

하나둘 차곡차곡.

완성된 샤인 머스캣 탕후루는 서로 달라붙지 않게 놓은 뒤, 잘 말려 줬다.

"진짜 신기한 게 많네."

예전에 내가 어렸을 땐 이런 간식이 아니라 설탕에 베이킹 소다 넣어 만드는 달고나가 유행이었는데 말이지.

설탕물을 입은 탕후루는 매끈매끈한 표면에 광택이 흘렀다.

이건 잠시 냉장고에 굳혀서 차갑게 먹으면 더 맛있다고 하니, 살짝 넣어 두기로 했다.

그리고 슬쩍 밖으로 나오니 수아와 시아가 속닥이는 모습을 볼 수 있었다.

"맞지? 맞는 것 같지?"

"응. 맛있다."

"아니. 그거 말고. 저기 저 언니. 강나윤 맞는 것 같지?"

"몰라. 어? 사장님, 저 이거 한 잔 더 주실 수 있어요?"

정확히는 수아만 손님을 힐긋힐긋 보며 속닥거렸다. 시아는 그러거나 말거나 음료 한 잔을 순식간에 마셨고.

그리고 나를 보자마자 추가 주문을 했다.

"음료를 많이 마시면 배부를 텐데 괜찮아?"

"네. 이 정도는 괜찮아요. 아직."

많이 먹는다고 하더니 진짠가?

아직도 시아 몸집에 푸드 파이터처럼 먹는 모습은 상상이 안 되는데…….

뭐, 본인이 먹겠다니까 한 잔 더 만들어 주기로 했다.

물론 그 전에.

"손님? 주문하시겠어요?"

메뉴판을 내려놓은 손님에게 주문부터 받기로 했다.

그런데 말을 걸자 신기하게도 손님의 주변에 일렁거리

던 아우라가 숨듯이 사라졌다.

그리고 멍하니 있던 손님이 정신을 차린 듯 뒤늦게 반응했다.

"아! 음…… 그게. 혹시 여기 순대도 파는 거예요?"

"예? 아, 죄송합니다. 저건 애들이 사 온 거라 따로 있는 메뉴는 아니에요."

"아."

그 답과 동시에 손님은 꼭꼭 싸매던 것을 벗었다. 아마 손님이 많지 않은 것을 확인했으니, 안심하고 내려놓은 듯했다.

그러자 얼굴이 보인다.

'연예인인가?'

확실히 태가 연예인 같다.

근데 막상 나는 크게 그쪽에 관심이 없어서 누군지는 잘 모르겠다.

그냥 되게 예쁘고, 햄스터를 참 닮았다 정도? 수아는 아는 것 같으니까 나중에 물어보지 뭐.

그보다…… 이 손님, 자꾸 애들 앞에 펼쳐진 분식을 가리키며 입맛을 다셨다.

여기 올 게 아니라, 밥을 먹으러 갔어야 하는 거 아닌가?

"아아. 그런 가요…… 그럼."

팔지 않는다니까 되게 시무룩해 하네.

연예인이면 돈도 잘 벌 텐데 나가서 사 먹으면 되지 왜?

[강나윤]
*상태
―다이어트에 대한 강박으로 식탐의 저주에 걸림.

어? 저주?
스멀스멀……!!
텍스트창을 확인하기 무섭게 강나윤의 주변으로 아까 숨었던 어두운 붉은색의 아우라가 다시 꿀렁거렸다.
왠지 모르게 불길해 보이는 아우라였다.
여태 봤던 어떤 아우라보다 더 불길한 느낌.
저건 탁하고 칙칙한 문제가 아니라…… 마치 생명체 같은 느낌이었다. 저래도 뒤도 괜찮을까 싶을 정도.
카페의 아우라들도 그걸 느낀 건지 강나윤의 주변에만 아무도 날아다니지 않았다.
심지어 닿는 것조차 무서운 듯 내 옆으로 와서 딱 붙었다.
스윽.
이번 반응은 처음인데…… 문제는 이뿐만이 아니었다.
시무룩하던 강나윤이 고개를 내 쪽으로 돌리는 순간!
'무슨 눈빛이.'
살짝 돌아 버린 듯한 눈빛.
광기.
분명 저건 광기라고 불려도 이상하지 않은 그런 눈빛이었다.

당장이라도 달려들어 물어뜯어도 이상하지 않은······ 아, 설마 텍스트창에 있는 상태 때문에?

"손님?"

침착하자.

여태까지와는 다른 손님이란 느낌이 확 들었다. 자칫 잘못 건드리면 안 될 것 같다.

어쩌면 저번에 걱정했던 멧돼지보다 더 큰 문제가 발생할 수도 있지도······.

'아이들도 있어.'

나 혼자도 아니고 하필 오늘 아이들도 있으니······.

위험하다는 경종이 머릿속을 울렸다.

츄릅!

그러거나 말거나 손님은 대답 없이 초점 없는 눈으로 입맛만 다셨다.

이거 진짜 어떡해야 되지?

대화라도 통해야 할 것 같은데.

그때!

"앗! 언니! 그럼 이거 같이 먹어요!"

"응?"

여기서 거의 혼자 중얼거리듯 한 말을 어떻게 들었는지 수아가 소리쳤다.

근데 쟤는 정말 구김살이란 없는 걸까.

처음 보는 사람한테 저렇게 쉽게 말을 걸 수 있다니.

심지어 그런 수아의 목소리에 방금까지 이성을 살짝 잃

은 듯하던 손님이 정신을 차린 듯, 살짝 위험해 보이던 눈빛이 원래 눈빛으로 돌아왔다.

"어? 정말? 그래도 돼?"

"네! 그, 강나윤 언니 맞죠?"

"응. 맞아."

"우아아! 저 그 드라마 봤어요! 도깨비 호텔! 저 언니 완전 팬이에요!"

팬이라는 말이 기폭제였을까?

강나윤이란 손님의 태도가 완전히 바뀌었다.

아까까지만 해도 나를 볼 때 잡아먹을 것 같은 모습이었는데…….

"어머! 정말?"

순식간에 프로 연예인 같은 모습으로 변했다. 그 모습을 보고 있자니…….

'설마 연기를 한 건…… 아니겠지.'

의심은 됐지만, 아니다.

얼핏 그렇게 볼 수도 있으나, 나는 분명 그 아우라를 봤다.

강나윤의 상태도 봤고.

그건 분명 연기가 아니었다.

지금은 괜찮아 보이지만…….

'위험해.'

특히 아까 본 눈에서 느낀 위험함이 그랬다.

식탐의 저주라…….

이건 그냥 아우라와 다르게 빨리 해결해야겠는데?

* * *

"음~ 맛있다!"
"그죠? 우리 학교 앞에 파는 건데 원래는 바로 먹는 게 진짜 맛있거든요? 근데 이렇게 먹어도 괜찮아요."
"응응. 진짜."
강나윤은 자연스럽게 합석을 해서 수아, 시아가 사 온 분식을 먹었다.
저 모습만 보면 정말 성격 좋은 연예인 같기만 한데.
'뭔가 언제 폭발할지 모르는 폭탄 같은 느낌이네······.'
아까 모습을 봤던 터라 나는 긴장을 늦출 수가 없었다.
그래도 하나 다행인 게, 아마 낌새가 나타나면 먼저 아까의 그 아우라가 보일 거라서 당장은 괜찮을 듯했다.
지금도 아까처럼 푹 숨어 들어가 있었으니.
"떡볶이도 너무 맛있어!"
"헷!"
근데 그걸 떠나서 진짜 잘 먹네.
떡볶이, 순대, 튀김, 내장 고기.
가리지 않고 다 잘 먹었다.
애들이 나까지 주려고 꽤 많이 사 오긴 했는데, 저걸로는 부족하겠는데?
왜냐면 저렇게 잘 먹는 건 강나윤 혼자가 아니었다. 그

옆에서 시아도 조용히 계속 먹고 있었다.

'쟤는 연예인도 관심 없고 먹는 것만 관심 있네.'

수아랑은 여러모로 다른 성격의 친구였다.

신기하네, 어떻게 둘이 친구가 된 거지.

"아! 이것도 마셔요. 아저씨가 만들어 준 건데 엄청 맛있어요! 분식도 맛있긴 한데 이게 쪼끔 더 맛있어요."

"정말? 이게 뭔데?"

"민트 초코 프라푸치노요!"

"오?"

꿀꺽!

"와!"

한 모금 마시자마자 강나윤의 입에서 바로 탄성이 나왔다.

괜히 뿌듯한데.

"맛있다!"

"앗! 언니 방금 도깨비 호텔에서 윤선 같은 모습이었어요! 500년 만에 깨어났는데 세상이 변해서 뭔지도 모르는 콜라 마시고 보인 반응!"

"당연하지. 그건 연기가 아니었다고. 콜라 먹어 본 지가 거의 5년, 아니지 10년은 더 됐을걸? 무슨 맛인지 다 까먹을 정도였으니까 처음 먹어 본다는 말도 이상한 게 아니었지."

"우와…… 어떻게 그럴 수 있어요?"

"다이어트에 최악은 음료수거든. 차라리 고기 먹는 게

나으니까, 음료수는 어떻게든…… 차나 그런 걸로 대신 했었지."

강나윤의 입은 수아의 질문에 열심히 답하면서 먹는 것도 쉬지 않았다.

저게 더 대단한데?

'먹방이야. 뭐야.'

강나윤과 시아.

그리고 그사이에 진행자로 수아가 있는 먹방을 보고 있는 것 같았다.

그러다 수아가 잠시 진행을 멈추자 먹는 소리만 울렸다.

바삭!

튀김 씹는 소리.

와앙!

순대를 떡볶이 소스에 찍어 먹는 소리.

보고 있으려니 괜히 나도 먹고 싶어지려 했다.

이래서 사람들이 먹방을 보는 건가? 진짜 잘 먹네.

식탐의 저주와 허기가 아니더라도 원래 잘 먹었을 것 같다.

하긴 원래 잘 먹는데 못 먹게 하니 저주 상태가 된 걸 수도.

'일단 먹고 있을 땐 괜찮나 보네.'

지금까지 강나윤의 먹방…… 아니, 아우라를 관찰한 결과, 아직까진 괜찮았다.

먹을 때만큼은 저 모습이 진짜인 것 같았다.
그럼 저 저주는 계속 먹이면 풀리려나?
'그건 아냐.'
저주의 아우라는 활동만 멈췄을 뿐이었다. 완전히 괜찮아지기 위해서는 다른 방법으로 저주를 풀어야 할 것 같은데.
툭!
"응?"
"안 먹어요?"
"아. 먹어야지. 너도…… 음 잘 먹고 있구나. 고마워."
강나윤을 관찰하고 있는데 시아가 튀김 하나를 건넸다.
물론 본인의 입에는 이미 튀김이 있었다.
이러다가 하나도 맛을 못 볼 수 있을 것 같아서 튀김 하나를 씹었다.
관찰도 중요하지만 다 먹고 살자고 하는 건데 먹어야지.
"음. 맛있네."
고소한 튀김은 시간이 지났음에도 아직 바삭함이 살아있었다.
그리고 보니 나도 여기 와서는 이런 음식을 오랜만에 먹는다. 별미네 별미.
"호박 튀김인가? 고소…… 잠깐."
튀김을 씹다가 눈에 띈 한 가지.

시아 녀석 설마 오징어, 새우 등등은 자기가 먹고 남은 호박을 나한테 준 것 같은데?

그리고 보니…….

"어머! 내가 다 먹어서 어떡해. 얼른 너도 먹어."

"앗! 네!"

강나윤도 똑같다.

수아에게 슬쩍 채소 튀김을 건네는 걸 보아라.

아주 자연스러워서 시아라는 견본이 없었으면 못 봤을지도.

'결국 저 둘이 다 먹었네.'

나는 입만 댄 수준이었다. 그나저나 나는 괜찮은데…….

"수아 넌 별로 못 먹어서 괜찮아?"

"괜찮아요. 탕후루 먹으면 되니까요!"

"아."

지금쯤이면 탕후루도 적당히 차게 식었을 것 같다. 슬슬 꺼내 올까 싶던 찰나.

"탕…… 후루?"

강나윤이 홀린 듯 중얼거리며 이쪽을 쳐다봤다. 아우라가 일렁거리는 것이 심상치 않았다.

설마……!

"그거, 저도 먹을 수 있나요?"

"예? 아, 예. 넉넉히 해서 양은 됩니다만……."

"그럼 음료랑 같이 추가 주문할게요!"

"……예. 잠시만 기다리세요."

된다는 말에 일렁거리던 아우라가 순식간에 진정이 됐다.

뭐야, 이 사람. 억제력이 장난이 아닌데?

저걸 보니, 여태 저 저주가 발현되지 않은 건 순전히 저 사람의 억제력이 강해서일지도?

'최소 십 년은 다이어트했다고 하니까.'

그 다이어트도 그냥 다이어트가 아닐 가능성이 높았다.

배우로서 유지해야 하는 기준이 일반인하고는 다를 테니까.

지금도 꽤 마른 듯한 모습이었다. 저걸 계속 유지했다는 건 어지간한 정신이 아니고서야 불가능하겠지.

고나은과 머쉬루비 때도 그랬지만, 연예인도 아무나 못 하는 거였다.

"근데 언니 왜 혼자 여기 왔어요?"

"응? 아, 그게. 근처에서 촬영 중이거든. 근데 너무 배가 고픈 거 있지? 아차 하다간 매니저도 뜯어먹을 것 같아서 나왔는데 여긴 어떻게 해가 지기도 전에 다 문을 닫니?"

"여긴 그래요. 그래서 사려면 일찍 가서 포장해야 돼요. 아니면 해 먹거나."

"그래야겠네, 진짜. 아무튼 그래서 어떡하지, 하고 있는데 여기 팻말이 딱 보이는 거 있지? 수아라고 했던가? 그거 혹시 기억해? 도깨비 호텔 첫 화에서 도깨비 호텔이 딱! 나올 때."

"앗! 알아요! 전쟁터에서 구르던 주인공이 전쟁 끝나고 고향에 돌아왔는데 원래 자기 집터에 도깨비 호텔이 있어서 놀라는 장면 맞죠!?"

"오! 맞아. 진짜 팬인가 보네?"

"진짜라니까요? 그중에서 언니 팬!"

"진짜? 나 너무 감동인데?"

먹을 게 점점 떨어지니 먹는 것도 점점 느려져서 대화가 많아졌다.

그런데…… 도깨비 호텔? 그거라면 분명, 전에 내가 설계했던 건데?

정확히는 세트를 의뢰받아서 만들어 준 거지만.

내가 어린 나이에 팀장이 될 수 있었던 1등 공로가 그 프로젝트였다.

드라마가 아주 대박이 났거든.

지금도 재방송으로 나오는 손에 꼽히는 현대 판타지 드라마니까.

'그러고 보니 기억나는 것 같기도 하네.'

그때 주인공이자 호텔 주인으로 나왔던 배우보다 더 드라마를 흥행시킨 배우가 있었으니. 바로 수아가 말한 '윤선'이라는 도깨비역의 배우였다.

그게 저 사람이었구나.

당시에는 일에 미쳐 있어서 완성하자마자 바로 다음 프로젝트로 들어가기도 했고, 뭔가 이미지가 드라마 때와는 많이 달라서 몰랐는데.

머리에 뿔을 만들고 얼굴 분장을 한 뒤, 옷을 한복으로 바꾼다고 치면…….

'맞네. 그때와 똑같은 거 같은데?'

이걸 왜 몰라봤지, 싶을 정도로 당시와 달라진 게 없어 보였다.

당시의 나는 대체 얼마나 여유가 없던 건지…….

잠깐, 그때가 이미 몇 년 전인데 그때와 똑같다고?

'와, 대체 어떻게 관리를 한 거지?'

대단하다는 말이 절로 나온다.

드라마가 최소 몇 년 전인데 주름 하나, 얼굴 살 하나 변하지 않았다니…… 과연 식탐의 저주가 올 만했다.

"아무튼 딱 그 장면 같았다니까? 근데 수아야, 그거 혹시 몇 살 때 봤니?"

"음. 여덟 살인가? 일곱 살인가? 봤을걸요?"

"와…… 그런 꼬맹이였다고? 그런 꼬맹이가 지금 이렇게 될 정도로 시간이 지났다니!"

"근데 언니는 나이 하나도 안 먹은 것 같아요!"

"당연하지! 이렇게 관리한다고 내가 얼마나 돈을 쏟고 악을 썼는데."

"와아! 엄청 힘드셨겠어요!"

"……알아봐 주니 고맙구나."

안 그래도 내가 생각한 걸 수아가 얘기했다. 둘이 아주 쿵짝이 잘 맞네.

본인피셜 극 F라는 수아는 강나윤의 말에 모든 걸 공감하는 듯했다.

강나윤의 상태가 크게 변화 없는 이유에 저것도 있으려나, 그래도 방심할 순 없지.

수아가 저렇게 막아 주는 동안 먹을 게 다 떨어지지 않도록 주방으로 들어왔다.

그리고 탕후루를 확인해 봤다.

[샤인 머스캣 탕후루]
*효과
—혈당조절
—다이어트

완성된 탕후루에는 원래 샤인 머스캣에 있는 효과가 다 붙어 있었다. 평소였다면 이걸로 대만족이었을 텐데…….

'조금 아쉬워. 이걸로 과연 저주를 없앨 수 있을까?'

지금까지 관찰한 결과, 당장은 배불러서 식탐의 저주가 억제력에 밀리는 것처럼 보였다.

하지만…….

처음 봤던 모습을 생각하면 그것도 한계에 다다른 건 분명했다.

지금 채운 포만감이 떨어지면 아까와 같은 일이 일어날 가능성이 높았다. 설사 아니더라도 저주가 계속 붙어 있으면 좋지 않겠지.

'저주, 저주라.'

왠지 해결해 보고 싶었다.

여기까지 오게 된 사연을 들어 보니, 왠지 저 사람을 호랑이 쉼터가 여기로 인도했다는 느낌도 있었다.

그리고 '도깨비 호텔' 드라마라는 작은 인연도 있으니 조금 더 해 주고 싶어진다.

신중하게 고민을 이었다.

'브라우니로 강화를? 아냐. 그건 있는 효과를 더 좋게 만드는 정도야.'

가지고 있는 재능과 능력들을 모두 떠올려 봤다. 하지만 딱 이거다, 라는 느낌이 오지 않던 그때!

'축복?'

저주엔 축복이지.

근데 그게 가능한가?

우선 쑥쑥이의 효과를 탕후루에도 부여할 수 있는지 확인하기 위해서 뒷마당으로 나왔다.

"안 되네."

아쉽게도 불발이었다.

차라리 강나윤을 데리고 와서 축복을 부여하는 건……이상하겠지.

"으음."

어쩔 수 없나.

일단은 이것도 먹이고 생각을…….

스윽.

그때 눈에 확장된 텃밭이 보였다.

아우라의 희생과 농사 재능의 조합으로 만들어진 새로운 텃밭.

혹시 그럼?

"쑥쑥아, 부탁할게."

새롭게 얻은 희생을 떠올렸다.

그러자 아우라들이 날아올라 일부가 쑥쑥이에게 스며들었다.

그 상태에서 쑥쑥이의 축복을 탕후루에 사용하면……!

팟!!

탕후루에서 빛이 터져 나왔다.

영롱한 빛이 스며들자, 안 그래도 설탕물로 광택이 나는 탕후루가 보석 같은 빛을 품었다.

에메랄드 같은 빛이 흔들릴 때마다 일렁거린다.

그러다 아우라가 모두 줄어들자…….

사라락~

쑥쑥이의 나뭇잎이 흔들리며 빛이 사라졌다.

이제 남은 빛은 어느새 어둑해진 밤하늘에서 비치는 은은한 달빛뿐.

쑥쑥이의 나뭇잎 사이로 흘러나온 달빛이 탕후루를 비쳤다.

"음."

탕후루에 쓰기엔 조금 과한 거 아닌가 싶긴 한데.

[축복이 깃든 탕후루]
*효과
―혈당조절
―다이어트
―봄에도 녹지 않은 빙정의 축복(해주)

효과만 제대로 붙는다면야.
 게다가 내가 받은 축복과 탕후루에 적용되는 효과는 다를 거라 예상했는데, 다행히 그게 맞았다.
 그러니 이제 이걸…….

* * *

와삭!
 와삭!
 투명하고 맑은 설탕 막이 깨지는 소리가 적막한 카페 안을 울렸다.
 청명하다 못해 마치 악기가 내는 소리 같았다.
 "음~"
 "미쳤다……!"
 그리고 그 사이로 터져 나오는 감탄은 마치 화음처럼 쌓였다.
 이게 다 탕후루를 먹는 소리였다.
 '저런 소리가 나올 만하지.'

나도 먹어 봤지만 이건 그럴 만했다.

얇은 설탕 코팅이 부서지는 식감에 그 안에서 터져 나오는 과즙의 상큼한 망고 향! 그리고 과즙에 부서진 설탕이 녹아들어 가 내는 달콤함은…….

과연 당이 낼 수 있는 황홀함을 극대화시켰다고 해도 과언이 아니었다.

그리고 그 맛만큼 효과도 탁월했다.

스르르!

탕후루를 먹는 강나윤의 모습에서 저주의 기운이 담긴 아우라가 괴롭다는 듯 일렁거렸다.

탕후루에 스며든 쑥쑥이의 축복이 저주를 밀어내고 있기 때문이다.

"여기. 더 드세요. 너희도 더 먹어."

아직 저주가 저항하고 있기에 탕후루를 더 내어 왔다.

"와…… 혹시 사장님 천사세요?"

"예?"

"아니다. 악마다, 악마. 이렇게 맛있는 당 폭탄을 주는 걸 보면 악마가 맞겠네요. 난 이제 작품 중에 관리 못 한 배우가 되겠지…… 하지만, 하지만 이건 악마의 열매라구. 안 먹을 수가 없잖아."

중얼거리면서도 계속 아삭아삭 베어 물고 있는 강나윤.

탕후루 하나 먹는데 뭘 그렇게까지 생각하는 거지…….

물론 그게 특별한 탕후루긴 하지만 역시 과하다. 일종

의 직업병이라고 해야 하나.

우선 좋게 말해 주기로 했다.

"괜찮습니다. 당은 생각보다 안 들어갔어요. 코팅만 살짝 했으니까요. 그냥 과일 먹는 거랑 다를 바 없을 겁니다."

"그럴 리가요. 이렇게 맛있는데요?"

믿을 수 없다는 듯하지만 탕후루는 계속 강나윤의 입속으로 사라지고 있었다.

그럴 거면 말을 하지 말든가. 먹질 말든…… 아, 그건 아닌가.

아무튼.

'됐다!'

마침내 저주의 아우라가 버티다 못해 완전히 사라졌다.

그리고…… 축복이 깃든 강나윤의 몸에서 빛이 뿜어져 나왔다.

하늘에서 내린 축복을 받는 성녀의 모습.

'……이라고 설명하면 오버인가?'

하지만 지금 강나윤의 모습은 그렇게 말해도 될 만했다.

드라마 도깨비 호텔에서 '윤선'으로 마지막에 500년 묵은 한을 풀었을 때 모습이라고 해야 하나.

그냥 넋을 놓고 보게 만드는 광경이었는데…… 그렇게 뿜어져 나오던 아우라는 이내 강나윤의 주변을 돌았다.

그리고 마치 긴 잠에서 깨어난 것처럼 생기발랄한 모습으로 날아다녔다.

'축복에 들어간 아우라가 적지 않아서 걱정됐는데, 그럴 필요 없겠네.'

들어갔던 양의 배는 될 듯한 아우라가 날아다녔다.

심지어 그동안 저주에 억눌린 보상이라도 받듯 더욱 찬란하고 맑았다.

꾸르~

기존에 있던 브라우니와 아우라들이 강나윤에게서 나온 아우라를 기꺼이 반기자, 카페의 사방이 아우라로 가득해지고.

아무런 노래도 틀어 놓지 않은 공간이었으나, 귀로는 들을 수 없는 아우라의 소리가 울려 퍼졌다.

그건 천장의 창문으로 들어오는 달빛을 그대로 머금은 노래였다.

그 아름다움이란 단어를 넘어선 광경에 넋을 잃고 바라보던 그때!

와삭!

그 모든 게 꿈인 것처럼 흩어지는 소리에 정신을 차렸다.

이 와중에 누가 탕후루를…… 아.

수아, 시아가 있었지.

"……왜, 왜요? 아저씨 한 입 먹을래요?"

"됐다. 너 먹어. 내 건 여기 있으니까."

왠지 빤히 보자 눈치가 보였는지 괜히 제 것을 권한다.

아까 그 풍경을 생각하면 아쉽긴 하지만 적당한 타이밍에 빠져나왔으니 뭐라 할 생각은 없다.

'아우라들도 다 흩어졌고 말이지.'

어차피 깨어나야 할 때였을 뿐이다.

"너무, 너무 맛있어. 나 진짜 여기서 죽어도 여한이 없을 것 같아."

"안 돼요, 언니."

"왜?"

"언니는 도깨비 호텔 다음 시리즈 찍어야 되니까요!"

뼈만 남은, 아니 나무 꼬챙이만 남은 탕후루였던 것을 보며 아쉬워하는 강나윤에게 수아가 손가락을 저었다.

근데 도깨비 호텔 다음 시리즈가 있었어?

"응? 다음 시리즈가 뭔데?"

"헤헤. 그건 저도 모르죠. 작가님이 쓰고 계시지 않을까요?"

"뭐야~ 난 또 나도 모르는 시리즈가 하나 더 있는 줄 알았네. 나도 있었으면 좋겠다~ 기왕이면 맛있는 거 먹는 도깨비 식당이라든가."

"오! 벌써 재밌을 것 같아요!"

"근데 도깨비 호텔 작가님 안 쓰실걸?"

"네? 왜요?!"

"나도 모르지. 쓰실 거면 벌써 쓰셨을 건데……."

수아와 강나윤이 꽤 흥미로운 대화를 한다. 덕분에 아

까의 여운은 싹 사라졌다.
"자! 손님들? 이제 마감 시간이라서요."
"앗!"
흥미가 생기는 대화였지만 퇴근은 못 참지. 이미 해도 다 졌고.
무엇보다 애들을 집에 데려다줘야 하니 더 늦기 전에 가는 게 맞았다.
"너희들도 더 늦기 전에 가서 잘 준비해야지."
"치이. 우리 집에 가서 연습할 거거든요?"
"연습을 하든 놀든, 집에서 해야지."
수아가 아쉽다는 듯 입맛을 다셨다.
여러 가지 의미가 있겠지만, 여기서 주는 음료와 지금 옆에 있는 배우 강나윤과 헤어지는 게 아쉽다는 거겠지.
"저어. 혹시 실례가 안 되면……."
그런데 그때 강나윤이 의외의 부탁을 해 왔다.
"하룻밤만 신세 좀 져도 될까요?"
"……예?"
이게 뭔 소리지?

* * *

다소 황당했던 강나윤의 부탁은 타이밍이 너무 좋았다.
딱 지금 수아의 집에 애 둘만 자야 하는데 어른이 하나

낄 수 있게 됐으니까. 당연하지만 수아는 좋아했다.

시아는…… 뭐, 별로 관심이 없긴 했지만 싫은 내색은 아니었다.

"아침에 꼭 일어나고. 학교 가기 전에 카페 들러."

"네!"

싱글벙글한 수아의 모습에 오늘 잠을 잘지 걱정이네.

"그럼 부탁드리겠습니다. 혹시 무슨 일 있으면 바로 옆집이니까 말씀하시면 됩니다."

"걱정 마세요. 오히려 제가 신세를 지는 건데요."

강나윤에게 한 번 더 당부하고 각자의 집으로 헤어졌다.

저주가 해제된 강나윤은 아주 밝은 모습으로 아이들과 들어갔다.

잠시 그 뒷모습을 보다가 나도 집으로 들어왔다.

'신기하네. 어쩌다 보니까 도시에서도 보기 힘든 연예인을 벌써 몇 번이나 보고.'

물론, 굳이 신기한 일이라고 치자면 호랑이 쉼터만 한 게 있냐 싶지마는.

아무튼 강나윤의 아우라가 저주에서 해제되면서 언제나처럼 카페에 스며들었다.

"재능의 꽃에 이어서 이번엔 저주라니."

오늘은 일단 해결하긴 했는데 여러모로 얼떨떨하다.

저주라니, 누군가에게 이런 상태가 있을 거라고 상상이나 했을까?

1장 〈53〉

"사람마다 다 제각각 품고 있는 게 다르니까 상태도 이렇게 다른 거겠지."

상태가 심각해지면 재능이 꺾이기도, 혹은 외부적인 이유로 병들 수도 있으니. 저주라는 상태도 있을 순 있겠지.

그래도 조금 낯설긴 하지만.

아무튼 수아 덕분에 강나윤이 많은 얘기를 해서 이유가 납득은 됐다.

"다이어트에 강박을 뛰어넘은 압박에 스스로에게 거는 저주처럼 된 건가……."

참 뭐든 쉬운 일은 없는 것 같았다.

돈 잘 번다는 연예인들이 줄줄이 이렇게 마음의 병이 있는 걸 보면 말이지.

물론 꼭 연예인이 아니더라도 다들 참고 있는 마음의 고통은 있었다.

나도 그랬듯이.

사실 그래서 호랑이 쉼터의 존재가 더 고맙게 느껴진다.

그런 이들을 어떻게든 도와주는 게 묘한 만족감을 주었기 때문이었다.

마치 과거 그 시절의 나를 도와주는 느낌이랄까?

'오늘도 또 카페를 이어 나가길 잘했다는 생각이 드는 하루네.'

물론 무료 봉사는 아니었다.

오늘 강나윤이 준 아우라로 또 한 번 호랑이 쉼터가 성장한 것이다.
일단 제일 눈에 띄는 건 역시 쑥쑥이에게 일어난 변화였다.

―축복(2/2)

바로 축복의 횟수가 늘었다.
한 번 사용하면 족히 일주일 이상을 기다리거나 그 전에 손님에게 아우라를 얻어야 하는데…….
이제 횟수가 늘어서 잘 쓰면 연속으로도 쓸 수 있을 듯했다.
한 번과 두 번은 확실히 다르니까.
물론…… 그렇게 자주 쓸 일은 없겠지만.
'지난번처럼 나가는 일이 있거나, 그게 아니더라도 이런저런 일에 쓰면 좋겠지.'
당장도 축복을 활용한 일이 생긴 만큼, 앞으로 일이 걸어지면 그땐 아마 유용하게 쓰이지 않을까 싶었다.
그리고 또 하나.
강나윤의 재능도 얻었다.

〉강나윤의 몰입

이게 또 조금 특이한 재능이었다.

왜냐면…….

'개안.'

눈을 감고 떠올렸다.

그리고 다시 눈을 뜨자 카페에서만 보였던 것들이 보였다.

깜빡!

"후우—유지하는 건 짧네."

이게 강나윤이 준 재능의 능력이었다.

다른 재능을 떠올리며 어떻게 쓸지 집중하면, 아주 잠깐 쓸 수 있는 것.

어떻게 보면 축복의 일시적인 버전이라고 볼 수도 있는데 이건 횟수 제한은 없었다.

물론.

"힘이 쭉 빠지네."

활성화에 체력을 소모하는 건지 금세 피로해졌다.

역시 오래 쓸 수는 없겠다.

애초에 유지도 쉽지 않아서 오래 쓸 수도 없지만.

게다가 이거, 외부에서만 쓸 수 있는 게 아니라 카페에서도 쓸 수 있었다. 확인해 본 결과.

사라락~

몰입을 사용한 손이 아우라에 물들며 잔상을 남기듯 움직였다.

빨라 보이지만 또 잔상 때문에 느린 듯하기도 한, 묘한 손재주의 3단계였다.

이렇게, 원래 쓰던 재능을 한 단계 더 높일 수 있던 것.
 강나윤과 애들이랑 같이 퇴근하느라 확인을 다 하진 못했지만…….
 '그것만 해도 대단하지.'
 재능 자체는 별다른 능력이 없지만, 같이 쓰면 좋은. 강나윤처럼 팔색조 같은 재능이었다.
 자, 그러면 아무튼. 확인할 건 다 확인했으니…….
 "얘들은 잘 놀고 있는 건가?"
 문득 수아네로 몰려간 모두가 어떻게 지내고 있을지 궁금해졌다.
 옆집이라고는 해도 아파트처럼 붙어 있는 게 아니니 소리가 들리진 않았다. 문을 열고 떠들면 모를까.
 하지만 확인할 방법이 또 있지.
 "……잘 놀고 있네."
 내 이럴 줄 알았다.
 별그램에 들어가니 바로 보였다.
 방에서 찍은 걸로 추정되는 셋의 사진.
 그리고 스토리에는 강나윤과 같이 춤을 연습하는 영상도 올라왔다.
 랑이도 잘 데리고 있는지 한 자리 잘 차지하고 있었다.
 걱정할 필요가 전혀 없을 듯?
 그때 마침.
 지잉!

―형님! 저희 집에 누가 와 있는 겁니까!?

오늘 경기가 잘 끝났는지 수호에게서도 연락이 왔다.

―강나윤하고 수아 친구라는 시아. 다 잘 지내고 있어.

간단하게 답하고 껐다.
톡이 몇 개 더 오긴 했는데 무시했다. 이제 드라마를 봐야 하니까.
강나윤 덕분에 생각난 드라마, '도깨비 호텔'을 OTT로 다시 틀었다.
"오."
시작부터 보이는 내가 만든 프로젝트의 산물에 감탄이 나왔다.
할 때는 힘들었지만 이렇게 돌아보니 좋네. 이것도 지금은 그만큼 여유가 있어서겠지.
오늘도 이렇게 마무리 할 수 있는 것만 봐도 뭐…….
낡고 낡았던 초가집에서 근사한 호텔로 빠르게 변하는 드라마의 모습을 보며 쇼파에 몸을 편히 기댔다.

* * *

밤사이, 별일 없이 지나가고. 어김없이 아침 일찍 출근을 했다.

"음."

아침에 수아 보고 들르라고 했으니까, 뭐라도 만들어 주기 위해 텃밭부터 확인했다.

그런데 묘하게 이상하다.

그럴 리가 없을 텐데, 텃밭이 조금 빈 듯한 느낌?

'아, 확장하고 정리를 해서 그런가?'

그래도 이상하네. 그거랑은 느낌이 좀 다른 것 같은데……

당연히 확장과 정리가 된 걸 감안하고 봐도 묘한 느낌이 없지 않아 있단 말이지.

하지만 그렇다고 딱히 바뀐 건 또 없어서, 그냥 착각인가 싶었다.

그리고 사실 지금 더 중요한 게 따로 있었다.

그건 바로…….

"어? 오…… 가지랑 호박이 열렸네?"

확장하기 무섭게 작물들이 결실을 맺고 있었다. 이런 걸 보면…… 왠지 내가 잘하고 있는 것 같은 생각도 들었다.

어제 강나윤의 저주를 풀어 준 것도 그렇고. 뿌듯하다.

아까 들었던 생각은 싹 잊히고, 가지와 호박만 눈에 들어왔다.

이걸로는 또 뭘 만들어 볼까.

"아. 일단 수아 등교 전에 먹을 것부터 만들어 두고."

간단하게 토스트를 만들어 줄 생각이었다.

음료는 복숭아 주스. 그리고…….

딸랑~ 딸랑~

"사장님! 배송 왔습니다!"

"아. 오셨어요? 아침부터 수고하시네요."

"에이~ 뭘요. 여기 요거트랑 우유, 그리고 필요하신 것들 가져왔습니다."

배준호가 너스레를 떨며, 보냉 박스 하나를 건넸다.

어제 남겨 둔 메시지에 있는 그대로였다.

"매번 감사하네요."

"괜찮습니다. 할아버지가 입은 은혜에 비하면야. 앞으로도 편하게 주문해 주세요."

"오늘은 이거면 될 것 같습니다. 아. 잠깐 기다리시면 토스트 좀 해 드릴게요."

"하하! 괜찮습니다. 슬슬 다음 장소에 가 봐야 해서……."

"아. 그럼, 이것만 가져가서 간단하게 드세요."

배준호의 말에 얼른 상자에서 요거트를 꺼냈다. 그리고 컵에 붓고 복숭아 병조림을 땄다.

그렇게 복숭아 조림을 요거트 위에 뿌려 주고. 마지막으로 과즙과 섞인 물도 조금 넣으면 끝.

[복숭아 조림 요거트]
*효과
—기분을 좋게 하는 달달함
—심신 안정

비록 효과는 병조림과 다를 바 없지만 괜찮은 메뉴가 만들어졌다.

"오!"

"편하게 드시면서 가세요."

"감사합니다! 잘 먹을게요. 음~ 맛있네요!"

한입 맛을 본 배준호가 엄지를 척하고 내밀었다.

그러다 다시 손에 찬 시계를 보더니 황급히 나갈 준비를 했다.

"그럼 다음에 또 필요한 거 있으시면 불러 주십시오."

그리고 인사를 채 하기도 전에 나갔다.

참 바쁜 사람이네.

딸랑~ 딸랑~

배준호가 나간 자리를 보고 있는데 문이 다시 열렸다.

"사장님~ 저희 왔어요~."

"안녕하세요."

그리곤 강나윤과 수아, 시아가 들어왔다.

딱 봐도 졸려 보이는 수아, 시아와 그에 반해 생생해 보이는 강나윤.

"기운이 좋아 보이네요?"

"그러니까요. 엄청 신기한 거 있죠? 여기 공기가 좋은 건가? 더 놀라운 거 말해 줄까요?"

"놀라운 거요?"

"네! 바로바로~ 짠!"

"⋯⋯뭐죠?"

1장 〈61〉

뭘 잘못 먹은 건지. 아님, 밤새 수아의 깨방정이 옳은 건지.

강나윤이 대뜸 자기 얼굴에 꽃받침을 하고 들이댔다.

물론 여배우, 그것도 탑급 여배우의 얼굴은 무척 아름답기 그지없긴 했다. 여우 같은 미인의 표본이라고 해야 하나?

그렇지만 이건 좀…….

"에이, 뭐예요. 그 반응. 이거 봐요, 하나도 안 부었죠?"

내 반응에 강나윤이 어이없다는 듯 고개를 좌우로 돌리며 말했다.

아, 그리고 보니 확실히! 어제 그렇게 먹고 잤는데 하나도 안 부어 있었다.

이게 여배우의 저력인가?

수아랑 시아는…….

"큭!"

아주 **빵빵**하게 부었는데?

"으으! 왜 웃어요!"

강나윤과 번갈아 보다가 본인을 보고 웃은 것에 수아가 발끈했다.

그래 봐야 통통 부은 눈이라 귀엽기만 했지만.

"그래서요?"

"이건 그래서요, 가 아니에요. 제가 예전에 리얼리티 예능 찍다가 완전 굴욕당한 적 있거든요? 밤에 라면 먹고 자서 다음 날……."
 기분이 좋은 건지 두다다다 쏟아지는 일화들.
 그렇게 강나윤의 갑작스런 TMI에 당황스럽던 찰나!
 딸랑~딸랑~
 "강나윤!"
 "어!?"
 "너!"
 누가 봐도 매니저로 보이는 사람이 들어왔다.
 얼른 데려갔으면 좋겠네.

* * *

 "너는 그렇게 어? 막 촬영장을 이탈하고 그러면 어?"
 "알았어, 알았다고. 어차피 내 촬영분 스케줄 상 오늘 오후로 밀렸다며?"
 "그거야 운이 좋게 그렇게 된 거지!"
 넓은 차 내부.
 뒤쪽 좌석에 앉은 강나윤을 운전자가 열과 성을 다해 잔소리를 했다.
 물론 정작 강나윤은 입을 삐죽이며 흘려들었지만.
 그래도 계속 잔소리를 듣는 건 별로였는지 강나윤이 화제를 바꿨다.
 "네네. 알겠습니다. 운이 좋았습죠. 근데 언니, 이상한 거 못 느꼈어?"

"뭐? 왜? 또 무슨 사고 치려고?"

"아니 사고가 아니라, 나 어제 분식 잔뜩 먹고 잤잖아. 탕후루도 먹고. 아, 다시 생각하니 침 고이네."

말하다가 진짜 침이 고인 듯 강나윤이 입가를 닦았다.

그 모습에 거울로 보고 있던 운전자는 더욱 열과 성을 토로했다.

"너! 오후 촬영인데 그렇게 먹으면 어떡해!?"

"그러니까. 나도 오랜만에 막 고삐가 풀린 듯 먹었다니까? 원래는 나와서 그냥 간단하게 백반 정도나 후다닥 해치우려고 했는데 말이지."

"백반이 뭐가 간단해 인마!"

"그치, 나한테는 안 간단하지. 근데 잘 봐 봐. 언니도 알잖아, 나 밤에 뭐 먹고 자면 바로 팅팅 붓는 거. 오후까지도 잘 안 빠져서 예전에 1박 2일 하는 예능에서 완전 굴욕이었잖아. 근데 지금 어때? 나 분식 먹고 잔 것 같아?"

운전석 쪽으로 고개를 불쑥 내밀자 매니저는 살짝 당황했지만 침착하게 차를 멈추고 강나윤의 얼굴부터 살폈다. 그리곤,

"어?"

"신기하지? 나 하나도 안 부었다? 아니 오히려 때깔이 좋아 보이지 않아?"

"화장했어?"

"에이~ 화장품 다 거기 놓고 온 거 알면서 그래."

매니저가 신기한 듯 보자 강나윤은 그제야 뿌듯한 표정으로 으쓱했다.

함께한 시간만 벌써 몇 년.

서로 알 거 다 알고 모를 것도 아는 사이였다. 그런데 저렇게 놀라는 모습이라니.

'하긴 나도 엄청 놀랐지.'

잘 붓는 얼굴.

배우에겐 좋지 않았다.

불규칙한 촬영을 하면 어쩔 수 없이 식사도 불규칙해질 수밖에 없었다.

중간중간 간단하게라도 배를 채우고 잠도 좀 자야 하는데, 그때마다 얼굴이 부어 버린다?

화면에 나오는 얼굴이 장면마다 부었다 빠졌다 하는 대참사가 일어나는 거다.

그게 유독 심한 강나윤이라서 여태 미친 듯이 관리해 온 거지 않았던가.

그러다가 그게 결국 어제 터져 버린 거였다.

그랬는데, 이렇게 멀쩡하다고?

"뭐야? 먹었다는 거 거짓말 아냐?"

"자. 인증."

어제 찍은 사진을 보여 주니 매니저도 믿지 않을 수가 없었다. 여전히 의문이긴 하지만.

"아무튼 다행이네. 그럼 바로 촬영장으로 간다?"

"그러자고. 아~ 개운해. 오랜만에 어린 애들이랑 잘

놀고 잘 자서 그런가? 오늘 컨디션 너무 좋은데? 아 참! 그거 스태프들 거니까 언니가 잘 전해 줘? 거기 카페 진짜 좋더라. 맛도 맛인데 뭔가 그 예전에 나 찍었던 도깨비 호텔 드라마 있지? 그런 느낌이라고 해야 하나? 기가 좋았어."

확실히 컨디션이 좋은지 강나윤은 보통 차에 타면 자기 바쁜 그녀였는데, 오늘은 계속 수다를 떨었다.

마치 옛날처럼.

"아~ 생각하니 우리 작가님은 뭐 하시려나 궁금하네. 언니 뭐 아는 거 없어?"

"안 그래도 최근 들은 정본데, 그 도깨비 호텔이 웹툰 원작이잖아? 원작 작가가 이번에 신작을 낸다고 하더라?"

"어!? 진짜? 대박! 언제?"

"그것까진 모르겠는데 조만간 나올 것 같대."

"……혹시 그것도 드라마로?"

"이게 진짜 중요한 건데…… 이미 유플릭에서 접근했대."

유플릭.

다국적 OTT 기업이며 이쪽 분야에서는 그야말로 큰 손이었다.

물론, 이야기만 오가고 끝나는 경우도 많지만, 그렇게 성공했던 작품의 차기작 이야기다.

그 말은 즉 거의 확정이나 다름없다는 소리.

"이거, 작가님 한 번 찾아봬야 하는 거 아냐?"

"네가 아는 작가님은 각색 작가님일걸? 아마 이번에는 유플릭에서 제작하니까 원작 작가 입을 많이 탈 거야. 캐스팅부터."

"아 참. 그렇지. 그럼 원작 작가님을 찾아봬야 하나?"

자신의 커리어를 이끌었던 작품이었던 만큼 애착이 있을 수밖에 없다. 게다가 어제 아이들과 그때의 이야기를 오래 나눠서 그런지 너무 탐이 났다.

뭔가 감이 좋달까?

"아직 웹툰도 발표 안 났어. 괜히 섣불리 접근하는 건 성급해."

"응응. 그렇지."

하지만 매니저의 말에 고개를 끄덕였다. 욕심은 나지만 일에는 순서가 있는 법.

"그럼…… 이번 작품이 중요하겠네."

"그러니까 또 도망가지 말고. 응?"

"걱정 마. 나 지금 진짜 다시 태어난 거 같아. 막 10년은 젊어진 기분이랄까? 뭔가 저주가 떨어졌달까?"

"그게 또 갑자기 뭔 소리야."

"그만큼 컨디션이 좋다는 거지. 아무튼 이번 촬영은 길게 안 끌고, 한 방에 끝내 버릴게."

의욕이 불타는 강나윤의 모습에 매니저는 다른 의미로 두려워졌다.

쟤 한 번 한다면 하는 앤데.

요즘 들어 푹 수그려 있었다지만, 원래 이 구역의 미**이 자기라는 듯 마구 날아다니던 애였다.

저대로면 당분간은 시끄러워지겠다 싶을 정도.

'그래도 진짜 상태 안 좋았던 최근을 생각하면 다행인가?'

의욕도 없고 신경이 날카롭던 최근을 생각하면 오히려 좋을 수도…….

하룻밤의 일탈이 영 보람이 없진 않은 듯했다.

매니저 입장에선 그 하룻밤이 너무 쫄리는 하루였으니까.

킥킥!

"그 꼬맹이들 진짜 귀여웠는데. 다음에 또 놀러 와야겠는데?"

물론 뒤에서 혼자 킥킥대며 웃고 있는 모습에 아직 걱정되긴 했지만.

"근데 그 사장님 왜 어디서 본 것 같지?"

"누구?"

"아냐 아냐. 언니, 이거 좀 먹어 봐. 진짜 맛있다?"

입속에 들어온 복숭아 조림 요거트에 걱정이 싹 달아났다.

"어때?"

"이거 왜 이렇게 맛있어?"

아무 생각하지 못하게 만드는 맛에 매니저의 눈이 휘둥그레졌다.

그에 강나윤은 만족스런 미소를 지었다.
'음…….'
참 달콤한 일탈이었다.

* * *

"맛있네."
플레인 요거트에 복숭아 조림을 같이 숟가락으로 떠서 먹었다.
위에 시럽처럼 뿌려진 과즙이 섞인 설탕물 덕분에 단맛은 충분했다.
복숭아 조림의 식감도 훌륭하고.
살짝 시큼한 요거트의 맛이 단맛을 적당히 잡아줘서 부담도 덜했다.
"이것도 메뉴에 넣어야겠네."
어제 수아가 매운 떡볶이를 먹고 후후하는 모습에 떠올린 메뉴였다.
매울 때 요거트를 먹으면 아무래도 입안이 진정되니까.
여기에 시리얼이나 과일 같은 걸 더 넣어서 메뉴를 확장할 수도 있다.
물론, 지금은 그걸 하기 위해서 이걸 만든 건 아니었다.
'몰입.'

강나윤이 준 재능을 펼쳤다.
주변을 노닐던 아우라가 내게 모여들고 이내…….
팟!!
눈앞에 텍스트창을 띄운다.
그런데 텍스트창이 보여 주는 상태가 평소와 달랐다.

[복숭아 조림 요거트]
*효과
—기분을 좋게 하는 달달함
—심신 안정
*개선 가능
—상질의 요거트를 만들어서 넣을 시 추가 효과—소화 계통 증상 완화

바로 개선이 가능하다는 텍스트창이 추가로 보였다.
이건 비단 이 음료에만 적용되는 게 아니었다.
민트 초코 프라푸치노와 다른 음료에서도 개선점을 볼 수 있었다.
그 이유는 바로…… 몰입 재능 덕분이었다.
몰입은 이곳에 온 뒤로 가장 많이 쓰는 재능이자 자신의 고유 재능, 개안(2)을 개안(3)으로 만들 수 있었다.
물론 임시적이긴 했지만, 그래도 이게 어디야.
카페 밖에서와 달리 카페 안에서 사용할 땐 체력 대신 아우라가 소모되기도 했다.

'그뿐이 아니지.'

몰입은 다른 재능에도 사용이 가능했다. 이를테면 손재주라든가, 매력이라든가, 그림에도 됐다.

다 한 단계 성장시켜서 사용할 수 있게 된 것.

개안과 마찬가지로 2단계인 손재주에 사용해 3단계로 만들면…….

사라랑~

아우라가 손짓에 따라 손에 머문다.

이것까진 그림이나 목공 재능으로 효과를 부여할 때 있었던 일이지만…….

바람이 살랑살랑 일었다.

그냥 손짓으로 내는 바람이라기엔 이질적인 그 바람은, 순식간에 재료를 손질하고 또한 음료를 만들어 냈다.

그리고 여기까지 걸린 시간은 평소 음료를 만들 때 드는 시간의 절반이었다.

개안처럼 특별한 뭔가 일어나진 않았다. 하지만 시간이 비약적으로 줄어들었다.

힘도 절반 정도만 쓴 것 같고.

"음……."

좋다. 좋긴 좋은데 이것 참…… 일을 더 많이, 그리고 열심히 하라는 뜻인 것 같아서 묘했다.

뭐, 어차피 이건 아직 계속 쓰진 못하겠지만.

'재능마다 소모되는 아우라의 양은 좀 다르네.'

개안과 손재주는 2단계의 재능이라 그런지 3단계가 되

면 아우라가 더 많이 소모됐다.

물론 그만큼 방금처럼 효과는 더 특별해졌으니 손해는 아니었다.

"그럼 이걸로…… 개선부터 좀 해 볼까?"

방금 개안(3)으로 본 건 다 메모해 뒀다.

아우라 소모가 커서 계속 쓸 수는 없지만 이건 가능했다.

'요거트 만드는 방법은…….'

레시피북을 펼쳐서 확인했다.

생각보다 간단했다.

우유와 시판 유산균 음료 하나만 있으면 끝.

둘 다 배준호에게 부탁해서 아침에 받아 뒀으니 재료는 문제없었다.

"먼저 유리병을 소독하고……."

이제는 이런 일이 익숙해져서 그런지, 레시피도 쉽게 숙달이 됐다.

유리병 소독.

그다음은 우유를 끓이기 시작한다.

먼저 팔팔 넘치지 않게 끓인 뒤 45도 씨까지 식혀야 했다.

여기까지 하면 거의 끝난 거나 마찬가지.

식힌 우유와 유산균 음료를 섞어서 유리병에 넣으면 이제 시간 싸움이니까.

이건 이제 기대하면서 기다리는 일만 남았다.

또 어떤 손님에게 이게 필요할지 벌써부터 궁금해지는데…….

그런 기대를 가지며 뚜껑을 닫고, 유산균이 잘 활동할 수 있게 적당한 온도를 유지할 수 있는 박스에 넣었다.

그리고 뒷마당으로 나왔다.

"어디 보자……."

빛은 잘 들지 않으면서도 온도가 잘 유지되는 곳이 필요했다.

이를테면 쑥쑥이의 그늘 아래 같은 곳 말이다.

사라랑~

들고 온 박스를 내려놓으니 브라우니와 아우라들이 궁금한 듯 다가왔다.

호기심 가득한 애들 같은 모습에 흐뭇한 미소를 지었다.

그리고 아우라들이 놀고 있던 텃밭을 보는데…….

"응?"

잠깐, 텃밭을 돌아보는데 아침에 느꼈던 위화감이 또 느껴졌다.

뭐지?

어디서 느껴지는 거지?

텃밭을 둘러봤지만, 이상한 건 없는데?

그때!

"가지? 호박?"

하나 이상한 걸 발견했다.

분명 아침에 봐뒀던 가지와 호박에서 느껴진 위화감에 자세히 살펴보니 알 수 있었다.

줄기에 열렸던 결실 중 일부가 사라졌다는 걸.

"뭐야? 왜 없어?"

가까이 가서 살폈다.

빈 곳들이 확실하게 보였다.

전체적으로 둘러봤을 땐 알기 쉽지 않지만, 이렇게 보면 알 수 있는 정도였다.

누군가…… 가지와 호박을 훔쳐 갔다.

'누가?'

카페에 오는 손님은 못 봤는데?

텃밭 너머 산에서 사람이 내려오기엔 길이 없고 그럴 시간도 안 됐다.

내가 여길 보고 카페에 들어갔다가 나온 건 그리 길지 않으니까.

"귀신이 곡할 노릇이네?"

문득 머릿속에 한 가지 생각이 떠올랐다.

혹시 지난번 멧돼지와 같은 상황이 아닐까 하는.

우선 몸을 낮춰서 땅부터 살펴봤다. 무게가 실려 깊게 파인 흔적은 없었다.

하긴 그 멧돼지도 실상 영적인 존재여서 무게는 없으려나?

생각하니 또 닭살이 오소소 돋네. 무서운 건 아닌데 뭐랄까, 본능적으로 받아들이기 어렵다고 해야 하나.

그런 존재를 내가 볼 수 있다는 게 새삼 놀랍다만.

아, 지금 그게 중요한 게 아니지 참.

"흔적이라고는 랑이랑 토끼, 그리고 내 발자국밖에 없는데."

땅에 보이는 흔적은 그 셋이 다였다.

"응? 잠깐만?"

셋?

나는 당연히 제외.

랑이는 용의선상에 있긴 하지만 가능성이 없다.

먹을 것도 아니고 굳이 가지랑 호박을 딸 이유가 없으니까.

하지만…… 남은 하나는 아니지.

강력한 용의자가 생겼다.

"유독 여기에 토끼 발자국도 많은 것 같은데?"

인제 보니 그랬다.

가지와 호박뿐만이 아니라 토마토나 다른 작물들 쪽에도 기웃거린 흔적이 있었다.

이건 명백히 랑이와 뛰어놀아서 생긴 게 아니었다.

그렇다면 범인은, 아니 범묘는 바로…….

삐?

"너냐?"

호랑이도 제 말 하면 온다고.

토끼가 나타났다.

그것도 아주 범인 티를 팍팍 내면서 말이다.

"가지, 호박 어디에다 뒀어?"

……삐?

무슨 말인지 모르겠다는 듯 고개를 갸우뚱했지만 속지 않았다.

왜냐면 토끼의 입 주변에는 이미 호박과 가지의 흔적이 있었으니까.

보라색과 노란색으로 얼룩덜룩 물들여 있는 주둥이.

하지만 그럼에도 범묘는 계속 부정하고 있었다. 흠, 계속 그런다면 나도 어쩔 수 없지.

"찾아내야겠네."

철저히 밝혀 주마.

그건 아주 간단했다.

우선, 아무것도 모르는 척 다시 카페 안으로 들어갔다.

그리고 몰래 토끼가 하는 행동을 살폈다.

그러자 녀석은 예상대로 주도면밀하게 내가 완전히 안에 들어갔는지 살펴보다가 이내 범행을 실행했다.

하얀 궁둥이에 달린 동그란 꼬리에 잔뜩 힘을 주고서 말이다.

삐~!

똑!

그렇게 수확의 기쁨을 느끼며 또 가지 하나를 딴 녀석은 한 번 더 내 쪽을 살피더니…….

이내 수풀 속으로 들어갔다. 하지만 절대 놓칠 순 없지.

'브라우니. 안내해 줄 수 있지?'
꾸르~
나는 그런 녀석을 브라우니의 도움을 받아 추적했다.
그리고 찾아냈다.

[토끼의 굴―저장고]
*효과
―맛있게 저장하고 숙성을 시킨다

어쩐지 조금 요상한 텍스트창과 굴을.
"이게 뭐야?"
삐!?
들킬지 몰랐다는 듯한 맹한 반응의 토끼와 굴을 번갈아 보며 황당함을 감추지 못했다.

2장

텃밭 도둑을 잡았더니 저장고이자 숙성고를 발견했다.
이건 순전히 운이 좋았다고 할 수밖에 없었다.
저 말썽꾸러기가 대체 어떤 짓을 하는지 보고 싶어서 장난삼아 따라가지 않았다면 아마 평생 몰랐겠지.
게다가 브라우니를 보기 위해서 개안을 쓰지 않았다면 그냥 평범한 토굴로만 여겼을 것이다. 어쩌면 막았을 수도 있고.
아무튼.
"달라고 했으면 그냥 줬을 텐데 굳이 훔쳐 가나 싶었더니. 저장까지 하고 있었어?"
삐이······.
어쩐지 토끼의 귀가 시무룩하게 축 처졌다.

딱히 뭐라고 한 건 아닌 것 같은데 저런 모습을 보니 내가 잘못한 것 같네.

"아니 뭐, 너도 텃밭에 지분이 있으니까 조금 가져가는 것 정도야 괜찮은데."

괜히 변명 아닌 변명을 했다.

아닌 게 아니라 토끼는 텃밭의 작물들을 성장하게 도와주지 않았던가.

공의 대부분은 아우라들이긴 했지만 어쨌든. 유도하면서 퍼트려 준 그 공은 인정했다.

그러니 고작 작물 몇 개, 이렇게 꿍쳐 둔다고 해도 괜찮았다.

삐?

대충 뉘앙스를 알아들었는지 토끼가 고개를 들었다. 그러더니 갑자기 자기 굴에 들어갔다.

부스럭! 부스럭!

안으로 들어간 녀석이 부산스럽게 움직이는 소리가 들렸다.

뭘 하는 건지 모르겠다.

'몰입을 계속 개안에 쓸 수도 없고.'

아우라 소모 때문에 몰입은 멈췄다. 자연히 이제 텍스트창이 보이지 않았다. 그렇게 살짝 답답해지려던 찰나.

방금 전 들어갔던 굴 안에서 혼자 부산스럽게 움직이던 토끼가 나왔다.

삐!

그리고 입에 물고 나온 뭔가를 내게 건넸다.

"응? 가지, 토마토, 호박?"

자기가 가져간 것들이었다.

들켰으니 돌려준다는 건가?

아니, 이미 네가 가지고 간 걸 굳이 뺏을 생각은 없는데…… 필요 없다고 다시 밀어 넣으려는데 토끼가 고개를 저었다.

정확히는 절레절레 젓는다고 느껴졌다. 마치 대화가 되는 것처럼 말이다.

'보통 똑똑한 게 아닌데, 얘 진짜 말을 알아듣는 거 아니야?'

아무튼 진짜 이걸 돌려받을 생각은 없었다.

삐삐!

하지만 계속 준다고 하니.

"그래. 고마워."

받을 수밖에.

얼마나 저장했는지 모르겠지만 상태는 좋아 보였다. 그래서 카페로 돌아와서 확인해 보니.

[가지(숙성)]
*효과
—'숙성 효과'로 영양소 증가
—'숙성 효과'로 섭취 시 면역력 증가

[호박(숙성)]
*효과
—'숙성 효과'로 달지 않은데 단맛 증가
—'숙성 효과'로 체내 비타민 흡수율 향상

"어?"
이상한 게 보였다.
숙성 효과? 토끼굴에서 숙성이 됐다고?
그래서 효과까지 좋아지고…….
토마토도 살펴보니 기존의 효과와 달라졌다.

[영양 듬뿍 토마토(숙성)]
*효과
—'숙성 효과'로 활력 충전 증가
—'숙성 효과'로 항산화 효과 증가

보통 토끼는 아닌 것 같았지만 이런 것까지 예상하진 못했는데.
이거, 단순히 키우는 것만이 아니라 아주 좋은 파트너였다.
"토끼야. 잘했어."
삐!
"저기 저 한량보다 네가 낫다."
한량은 지붕 위에서 뒹굴고 있는 랑이를 말하는 거였다.

물론 녀석도 나름 역할이 없는 건 아니었다. 손님이 오면 반겨 주고 또 거기에 치대면서 손님의 심신을 편안하게 만들어 주긴 하니까.

그게 제 마음 내킬 때 만이라는 게 문제지.

그에 반해 이 토끼는 얼마나 성실한가.

시키지도 않았는데 알아서 이렇게 숙성도 시키고 말이지.

이대로 계속 토끼라고 부르는 게 실례일 정도였다.

"그러고 보니 이름이 없네."

삐?

"네 이름을 뭐로 할까."

그 전에 이름을 지어 줘도 되나 싶긴 한데…….

텃밭에 자주 놀러 오기도 하고 랑이랑도 놀다 가는 녀석이니. 내가 부르기 좋은 호칭 정도로 생각하면 되지 않을까?

'뭐가 좋을까.'

저장고랑 토끼…… 니까.

"토리. 네 이름으로 토리 어때?"

삐? 삐!

좋다는 거겠지?

듣고 방방 뛰는 토끼, 아니 이제 토리의 모습에 나도 마주 웃었다.

그때!

팟!

[토리]

 토리의 머리 위로 이름표가 붙으며 고개가 한번 갸웃할 상태가 떠올랐다.

*상태
―저장 및 숙성고 활성 가능의 열쇠

 응? 토끼굴이라면 이미 활성된 것 아닌가? 아니면 또 다른 의미인가?
 이건 정확히 모르겠다.
 '아!'
 그렇다면 개안(3)로 보면…… 몰입을 사용해 개안의 단계를 올리자 새로운 상태가 추가됐다.

 ―등록 완료 시 저장 및 숙성고 활성(등록 조건―토리의 인정)

 좀 더 상세해진 설명이었다.
 활성을 시키기 위한 조건이 추가된 것이다.
 근데 이거 어디서 많이 본 것 같은데?
 '쉼터를 추가할 때 보이는 거잖아?'
 지붕 위에, 그리고 공터 쪽에.
 호랑이 쉼터의 터를 늘릴 때 보였던 바로 그 텍스트창

이었다.

그게 이번엔 조금 다른 형태로 뜬 것이다. 조건도 조금 다르고.

그렇다면 이곳도 호랑이 쉼터에 포함된 한 형태라는 건가?

게다가.

"이번엔 터를 만드는 게 아니라, 인정받으라고? 너한테?"

삐!

"무슨 인정을…… 아!"

생각나는 게 있다.

그건 바로 토리의 까다로운 입맛. 그걸 인정받으라는 것 아닐까?

"근데 네가 뭔데 인정이야."

삐…… 삐?

이런 질문이 올 줄 몰랐다는 듯 당황한다. 이 녀석, 진짜 말을 다 알아듣나?

"뭘 인정하겠다는 건데?"

삐?

이번엔 모르겠다는 듯 고개를 갸우뚱한다.

알아듣는 건지, 못 알아듣는 건지 정말 헷갈리네.

아무튼 중요한 건 아니니 일단 넘어가고.

"저장 및 숙성고라……"

과연 쉼터에 추가할 필요가 있을까에 대한 근본적인 의

문이 떠올랐다.

하지만 그 의문은 금방 답을 내렸다.

바로 녀석의 저장고에서 가져온 채소들이 그 답이었다.

더 맛있어지고, 더 영양가 높아진 작물들.

게다가 오늘은 요거트까지 만들고 있었는데, 이것도 거기에 넣어서 숙성하면?

'더 좋아질 수도 있겠지.'

그리고 터를 확장하는 것만으로도 카페에 분명 도움이 될 거다.

여태 다른 쉼터를 확장했을 때처럼 말이다.

그리고 카페의 성장이 내게도 그 영향을 끼칠 거다.

조금 더 성장할 수 있는 상황.

그걸 마다할 이유는 없었다.

텃밭의 작물과 손님에게서의 수확에 도움이 된다면, 나도 같이 성장하는 것과 같으니까.

호랑이 쉼터에서 지내는 동안 그건 큰 낙이자 보람이었다. 그러니 안 해 볼 이유가 없어진다.

토리의 인정이 입맛을 만족시키는 거라면 더욱.

"네 입맛을 어떻게 맞춰 볼까?"

토리를 자주 오는 손님이라고 생각해 봤다.

그동안 입맛은 적당히 파악했다.

일단 신선한 걸 좋아한다. 그리고 단맛을 좋아하긴 하는데 그렇다고 막 단 건 좋아하지 않았다.

달지 않은데 단맛이 나는 걸 좋아한다고 해야 하나?
'생각해 보니 더럽게 까다롭네?'
자연스러운 걸 만들어야 했다.
그러면서 맛도 있어야 하고.
"하?"
생각할수록 조건이 복잡해진다.
이거 쉬운 게 아니었네.
예상 밖의 난관을 하던 그때.
문득 시선에 저장고에서 꺼내 온 것들이 들어왔다.
일단 저거라면 토리가 엄선해서 꿍쳐 둔 거니까…….
'재료는 확보했네?'

그렇다면 이제 이걸로 만들 수 있는 레시피를 찾아보는 것만 하면 되겠다.

마침 이걸 쓰는 레시피가 하나 있었지. 아침에 보자마자 생각해 둔 거였는데 한번 해 봐야겠다.

"토리. 기다려. 금방 다시 올게."

삐!

토리를 두고 재료와 함께 안으로 들어왔다.

새로운 일이 추가된 거지만 왠지 즐거웠다.

'그럼 어디…… 이번에 성장하면서 얻은 재능도 써 볼까?'

손님에게 쓰기 전에 먼저 토리에게 쓰게 될 줄은 몰랐지만, 이것도 좋지. 누구나 이곳의 손님이 될 수 있는 거니까.

2장 〈89〉

잠시 레시피를 한 번 떠올려 본 뒤, 몰입을 사용했다.
그리고 손재주의 단계를 올렸다.
사라랑~
아우라가 머문 손이 오늘도 바쁘게 움직이기 시작했다.

* * *

휘황찬란한 도시의 마천루 중 우뚝 솟은 하나. 그 안의 최상층에서 두 사람이 마주 보고 있었다.
천유진에게도 익히 눈에 익은 사람들이었다.
배홍석과 김도혁.
"따로 연락은 오지 않던가? 유산이라든지. 뭐든."
먼저 입을 뗀 건 상석에 앉아 있던 배홍석이었다.
천유진에게 보였던 그 인자하고 자상하기만 한 할아버지의 모습은 어디 가고.
지금 보이고 있는 표정에서는 보통 사람이라면 가볍게 위축될 것만 같은 무게감이 물씬 흘러나오고 있었다.
"그때 후원 관련해서 물은 것 말고는 없습니다."
그리고 김도혁은 그런 중압감에도 아랑곳없이 꼿꼿한 자세로 특유의 냉막한 인상을 유지하며 답했다.
"그런가?"
"예. 신기한 사람입니다. 그의 할아버지보다 더."
"허허! 그러니 자격을 가진 자라는 거겠지."

분명 천유진에 대한 얘기를 나누는 것 같은데 당사자는 들어도 모를 알쏭달쏭한 얘기들이었다.
"어디까지 성장할 것 같습니까?"
"글쎄. 나야 모르지."
"그때 보신 것 아닙니까?"
"보려고 했네만, 보지 못했네."
"예?"
 처음으로 배홍석의 말에 김도혁의 인상이 살짝 풀어졌다. 물론 금방 원래대로 돌아왔지만.
 대체 뭐가 놀라웠던 걸까.
"나도 이제 늙은 거겠지."
 배홍석의 말에 그럴 리가 없다고 생각하는 김도혁이었지만, 거기에 대해서 더 묻진 않았다.
 답이 나올 거였으면 진작 답을 줬을 양반이니까.
"그릇이 뭐가 중요하나. 천 씨가 그렇게 빨리 갈 때만 해도 걱정이 많았는데, 이 정도면 다행 아닌가?"
"그렇긴 하죠."
"그 녀석은 그래도 늦게 시작한 천 씨보단 적응이 빨라 보이더구먼. 듣자 하니 이제 제법 그럴싸한 향도 품었다더군. 아직 채 피진 못했지만."
"말씀처럼 아직 젊으니까요. 금방 피지 않겠습니까?"
"후후, 쉽진 않겠지."
 계속해서 그를 향해 호의적인 태도를 보이면서도 가끔 이렇게 헷갈리는 듯한 반응을 한다니.

김도혁은 배홍석을 보며 여전히 알 수 없는 자라고 속으로 생각했다.

"그나저나 많이 바쁘신 모양입니다."

"그건 자네도 같지 않은가?"

으쓱!

김도혁은 가볍게 제스처로 답을 대신했다. 밤낮이 없는 건 피차일반이니까.

"슬픈 얘기는 그만하지."

"예."

"이거나 맛보겠는가?"

"뭐죠?"

"천 씨 손자에게서 받은 거라더군."

"……괜찮습니다. 아직은 덜 익었을 테니. 괜히 맛만 버리느니 안 먹는 게 낫습니다."

"그러든지."

권했으나 진심은 아니었던 듯. 배홍석은 표정 관리라도 하듯 혼자 사과 민트 청으로 만든 차를 마셨다.

그냥 마신다고 할 걸 그랬나?

아까 들은 것과 달리 아리송한 게 아니라 향이 제법 좋았다.

김도혁은 괜히 거절했나 싶었으나 아쉬움이 남은 대화는 그렇게 끝이 났다.

다음 회동을 기약하면서 말이다.

* * *

같은 시간.

호랑이 쉼터의 주방에서 아우라가 이리저리 흩날렸다.

손이 움직일 때마다 이러니 조금 부담스럽긴 한데…….

재료 본연의 맛을 살려야 되는 레시피라서 손질을 잘하는 게 중요했다.

그래서 손재주(3)을 쓰지 않을 수가 없었다.

"그래도 빨리 끝났네."

속도도 빠르니 금방 끝났다.

가지런하게 썰린 가지와 호박, 그리고 토마토들.

이걸 차곡차곡 겹쳐 두면 거의 끝났다. 정말 간단한 레시피였으니까.

그다음은 소스인데…….

'만들어 둔 토마토소스가 있지.'

이건 다른 조미료를 첨가하지 않은 순수한 맛의 소스였다.

토마토를 으깨서 볶아 감칠맛만 극도로 올린, 사실 피자를 만들 때 쓴 베이스 소스였다.

원래는 여기에 조미료를 더해서 쓰지만…… 이번엔 허브만 조금 추가했다.

토리가 조금 특별한 건 같긴 한데, 그래도 토끼가 아니던가. 조미된 건 먹이면 안 될 것 같았다.

'소스도 그럼 끝.'

그리고 얇고 넓은 오븐 용기에 소스를 깔고 그 위에 썰어서 차곡차곡 쌓은 재료들을 둘렀다.

라따뚜이.

지금 만드는 레시피의 정체였다.

이제 오븐에 굽기만 하면 진짜 끝났다.

"좋아하면 좋겠는데."

예열된 오븐에 넣고 초조한 마음으로 기다렸다.

괜히 토리가 퉤! 하고 뱉던 모습이 떠올랐지만, 자신감을 가졌다.

그런데 그때!

"응?"

오솔길 쪽에 사람이 보였다.

조심스럽게 두리번거리면서 오던 사람은 이내 이쪽을 발견했는지, 흐느적거리며 이리로 왔다.

딸랑~ 딸랑~

"어서 오세요~"

일단 손님부터 맞이했다.

시커먼 아우라에 휘감기다 못해 목이 조이고 있는 손님이었으니까.

이쪽이 먼저였다.

* * *

"화장실 좀 쓸 수 있을까요?"

가게 안에 들어온 손님이 제일 먼저 묻는 말이었다.

안 될 건 없는지라 바로 쓰시라고 했다. 급변은 위급 상황이 아니던가.

황급히 내가 가리킨 곳으로 뛰어간 손님의 모습에서 그 급박함을 느낄 수 있었다.

물론 그것 말고도 이유는 있었다.

'아우라가 저런 건 또 처음 보네.'

마치 뱀처럼 자기 목을 죄고 있는 아우라라니…….

강나윤처럼 저주까진 아니더라도 그런 비슷한 상태인 걸까?

급해 보여서 상태까진 자세히 보지 못해 확실한 건 알 수 없었다.

뭐, 상관은 없지.

이따 오면 천천히 확인해 보면 될 일이었다.

띵!

그때 마침 오븐의 시간이 다 됐다.

라따뚜이 완성.

"음…… 브라우니."

토리에게 주기 전에 우선 브라우니부터 불렀다.

그리고 혹시나 손님이 오면 알려 달라고 한 뒤 뒷마당으로 나왔다.

삐?

"잠깐만 기다려. 식으면 줄게."

오븐에서 갓 꺼냈기 때문에 뜨겁다.

사람이면 오히려 지금 먹어야 하겠지만, 토끼한테는 조금 식혀서 줬다.

가지고 나올 때부터 호기심을 보이던 녀석은 과연……

챱!

조심스럽게 잘 구워진 토마토를 소스와 함께 들어서 입가에 대자, 녀석이 한 입 아주 소심하게 먹었다.

"어때? 괜찮지?"

녀석은 대답 없이 다시 한 번 입을 놀릴 뿐이었다.

그리고 그렇게 순식간에 토마토를 다 먹고, 이번엔 호박으로 주둥이를 향했다.

호박에 이어서 가지까지 먹어 치우는데 딜레이조차 없었다.

'잘 먹네.'

성공인 거 같다.

입가에 소스까지 다 묻히면서 정신없이 먹는 모습을 보니 뿌듯했다.

라따뚜이의 맛은 사실 호불호가 있을 수 있다.

재료 본연의 맛을 극대화시킬 뿐인 요리고, 엄청 특별한 맛을 내는 건 아니었으니까.

가지의 맛.

토마토의 맛.

호박의 맛.

하나하나가 그 맛의 끝을 낸다.

그래서 신선하고 건강한 느낌을 좋아한다면 호.

조금 자극적이고 인위적인 맛도 괜찮다면 불호.

그나마 소스가 있긴 한데 토리한테 줄 거라 크게 넣지도 않았으니, 아마 불호가 더 많을 듯이 만들긴 했다.

보통 사람은 야채로만 된 음식보다는, 다른 게 섞여야 좋아하는 사람이 많으니까.

'내가 먹을 거면 위에 치즈라도 뿌리는 건데 말이지.'

나조차도 이대로 먹는 것보다는 뭘 조금 더 첨가하고 싶을 정도니…….

하지만 오히려 그래서 토리한테는 더 맞춤이었나 보다.

그 증거로. 게 눈 감추듯, 벌써 라따뚜이의 1/4이 사라졌다.

그렇다면…… 이걸로 저장 및 숙성고도 얻게 되는 건가?

삐!

"맛있다고?"

삐삐!

확실히 저건 맛있었다는 만족의 표현이 분명했으니.

팟!!

그 순간, 토끼의 굴이 있던 곳까지 아우라들이 길을 만들었다.

예상대로 인정받아 또 새로운 터가 생긴 것이다.

'다른 쉼터에 비해서 특별한 일은 일어나지 않는 것 같네.'

이건 텃밭도 그랬기에 실망하지 않았다. 아마 토끼굴도 그 안에 더 놀라운 점이 있겠지.

그건 이미 하나 알고 있기도 했다.

숙성으로 인해 작물의 효과가 변하고 추가된 걸 봤으니까.

그렇게 새롭게 추가된 터에 대해 생각에 잠겨 있던 그때.

삐! 삐!

"더 먹을 수 있다고? 아냐. 이건 나중에 줄게. 너 지금 배불러."

토리가 더 달라고 다리에 매달리며 보챘다. 하지만 녀석의 배는 이미 볼록할 정도로 많이 먹었다.

이쯤에서 그만 먹는 게 좋을 듯했다.

대신…….

"아 참. 이걸 게다가 두고 발효시키면 좋을 것 같은데?"

토리에게 살살 말하며 아까 만든 요거트를 언급했다.

이것도 숙성 식품이니 바로 시험해 봐야지.

'과연 이건 어떤 효과가 붙게 될까?'

얻은 건 바로 써 보는 게 상책.

브라우니에게 신호가 없는 걸 봐선 손님도 아직인 듯하니…….

"얼른 갔다 오자."

삐삐!

토리에게 확인받자마자 바로 요거트 통을 들고 저장고로 향했다.

 뒤뚱뒤뚱.

 토리도 부푼 배를 흔들며 따라왔다.

 '어째 여기서 보는 동물들은 하나같이 특이한 것 같단 말이지.'

 그 모습을 보며 고개를 절레절레 저었다.

 랑이도, 백구도, 멧돼지도, 토리도. 성격은 다 달랐지만 참 특이했다.

 꼭 사람을 보는 것처럼.

 "웃차!"

 잡생각을 하며 걸으니 금방 도착했다. 그렇게 요거트가 든 유리병을 토끼굴에 넣기 위해서 몸을 숙이니…….

 '뭐가 많네.'

 안쪽에 뭘 잔뜩 쌓아 둔 게 보였다. 아마 토리가 하나씩 저장한 것이리라.

 녀석, 생각보다 많이도 모았네?

 들켰다고 생각했는지 토리가 불안한 눈동자를 보였다.

 "뭐라 안 할 테니까 걱정 마. 대신 이건 건들면 안 돼. 알겠지? 그리고 종종 이렇게 도와주면 나중엔 아까보다 더 맛있는 것도 해 주고."

 삐?

 "그러니까 이건 그냥 맛있어져라~ 하고 토닥토닥만 해 줘?"

알아듣는 건지 모르겠지만 어쨌든 진지하게 귀를 쫑긋하는 모습에 설명을 부연했다.

그러자.

삐!

"응?"

갑자기 토리가 토굴 안으로 와다다 들어갔다.

왜 그러나 싶어서 쭈그려 앉아 안을 보니…….

삐~ 삐삐~ 삐이~

유리병을 둘러싸고 노래를 부르고 있는 토리를 볼 수 있었다.

설마 저거 맛있어지라고 하는 건가? 그게 아니고서야…….

삐!

"어? 벌써 다 됐어?"

노래를 부른 지 얼마 되지 않아서 토리가 다시 나왔다.

그리고 방방 뛰면서 다시 토끼굴 쪽으로 유도했다.

이건…… 가져가라는 것 같은데.

'희한하게 대화가 잘 되는 거 맞는 것 같은데.'

이것도 혹시 호랑이 쉼터의 힘인가? 모르겠다.

일단 토리의 의중을 따라서 유리병을 다시 꺼냈다.

거의 1분?

최대로 잡아도 3분은 안 넘었을 것 같은데. 설마 그사이에 뭐가…….

[요거트]
*상태
―상질의 요거트
*효과
―'숙성 효과'로 소화계통 질병 완화―〉강화

"어?"

됐다.

기대했던 숙성으로 순식간에 요거트가 만들어진 건 물론이고, 숙성 효과까지!

'저장, 숙성에 중요한 건 굴뿐만이 아니라 얘였구나.'

토리 또한 저 과정의 핵심일 줄이야!

생각해 보면 토리는 텃밭에서도 아우라를 이용해 작물들의 성장을 돕는데 생각이 짧았다.

이 녀석은…… 확실히 평범한 녀석이 아니었다.

이런 굴을 만든 것부터 알아챘어야 하는데 너무 터에만 신경 썼네.

삐?

"어? 아냐. 고마워."

삐삐!

"음. 그래도 라따뚜이는 지금 말고 조금 있다가 먹자."

토리가 그런 게 어디 있냐며 뒷발을 팡팡거리며 신경질을 냈다.

이 녀석, 귀엽게 생겨서는 성격도 있네. 더 귀엽다.

꾸르~

"어? 손님이 나왔나 보다. 우선 텃밭이나 저기 공터에서 놀면서 소화 좀 시키고 있어."

마침 브라우니가 손님이 안에 들어왔다는 신호를 줬다.

그래서 급한 척 토리에게 설명하고 얼른 유리병을 들고 카페로 향했다.

토끼굴과의 거리가 멀진 않아서 금방이었다. 물론 길은 좀 내야 할 것 같지만……

"죄송해요. 기다리…… 셨죠?"

다시 카페로 돌아와서 카운터로 나오니 화장실에서 돌아온 손님의 모습이 보였다.

그런데 그 몰골이…….

'이게 사람이야 해골이야.'

깜짝 놀라서 나도 모르게 말을 더듬었다.

* * *

마르기도 말랐지만, 뭔가 퀭한 상태의 손님이었다.

아우라에 진짜 목이 조이기라도 한 건가? 아니면 화장실에서 사투라도 벌인 걸지도.

퀭한 상태의 손님은 멍하니 메뉴판만 봤다.

……진짜 괜찮은가.

"손님?"

"예? 예? 아! 그, 금방 주문하겠습니다!"

"아. 꼭 주문하지 않으셔도 되세요. 물론 카페 이용 시 메뉴를 주문하는 게 원칙이긴 한데, 긴급 상황이셨으니까 괜찮습니다."

"아, 아닙니다. 메뉴가…… 어."

"음…… 그럼 천천히 보시고 말씀해 주세요."

꼭 저럴 필요는 없는데.

일단 편하게 느낄 수 있도록 자리를 비켜 주기로 했다.

'긴장감이 높은 사람이야.'

텍스트창도 말해 주고 있었다.

[조동우]
*상태
―과민성 대장 증후군 심화
―과도한 긴장감으로 심신미약
―대인기피성 불안감, 위축

아까부터 미어캣처럼 메뉴판과 내가 있는 곳을 번갈아 보는 손님의 상태였다.

저런 사람은 전 직장에서 종종 봤다.

사람 간의 관계에서 불안감을 느끼는 사람들.

그러니까 수아의 표현에 따르면 'I' 성향에 완전 집순이 스타일 말이다.

대인 관계가 쉽지 않은 사람들이라 특히 이쪽 업계에선

더 쉽지 않았다. 그래서 보통 이직률이 높은 사람이기도 했다.

'일만 주면 참 잘하는 사람들이 많았는데.'

일을 주면 본인의 일은 잘했다.

그게 사람과 사람 간의 의견 조율이 필요하면 문제가 됐지만.

내 경우에는 그건 내가 하면 되니까 내 팀에 있던 사람과는 괜찮은 편이었다.

그쪽도 계속 보고 적응이 된 상대와는 또 잘 지냈으니까.

낯선 사람, 낯선 환경에서 오는 불안과 긴장만 아니면 한 사람 몫은 충분히 했다. 그러니 팀에 계속 있을 수 있었던 거고.

'괜히 그 녀석이 떠오르네.'

요즘 계속 사교성 만렙인 사람들만 봐서 그런지, 저런 타입을 보자 오랜만에 옛 직장 동료가 떠올랐다.

꽤 적응을 잘해서 경력이 차니까 대인관계도 나름 괜찮아졌지. 성향은 바꿀 수 없어도 학습은 되는 거니까.

물론 그렇다고 전에 왔던 김정현처럼 살가워졌다는 건 아니었다.

사회성이 늘었다는 거지.

'아, 이럴 때가 아니지.'

일단 과거 생각에서 빠져나왔다.

그건 지나간 인연이고, 지금은 눈앞의 손님을 챙겨야

했다.
 우선…… 추천 메뉴부터 바꿨다.
 지금 저 손님에게 도움이 될 건 역시 그거겠지.

[요거트]
―토핑 선택 가능.

 귀여운 토리가 요거트가 든 유리병을 들고 있는 모습을 그려서 효과까지 넣었다.
 그러자 얼마 지나지 않아서 손님이 조심스레 다가왔다.
 "저어……."
 "예. 주문하시겠어요?"
 "어, 그게. 추천 메뉴…… 이걸로 하나 될까요?"
 "예. 당연히 되죠. 여기 넣을 수 있는 토핑 있는데 골라주시겠어요?"
 "아…… 토핑. 토핑이…… 있었구나."
 갑자기 파르르 떨리기 시작하는 손님의 눈동자.
 마치 서브웨이에서 처음으로 주문하는 법을 들은 듯한 표정이다.
 이거, 주문하기 어려워하는 사람에게 하필 추가 주문을 하게 만들어 버리다니.
 목을 옥죄고 있는 뱀 같은 아우라가 더욱 커지는 게 실시간으로 보였다.

선택 장애가 온 모습이 분명했다.

저러다 무슨 일이 생길라.

서둘러 말을 이었다.

"아, 혹시 청포도, 토마토, 복숭아까지 다 넣을 수 있는 스페셜로 드릴까요?"

"아! 네! 그렇게 해 주세요!"

다행히 음침하고 칙칙한 아우라가 더 기승을 부리기 전에 선택했다.

어떻게든 주문을 한 손님은 안도의 한숨을 내쉬며 편하게 구석 자리로 돌아갔다.

'조금 걱정되네.'

일단 추천 메뉴는 선택했지만, 과연 이걸로 될지 걱정이 됐다.

과민성 대장 증후군이야 어떻게 될 것 같은데…… 긴장이나 불안감, 위축 같은 건 아무래도 심리적인 요소니까.

그러고 보니 예전에 그 녀석이 그런 말을 했었지. 원래 그 정도로 사람 만나는 게 어렵진 않았다고.

어느 날 화장실 신호가 왔는데 하필 그날따라 적당히 볼일 볼 곳이 없었다고.

급박해질수록 점점 초조해지고 식은땀은 나고…… 결국 어찌어찌 해결은 했는데 그다음부터 자꾸 밖에만 나가면 배가 살살 아프고 불안했다고.

그냥 혼자 일을 보려고 나간 경우는 중간에 해결하면 그나마 나은데…….

'시간 약속을 하거나 편하지 않은 사람을 만나면 그게 심해졌다고 했지.'

약속 시간이 될수록 이상하게 배가 아프다거나. 사람을 만나는 게 꺼려진다거나.

그게 쌓이니 자연스럽게 그렇게 된 거라고 했다.

아마 저 손님도 어떤 계기가 있지 않을까? 그걸 해결해야 저 불안감도 괜찮아질 텐데.

"그것까지 내가 알 순 없으니……."

게다가 방금의 모습을 보면, 여태까지 다른 손님들과는 달리 대화하기도 쉽지 않을 거 같았다.

오히려 대화를 시도하면 더 심해질 수도.

'아!'

개안(3)이라면 뭔가 볼 수 있을지도?

메뉴를 보면 개선점도 볼 수 있으니 충분히 가능성이 있었다.

바로 몰입을 사용해서 개안의 단계를 높였다. 그리고 손님을 보자……

촤라락!

머릿속에 파노라마처럼 무언가 떠올랐다.

그건 한 사람의 짧은 이야기였다.

어린 시절의 한 장면을 녹여 낸 듯한, 마치 꿈같은 모습이 머릿속을 부유했다.

'음……'

뚜렷하진 않았다. 흐릿흐릿하게 그게 뭔지를 겨우 알아

볼 수 있을 정도였다.

아우라?

그래, 아우라가 재연을 하고 있는 듯한 느낌이라고 하면 정확했다.

분명 개안을 썼는데 왜 이런 일이 일어난 건지?

궁금하긴 한데 지금은 그게 중요한 게 아니었다.

우선 머릿속에 펼쳐진 이야기에 집중할 때였다.

'학교?'

오랜만에 보는 듯한 학교의 풍경이 느껴지고, 그중에서 한 아이가 눈에 들어왔다.

아마 저 아이가 손님의 과거겠지.

그런데 뭔가 끙끙 참고 있는 듯 아이는 식은땀을 흘리며 주변을 불안하게 훑었다.

수업 시간이라 다들 칠판만 보느라 아이에겐 관심이 없는 듯했는데.

번쩍!

참다 참다 참지 못하겠는지 아이가 손을 번쩍 들었다.

그리고 뭐라 뭐라 말을 했다.

'말까진 재연이 안 되나 보네.'

무슨 말인지는 모르겠지만 손을 든 아이는 황급히 일어나 밖으로 나갔다.

그리고 잠시 후.

웅성! 웅성!

타이밍이 별로였을까, 아이가 화장실에 들어간 순간 종

이 울리며 아이들이 쏟아져서 나온다.

　쉬는 시간이었다. 당연히 화장실도 많이들 갔는데…….

　아이가 들어간 화장실로도 많은 아이들이 들어왔다.

　그리고 그중 누군가 아이가 들어간 칸을 가리키며 소리를 쳤다.

　아이들의 시선이 그쪽으로 몰린다.

　'음.'

　소리는 들리지 않았지만 몰린 아이 중 짓궂은 애가 장난을 쳤음을 알 수 있었다.

　스르륵!

　눈에 들어오는 풍경이 다시 카페로 돌아왔다.

　방금까지만 해도 아이였던 손님은 이제 다 큰 성인이 된 모습으로 카페에 자리하고 있었다.

　하지만…… 화장실에서 밖의 아이들에게 둘러싸였던 어릴 적 모습은 그대로 남아 있었다.

　사소하다면 사소한 기억이었다.

　내 나이 정도만 되어도 어릴 적에 이런 경험을 해 본 이가 적지는 않을 거니까.

　하지만 누군가에게는 큰 상처로 남은 기억이기도 했다.

　'호랑이도 볼일을 볼 땐 불안을 느낀다고 들었는데.'

　사람도 마찬가지.

　그 불안이 저런 식의 일을 겪고 나면 트라우마처럼 남은 모양이다.

전 직장 동료와 비슷한 경우였다.

유난히 소화 기관이 약한 사람들은 여행을 다닐 때 제일 스트레스를 많이 받는 게 화장실이라고 했다.

지금 저 손님은 그런 사람 중에서도 심리적인 요소까지 더해진 최악의 상태였다.

아마 일상에서도 많이 불편할 터……

아니지, 저 상태면 지금 불편함을 넘어서 삶의 만족감이 극도로 떨어진 상태다.

"아, 예. 제가 잠깐 일이 있어서……."

ㅡ일은 무슨 일! 또 화장실이냐!?

"그게."

ㅡ당장 안 뛰어가? 거래처 다 막히면 네가 책임질 거야!

"아, 아. 금방 가겠습니다. 예예."

구석에서 전화를 받는지 폰을 들고 굽실거리고 있는 손님의 모습은 스스로 목을 옥죄고 있는 듯한 상태였다.

삶의 질이 떨어지는 게 문제가 아니라 자존감은 물론, 최소한의 인권이 바닥 치는 상황.

'하필 하는 일도 영업인가.'

상성이 너무 안 맞았다.

재택근무가 베스트겠지만 그래도 사무실에 오래 머무는 일이었으면 차라리 나았을 텐데…… 물론 그게 어디 마음대로 되겠냐마는.

거기까지 내가 해결해 줄 수 있는 부분이 아니었으니

넘어가고.

그나마 해결할 수 있는 부분을 떠올렸다.

'일단 본인이 스스로 안정을 찾아야 돼.'

어딜 가더라도 마음이 편해야 한다.

그러려면 한 가지가 우선적으로 필요했다. 전 직장 동료의 말로는 그런 걸 장지컬이라고 했던가?

몸이 괜찮으면 마음도 절로 편해진다고…… 물론 그 타고난 몸을 어떻게 바꾸는 게 쉬운 일은 아니지만.

'마침 이게 있으니 그건 될 것 같네.'

토리가 만들어 준 숙성된 요거트의 효과가 마침 여기에 필요했다.

[요거트]
*상태
—상질의 요거트
*효과
—'숙성 효과'로 소화계통 질병 완화—〉강화

효과의 시간은 7일.

이 정도면 일상생활을 하다가 평소와 다르다는 건 느낄 정도는 됐다.

물론 이것만으로 해결이 된다는 건 아니었다.

'약을 파는 것처럼 해야 된다고 했지.'

오늘따라 예전 동료가 한 말들이 도움이 많이 되네.

그 녀석이 말하기를 이건 심리적인 것도 있어서 자기 최면 같은 게 필요하다고 했다. 이를테면 위약 효과와 비슷한 거였다.

그러니까…….

"아, 저. 혹시 이거 테이크 아웃…… 아, 이미 나왔구나."

스페셜 요거트를 만들어서 컵에 넣고 있는데 손님이 급히 카운터로 왔다.

아까 전화 통화로 미루어 보아 빨리 가려고 포장하고 싶은 모양.

"포장해 드릴까요?"

"……되나요?"

"그럼요. 이건 제가 먹으면 되니까요."

"그럼 너무 죄송하니, 두 개 주문한 만큼 결제를 해 주세요."

"괜찮습니다. 만드는 동안 잠깐 계시겠어요?"

"아…… 예."

작은 나무 볼에 담은 건 옆에 두고 새로 하나 만들기로 했다.

이미 토핑 재료는 많이 준비해 뒀으니 진짜 어려운 일은 아니었다.

포장 컵에 담기만 하면 되니까.

"아 참. 제가 말씀드렸나요? 이거 수제 요거트거든요. 제가 직접 만들고 숙성시킨 겁니다."

아마 저 손님은 스몰토크를 좋아하지 않을 거다. 보통

이런 대화가 시작될 것 같으면 피하겠지.

방금까지 카페에서 구석진 자리를 잡는 것처럼 말이다.

하지만 이번엔 그럴 수 없었다. 내가 굳이 돈을 더 받지 않고 만든 음료를 두고 새로 만들어 주겠다고 했으니까.

뭔가 미안한 마음에라도 어쩔 수 없이 들어 주려고 할 것이다.

"아. 그래요?"

예상대로 스몰 토크에 반응을 보였다. 이제 여기서 최대한 약을 잘 팔아야 하는데…….

'몰입.'

우선 매력 재능의 단계를 높였다.

그리고 계속 말을 이었다.

"아마 장이 예민하시면 좋아질 겁니다. 특별한 저장고에서 발효했기 때문에 튼튼한 장 유익균이 많거든요."

"그런 게 어디…… 아아. 그렇군요."

어디서 약을 파냐는 듯한 표정을 짓던 손님이 갑자기 전혀 다른 반응을 보였다.

완전 신뢰까진 아니지만 수긍하고 받아들이는 듯한 반응이었다. 단계가 높아진 매력의 힘이었다.

일단 그럴싸하게 느끼게 만드는 것이다.

"사람도 운동 안 해서 비실비실한 사람이 있고 운동 열심히 튼튼한 사람이 있잖아요? 유산균도 그렇거든요. 제가 특별한 저장고에서 발효시킨 유산균은 운동을 아주 열심히 한 튼튼한 녀석이라서 효과도 바로 날 겁니다."

"바로요? 그게 되나요?"

"내일, 아니 오늘 오후만 돼도 괜찮을걸요? 오늘 보니까 속이 안 좋으신 것 같던데 한 번 드시고 오후에 지켜보세요. 속이 편하실 겁니다."

사실 틀린 말은 안 했다. 그래서 자신 있게 말한 거고.

효과가 언제까지 지속된다는 얘기만 뺐을 뿐이다.

튼튼한 유산균 얘기도 완전 틀리지는 않았다. 어쨌든 소화계를 강화시켜 주는 효과가 있으니까 그렇게 생각해도 무방하지 않을까.

물론 이걸 어디 제약회사나 식약청에 가서 떠들 순 없겠지만.

어차피 지금 과학적인 무언가가 필요한 것도 아니었다.

중요한 것은 손님에게 안심을 주는 것.

"정말요? 그랬으면 좋겠네요. 진짜……."

진심이 묻어 나오는 중얼거림에 손님의 목을 감싸던 뱀 같은 아우라가 움찔했다.

아직 풀릴 기미는 보이지 않았지만, 어쩐지 아우라가 흔들리는 느낌이다.

"여기. 다 됐습니다. 안에 들어가는 샤인머스캣과 토마토도 여기 텃밭에서 직접 키운 겁니다. 유기농으로 말이죠. 그래서 아주 맛있을 거예요. 그리고 복숭아는 직접 조렸고요."

"와, 다 수제에 유기농이군요?"

신뢰도가 한층 더 쌓였다.

뱀 같은 아우라가 더욱 흔들렸다.

이번엔 조금 목을 죄던 것이 풀렸다.

됐다, 이 정도면 가능성이 있었다.

"예. 드시고 괜찮으시면 또 한 번 오세요. 주말에 오셔도 됩니다. 여긴 사람이 붐비지 않거든요."

"아아……."

사람이 붐비지 않는다는 말에 눈을 반짝인다.

아까 첫인상 때의 퀭함도 줄었다.

뭐랄까, 쾌활해진 미어캣 같은 모습이라고 해야 하나?

내 말에 귀를 기울이는 모습이 꼭 그걸 닮았다. 목에 뱀을 둘러서 조금 버거워 보이는 미어캣.

'이 정도만 해 둘까.'

너무 과하면 또 효과가 역으로 날 수가 있었다.

광고도 과하면 되레 반감이 들지 않던가. 지금 정도가 딱 적당하다는 느낌이 왔다.

"그리고 이건 수제 요거트인데 플레인이거든요? 내일 아침에 간단한 시리얼만 넣어서 드시면 좋을 겁니다."

"예? 이건 주문 안 했는데요."

경계.

"서비스입니다."

매력(2)이 섞인 서비스라는 말에 홀라당 넘어간다.

다른 말보다도 역시 이거 하나가 손님을 잡는데 최고라고 했던가. 그게 맞는 듯했다.

"그렇군요. 그럼 다음에 꼭 한 번 더 오겠습니다. 이크! 늦었다!"

"예. 그럼 살펴 가세요."

그렇게 서비스까지 야무지게 챙긴 손님은 시계를 보더니 급히 문을 열고 떠났다.

올 때와 마찬가지로 참 급한 이별이었다. 그런데 그보다…….

'아우라는 역시 없네.'

딸랑~ 딸랑~

닫힌 문을 보며 잠시 기다려 봤지만, 이번 손님에게선 바로 아우라를 얻을 수 없었다.

아마 목을 두른 아우라가 완전히 정화되면 그때 얻을 수 있겠지.

뭐, 당장 급한 건 아니니…….

"나도 맛이나 볼까?"

남은 스페셜 요거트로 시선을 돌렸다.

만들기 전에 맛을 보긴 했지만 이렇게 한 컵에 다 먹어 보진 않았다.

"음."

먼저 요거트만 살짝 떠서 먹어 봤다.

시큼하면서도 달큰하니 잘 발효된 요거트의 맛이었다. 뒷맛이 깔끔해서 참 좋았는데…….

특이하게 묘한 향이 있었다.

플레인 요거트라면 원래 특별한 향이 없는 게 일반적인데.

'아침에 수아, 시아에게 준 건 별다른 향이 안 났지.'

그건 시판 요거트니까 당연한 건가?

그럼 시판과 수제의 차이는 뭘까.

토리의 굴.

그것밖에 없었다. 재료는 같을 테니까.

"그러고 보니 토리의 굴에서 나는 향 같기도 하네."

채소와 풀 향이라고 해야 되나?

기분 좋은 그런 향이 섞여져서 나오는 듯했다.

여기에 토마토와 샤인머스캣, 복숭아 조림은 더할 나위 없이 잘 어울렸다.

토마토는 전체적인 밸런스에 어울려서 나쁘지 않았고.

복숭아 조림은 더욱 향긋하게 하고 단맛을 전체적으로 끌어올렸다.

특히 톡톡 터지는 식감의 샤인머스캣은 일품이었다. 이것만 따로 해도 될 정도.

"맛있네."

진짜 맛있다. 이게 숙성의 맛이라는 건가?

'이런 게 숙성이라면.'

그 손님도 잘 묵혀서 좋은 아우라로 돌아왔으면 좋겠다.

*　*　*

호랑이 쉼터에서 헐레벌떡 뛰어나온 조동우는 얼른 거래처로 향하기 위해서 차를 탔다.

그리고 손에 든 컵을 대충 꽂아 두고 출발하려는데.

"……갔다가 오면 아무것도 못 먹겠지?"

차라리 그게 나을 수도. 괜히 또 먹었다가 배가 아프면 곤란하니까.

근데 이걸 줄 때 카페의 사장님이 했던 말이 생각났다.

먹으면 장이 건강해진다나?

들을 때는 고개를 끄덕였지만 지금 생각하면 그게 가능한가 싶었다.

시중에 파는 유산균 관련 건강 식품이나 일반 식품들도 그렇게 광고하지만, 실제로 효과는 그다지 없었으니까.

장복하면 좋다는 사람들이 많긴 한데…….

'최소한 나는 안 맞았지.'

장이 선천적으로 좋지 않은 조동우였다.

당연히 장에 좋다는 건 이것저것 많이 먹어 봤다. 하지만 소용없었다.

근데 왜 자꾸 그 사장님의 말이 떠오르지?

요거트를 만들던 모습도 생각이 났다.

되게 빠르진 않은데, 묘하게 눈이 가는 신비로운 모습이었다.

생긴 것도 그렇고 묘하게 수려한 것이…… 약간 선인

같다고 해야 하나?

'생각하다 보니까 진짜 그런 거 같기도 하고.'

여유 있게 말하던 모습이 묘하게 눈에 밟힌다.

그래서 자꾸 신뢰가 가려는 건가?

그 모습 때문에?

"아침부터 아무것도 안 먹고 나와서 배가 고프긴 한데…… 에이. 먹자. 이것도 먹고 살자고 하는 건데."

과일이랑 요거트 좀 먹는다고 탈이 나진 않겠지.

사장님이 했던 말을 진짜 다 믿진 않았지만, 우선 먹고 가기로 했다.

그렇게 막상 먹기 시작하니.

"우와!"

진짜 맛있었다.

저도 모르게 후루룩 마셔 버렸다.

"진짜 수제 요거트는 맞나 본데? 이런 건 처음 먹어 봐."

요거트부터가 시중의 그것과는 차원이 달랐다.

'진짠가?'

맛을 보자 더욱 신뢰가 가려 했다.

어쩌면 진짜 거의 반평생 이상의 삶을 바닥으로 떨어트린 원인이 나아질 수도 있지 않을까?

그렇게 나직한 기대와 함께, 요거트를 싹싹 먹은 조동우는 늦지 않게 거래처로 향했다.

그리고…….

"하하. 잘 부탁드립니다."
"저희야말로 잘 부탁드리겠습니다."
"조 대리 믿고 한번 해 보죠."
"감사합니다!"
신기하게 미팅 중에 전혀 배가 아프지 않았다.
늘 배가 불편해서 인상을 쓰다가 거래를 망치는 경우가 허다했는데, 오늘은 배가 아프지 않아서인지 컨디션도 좋았고. 그래서인지 일이 너무 잘 풀렸다.
자신도 놀랄 정도로 말이다.
'진짜 그게 효과가 있나 본데?'
긴가민가했던 것이 점점 무르익어 가고 있었다.

* * *

특이했던 손님이 떠난 지도 벌써 며칠이 지났다.
아직은 별다른 일이 없었다.
아, 아예 없는 건 아니구나.
"그때 당시엔 신경을 못 써서 몰랐는데······ 다른 사람의 과거를 볼 수 있다니."
그냥 그렇구나 하고 넘어갈 수 있는 일이 아니었다.
여기가 영화도 아니고 현실에게 그게 가능하다니······ 라는 이유는 아니었다.
이미 그런 일은 많이 겪었으니까.
그보다 '왜' 그런 일이 일어난 건지가 궁금했다.

그래서 지금까지 궁리한 결과…….
"몰입 재능 덕분인 것 같네."
단순히 다른 재능의 단계를 올려 주는 것뿐만이 아니라 이렇게도 영향을 줄 수 있는 재능이었던 거다.
너무 한 가지에만 집중하느라 놓쳤던 것뿐.
'도움이 많이 되겠어.'
대화로 손님의 상태를 알아내는 건 역시 한계가 있었다.
조동우라는 손님처럼 스몰토크가 쉽지 않은 사람도 있으니까.
그게 아니더라도 사람은 원래 자신의 약한 부분을 잘 얘기하지 않는다.
약한 부분을 보듬어 주는 사람만 있으면 좋겠지만, 세상엔 아닌 사람이 더 많으니까.
본능적으로 방어를 하는 거다.
마음의 병도 다들 그렇게 생긴다.
약한 모습을 감추거나 꾹 참고 버티려다가.
이렇게 보면 사는 게 참 쉽지 않았다.
배고파서, 화장실을 못 가서, 잠을 못 자서 등등. 가장 생리적인 욕구마저 쉽게 해결할 수 없는 경우가 있다는 건 어마어마한 스트레스였다.
'며칠 동안 무 수면으로 일했을 때, 진짜 지옥 같았지.'
세상이 몽롱해지는 짓이었다.
그러니 아우라가 그렇게 된 거겠지.

큰일이 나기 전에 여기에 와서 다행이었다.

누군가는 그게 뭐 문제가 되는 거라고. 소심하게 그런 걸로 스트레스받냐고 할 수 있지만, 그게 그렇게 쉬운 일이 아니다.

어쩌면 소심해 보이는 사람이 다른 상황에서는 또 용감할 수도 있는 거니까.

반대로 평소에 호탕한 척하지만 정작 중요한 상황에는 소심해지는 사람도 있을 테고.

아무튼, 그건 사람마다 다른 거니까 뭐라고 하면 안 된다.

다만 스스로 그런 성향을 깨우쳐서 그에 맞는 옷을 입는 건 중요했다.

그렇지 않으면 그 손님처럼 될 테니까.

아마 호랑이 쉼터에 오지 않았다면 더 안 좋아졌을지도…….

"이래서 이 일이 보람 있다니까."

돈을 떠나서 말이지.

아직 소식은 없지만 분명 지금쯤이면 좋아지고 있지 않을까?

나는 그걸 기다리면서 오늘도 일찍 출근해서 텃밭 관리, 공터 관리, 쉼터들 한 바퀴 돌고 카페 내부 정리까지 했다.

"음. 깨끗하네."

만족스럽다.

근데…… 왜 손님이 안 올까?

그 손님이 떠난 후니까 벌써 며칠째였다.

왜지? 설마 마지막으로 왔던 손님이 괜찮아져야 다음 손님이 오는 건가?

"으음."

설마 여기가 특별한 곳이라서 손님을 가려 받진 않을 텐데…….

피식!

물론 장난삼아 한 소리였다. 호랑이 쉼터가 있는 이곳 자체가 워낙 외져서 손님이 오기 쉽지 않은 게 당연하니까.

생각해 보면 김하나 같은 손님도 친구인 한송이를 데리고 왔었고, 수아와 시아가 있을 때 함께 분식을 먹고 간 강나윤의 경우도 있었다.

하지만 그것과는 별개로…….

"으음…… 그 손님은 괜찮았을까?"

지금까지는 어찌어찌 다들 이곳에서 쉬어가고 힐링하고 갔으니까.

그리고 바로 해결이 되어 재능이 흡수되었기에 큰 걱정이 없었다. 하지만 이번엔 달랐다.

포장을 해서 돌아갔기에 아우라가 좋아지는 것을 확인하지 못하지 않았는가.

요거트의 능력에는 자신이 있었다. 하지만 포장한 것을 깜빡하고 못 먹을 수도 있는 거고.

이거, 더 걱정되는데?

마침 오는 손님이 없어서 그런지 더욱 신경이 쓰일 수밖에 없었다.

마치…… 아픈 손가락처럼.

"후, 어쩌겠어. 일단 할 일이나 하면서 기다려 봐야지."

그게 현재로선 최선일 것 같았다.

"근데 할 일이……."

없네.

애초에 이런 걱정이 손님이 안 와서 생긴 쓸데없는 기우였으니까.

"이 김에 좀 쉬자."

오랜만에 카페 테이블에 앉아서 멍하니 창밖이나 봤다.

왜앵?

"요즘은 지붕에서 안 자네?"

그러자 랑이가 다가와서 테이블 위에 식빵을 구웠다.

날이 더워져서인가?

랑이는 최근엔 낮에 지붕에서 햇빛을 피할 곳 없어서 그런지, 주로 카페 안에 있었다.

"그래. 오늘은 좀 쉬지 뭐."

느긋하게 멍 때리는 랑이의 모습에 나도 따라 멍을 때리기로 했다.

이렇게 있으니 내가 역으로 손님이 된 것 같네. 나른하니 잠이 올 듯 말 듯 하다.

음료라도 한 잔 마실까?

뭐가 좋으려나…….

커피? 민초?

아니다, 그냥 아무것도 하지 말자.

끔뻑! 끔뻑!

천천히 눈이 감겼다. 그렇게 잠이 들려던 찰나!

스르륵!

"응?"

오솔길에서부터 보이는 아우라의 모습에 눈을 번쩍 떴다.

아주 맑은 아우라였다.

'혹시?'

기다리던 그건가?

그 아우라가 천천히 다가올수록 주변의 아우라들도 거기에 동조했다.

아무래도 예상하는 그게 맞는 것 같았다.

오솔길에서부터 공터까지 이어지는 아우라의 길.

마치 무지개가 땅에 떠오른 듯, 아우라는 카페 안으로 날아왔다.

그리고 내부를 한 번 휘감더니 이내 내게로 왔다.

사라랑~

마치 오래 기다리게 해서 미안하다는 듯. 아우라가 팔을 휘감으며 애교를 부렸다.

"그 사람은 괜찮아진 거겠지?"

스르륵!
내 질문에 대한 답인 듯.
아우라가 스며들었다. 그리고.

>조동우의 외유내강

새로운 재능이 떠올랐다.
역시, 잘 해결이 되고 있나 보다.
다행이네.
안 그래도 계속해서 신경 쓰였는데 이렇게 해결되다니.
게다가.
"재능이 외유내강이라…… 한 번 단단해지면 쉽게 무너지지 않겠네."
다행이다. 조금 더 마음 편하게 쉴 수 있겠다.
라고 생각하는 순간.
츠츠츳!
스며들었던 아우라가 몸 밖으로 나왔다. 그리고 주변을 휘감듯 가득 채웠다.
이런 적은 처음이라 살짝 당황한 것도 잠시.
아우라의 흐름에 따라 시선을 옮겼다.
호랑이 쉼터를 특별하게 만들어 준 특별한 힘이었다. 그들이 하는 일에는 분명 이유가 있었다.
'그게 뭔지 의도를 알아내는 게 내 일이고.'

그러니 두 눈에 가득 채웠다.

행여 놓치지 않도록.

사라랑~

아우라는 그런 내 모습이 기꺼운 듯 천천히 보란 듯 움직였다.

카페에서 지붕으로.

지붕에서 공터로.

공터의 그늘 쉼터를 한 번 훑고는 텃밭에도 머물렀다.

그리고 마지막으로…… 토리의 굴까지 갔다가 돌아온 아우라는 그대로 카페에 스며들었다.

팟!!

아우라가 휘몰아친다.

그제야 느낄 수 있었다. 호랑이 쉼터가 또 한 번의 성장을 하고 있다는 걸.

'새로 생긴 터로 인한 변화가 이제 일어나는 거구나.'

뒤늦게 깨닫고 쉼터의 성장을 기다려 보는데…….

"응?"

뭐지?

뭔가 일어날 것 같았는데.

'아무것도……!?'

그때!

내 몸속에 남아 있던 아우라가 카페를 휘몰아치는 아우라와 공명하기 시작했다. 그리고 이내 몸속의 아우라와 하나가 되었다.

휘몰아치는 아우라의 바닷속에 빠진 기분.

카페가 변화하는 게 아니었다.

'나구나.'

변화가 일어나는 건 바로 나였다.

의식이 흐려진다. 나한테 무슨 일이 일어나는 걸까.

스르륵.

정신을 차려 보려 했지만, 아까부터 졸렸던 눈이 그대로 감겼다.

* * *

끔뻑! 끔뻑!

여긴 어딜까.

감겼던 눈을 뜨자 보이는 풍경은 낯설면서 익숙한 느낌이었다.

왜일까?

'아!'

카페를 이어 가겠다고 하기 전에 할아버지의 집에서 꿨던 꿈속 풍경. 분명 그곳과 비슷했다.

그렇다면 또 그 꿈을 꾸는 걸까?

하지만 이번엔 그 신선 같은 사람도, 수많은 신비한 동물도 없었다.

그렇게 공터에 나만 덩그러니 있다고 생각하기 무섭게!

스윽.

누군가 나타났다.

'누구?'

익숙한 실루엣인데? 누구더라?

아!

'할아버지!?'

그래, 저 익숙한 실루엣은 분명 할아버지의 것이었다.

당장 달려가서 붙잡으려 했지만 발은 땅에서 떨어지지 않았다.

나는 예전과 같이 볼 수만 있었다.

할아버지의 실루엣은 내가 있는 걸 모른다는 듯 공터를 이리저리 돌아다녔다. 그러다 한 곳에 서서는…… 무언가를 만들기 시작했다.

본능적으로 알 수 있었다.

저건 호랑이 쉼터였다.

할아버지 손으로 직접 그곳을 만들고 있었다.

나무를 쌓고.

조립하고.

지붕을 올리고.

내부에 들어가는 테이블을 만들고.

하나하나 모두 수제로, 그렇게 호랑이 쉼터가 점점 내가 알고 있는 모습으로 변했다.

이렇게 만드셨구나, 고생하셨네.

저런 걸 그냥 팔았다면 정말 나중에 할아버지를 볼 면목이 없을 뻔했다.

호랑이 쉼터가 만들어지는 모습을 보며 수많은 생각이 떠올랐다.

그리고 문득 그런 생각이 들었다. 나는 과연 할아버지가 원하던 대로 잘하고 있는 걸까? 하는.

뚝!

하지만 그런 생각들은 할아버지가 호랑이 쉼터의 간판을 만드는 순간 싹 사라졌다.

간판을 단 할아버지가 천천히 내 쪽을 향해 돌아섰다. 표정이 보이지 않지만 느낄 수 있었다.

나를 보면서 웃고 있다는 걸.

'할아버지 말씀처럼 이제 복잡한 생각 없이 잘살고 있죠?'

끄덕끄덕.

분명 고개를 끄덕이셨다.

그리고…… 그걸 끝으로 사라졌다.

남은 건 할아버지가 만든 쉼터와 공터, 그리고 나.

샤랑~

아우라가 넘실거린다.

할아버지가 사라지고 멈췄던 호랑이 쉼터가 다시 변하기 시작했다.

내가 만든 변화들이 하나씩 생겨났다.

그리고…… 마지막으로 문이 열리며 맑은 종소리가 울렸다.

딸랑~ 딸랑~

귓속을 울리는 종소리에 몽환적이었던 풍경이 점점 사실적으로 변했다.

그리고 종내엔,

"안녕하세요오…… 사장님?"

문을 열고 들어온 누군가의 목소리가 들렸다.

정신이 번쩍 들었다.

눈을 뜨고 고개를 들었다.

"아."

그리고 현실로 돌아왔음을 깨달았다. 방금은…… 내게 무슨 일이 일어났는지 모르겠지만.

"어서 오세요~."

그건 나중에 알아보고 손님부터 받기로 했다.

근데 어디서 본 것 같은데?

아!

"어? 혹시 작가님?"

"네! 맞아요! 기억하시는구나!"

김하나와 함께 왔던 그 손님이었다.

금발 머리를 대충 묶어 올린 부스스한 헤어스타일임에도 불구하고 윤곽이 뚜렷해서 한눈에 알 수 있었다.

한송이 작가.

그림 재능을 준 사람이기도 했다.

"또 오셨네요."

"네. 자꾸 기억이 나서……."

"아, 자리에 앉으세요. 근데 오늘은 장비 안 들고 오셨네요?"

자리에서 일어나 카운터로 가며 한송이의 모습을 살폈다.

혹시나 아우라가 안 좋아졌나 싶었지만 그건 아니었다.

사소한 고민은 있지만 그거야 일상적인 거고…… 장비도 안 가지고 온 걸 보면 이번엔 진짜 쉬러 온 건가?

"아, 네. 이사 중이라서요. 짐에 같이 실렸어요."

"이사요?"

"네! 저 저기 마을로 이사 왔어요!"

"……어? 저기 마을이면."

"카페 바로 맞은편에 있는 마을이요."

"오."

생각지도 못한 소식이었다.

"전에 왔을 때 너무 좋았거든요. 아무래도 여기 있어야 아이디어도 잘 떠오를 것 같아서요. 그래서 말인데요, 저 여기 자주 와도 될까요?"

"어…… 그거야 상관없긴 한데. 진짜요?"

얼떨떨하게 답하였다.

뭐지? 설마 카페 하나 때문에 이사를 왔다고? 진심으로?

"네! 하나한테도 말했어요. 그러니까 오히려 부추기던데요? 자기도 제 핑계 대고 회사에 출장 간다고 하고 여기 올 수 있다고."

"아."

진심이구나.

'……이 사람, 나보다 더 심한데?'

나야 여기 연고라도 있지. 게다가 카페를 물려받는다는 것도 있고.

시골 생활이 마냥 좋은 것만 있는 건 아니다.

어려운 것도, 불편한 것도 많다.

그런데 이렇게 쉽게 결정하다니.

"그렇군요."

하지만 난 가볍게 고개를 끄덕였다.

저 생각이 공감 갔기 때문이다.

이곳, 호랑이 쉼터에서 느끼는 편안함은 거짓이 아니었으니까.

전처럼 어둡고 그런 모습이 아닌 게 제일 좋았다.

아무튼 그럼 새로운 이웃이 생긴 건가?

'카페 때문에…… 터만 풍요로워지는 게 아니라 사람도 풍요로워지려나.'

이렇게 호랑이 쉼터를 좋아해 주는 새로운 이웃이 생겼다는 사실만으로도 기분이 좋았다.

아까 생겼던 의문. 내가 잘하고 있는 걸까? 에 대한 답변이라도 되는 거 같아서.

슬며시 미소가 떠오른다.

"자주 와도 되죠?"

"그럼요. 얼마든지요. 카페는 항상 열려 있습니다."

언제나 열어 두고 있는 카페니까. 언제든지 환영이죠.
"그럼 주문하시겠어요?"
"네!"
그새 늘어난 메뉴판을 가져와서 줬다.

추천 메뉴까진 필요 없을 것 같아서 따로 그것까진 하지 않고 카운터로 돌아왔다.

그런데 메뉴판을 보며 고민하는 한송이 너머 공터에 또 누군가 오고 있는 모습이 보였다.

'잠깐 휴식 다음에 일복이 터지는구나.'

왠지 카페의 수용 인원이 늘어난 것 같은 기분은 착각일까.

……복잡하게 생각하지 말자.

딸랑~ 딸랑~

또 한 명의 손님이 문을 열고 들어왔다.

"어서 오세요~"

친절하게 인사를 하자 이번에 들어온 손님도 인사를…….

"오랜만이네요?"

하긴 했는데 조금 이상했다?

* * *

누구지? 한송이처럼 전에 왔던 손님은 아닌데.

'나한테 한 게 아닌가?'

혹시 한송이에게 했는데 내가 착각했나 싶었는데, 아니

었다.

정확하게 나를 보고 있었다.

"누구시죠?"

"역시 기억이 안 나나 보네요."

작게 중얼거리는 소리에 다시 한번 손님을 살펴봤다.

숏컷에 가까운 헤어스타일에 얼굴은 조그마하고 하얬다. 그리고 목에는 얼굴의 반은 덮을 것 같은 헤드셋을 끼고 있었고 옷차림은…… 요즘 저걸 스트릿 패션이라고 하던가?

이전에 왔던 우다연이랑 비슷하면서 좀 더 넉넉한 느낌의 옷이었다.

오버사이즈가 잘 어울리는 아담한 체격이라 그런가?

우다연은 우락부락한 느낌은 아니지만 그래도 근육이 탄탄하게 자리 잡은 운동부 느낌이었으니까.

반면 이쪽은 병약함 그 자체였다.

그래서 저 스타일이 나오는 건지, 아무튼.

전체적으로 보이쉬하면서도 체형 덕분에 여자인 게 오히려 강조되는 스타일이었는데.

아, 이게 중요한 건 아니고.

'그러니까 내 기억에 이런 사람은 없는데.'

이쪽이 더 중요했다.

얼굴을 봐도 모르겠다. 저쪽은 나를 아는 것 같은데 뭐지?

"이선아라고 하면 기억나요?"

"음. 죄송하지만 잘 모르겠네요. 어디서 저희가 봤죠?"

직장 다닐 때 본 사람인가?

"예상은 했지만 조금 실망이긴 하네요."

전혀 그런 표정이 아닌데?

무표정 그 자체의 손님의 말에 어떤 반응을 보여야 할지 고민이 됐다.

"됐어요. 어차피 기대도 안 했네요."

김이 팍 샜다는 듯 손님이 고개를 저었다. 기대를 안 한 게 아닌 듯한데.

그보다……

초롱초롱!

'그쪽은 왜 기대를 하고 있는데?'

테이블에 앉은 한송이가 안 보는 척 열심히 우리 둘을 번갈아 보고 있었다.

그것도 아주 부담스런 눈빛으로 말이다.

새로 온 손님이 '오랜만'이라는 말을 꺼낸 뒤, 내가 '누구세요'라고 답했을 때부터였나?

"절대 안 돌아온다고 하더니. 잘도 돌아왔네요."

"……음, 죄송하지만 누구신지 잘 모르겠는데."

"모르면 됐어요. 모르는 게 낫겠네. 실례했어요. 지나가다가 우연히 들른 거니까 그대로 지나갈게요."

"예?"

손님은 그 말과 함께 헤드셋을 쓰더니 진짜 그대로 나갔다.

'뭐 저런?'

이런 손님은 처음이라 조금 어안이 벙벙했다.

진짜 가나?

진짜 가네.

오솔길로 사라진 손님의 뒷모습을 멍하니 보다가 정신을 차렸다.

"여기가 지나가다가 올 수 있나요?"

한송이가 고개를 갸웃하면서 순수하게 질문했기 때문이었다.

"글쎄요……?"

음, 이 뒤의 길은, 사실상 없으니 불가능하겠죠?

오늘은 좀 이상한 일이 많네.

한송이가 오기 전에 꾼 꿈 때문인가?

'뭔가, 호랑이 쉼터의 변화를 보여 주는 꿈이었지.'

아직도 생생하게 떠오른다.

할아버지가 만든 호랑이 쉼터와 이어서 내가 만들고 있는 호랑이 쉼터. 그 꿈의 마지막에는 분명히…….

"사장님?"

"……아. 실례했네요. 필요하신 게 있으신가요?"

"저 주문을 좀 하려고요. 여기 새로 추가된 게 있던데. 복숭아 조림이랑 요거트, 그리고 탕후루?"

"다 주문하시게요?"

"그럼요. 이러려고 오늘 굶고 왔는걸요? 지난번엔 제대로 맛도 못 봤으니까……."

"아."

그 정도면 얼른 해 드려야지.

자리 잡고 기다려 달라고 한 뒤 주방으로 들어왔다.

그리고 아까 확인하지 못했던 것들부터 확인했다.

손이 가는 건 탕후루 밖에 없으니까 확인하면서 해도 괜찮았다.

〉조동우의 외유내강

꿈을 꾸기 전에 얻은 재능이었다.

이걸 얻고 몸속에 스며든 아우라가 공명하면서 꿈을 꿨다.

그렇다면 이 재능이 어떻게 해서 그런 꿈을 꾸게 만들어 준 걸까?

'외유내강이라…… 혹시 확신을 준 건가?'

그동안 호랑이 쉼터에 있으면서 내가 옳은 길로 가고 있는지 확신하진 못했다.

그저 그때그때 보람을 얻으며 단순하게 생각했을 뿐이었다.

이게 맞는 것 같으니까 이걸로 하자. 그런 식으로 말이다.

하지만 특별한 경험을 하면서 보람을 느끼는 것과 별개로 불안감은 있을 수밖에 없었다.

손님을 대하는 것, 그리고 각자 가지고 있는 무언가를

해결해 주는 것.

 과연 내가 정말 도움이 될 수 있는 걸까, 그런 것이.

 좀 더 적극적으로 해결을 했어야 했을까. 그 손님은 괜찮은 건가.

 신경을 안 쓴 것 같지만 아마 신경을 계속 썼을지도.

 그게 최근 왔던 조동우 손님에 의해서 겉으로 드러났던 거 같다.

 '중이 제 머리 못 깎는 것처럼 나도 내 속 상태를 몰랐던 것 같네.'

 불안감이 없을 수 없는 일인데 말이다.

 아마 그때의 나의 아우라를 살폈다면 다른 손님들처럼 새까맣지 않았을까?

 '그렇게 생각하면 맞아떨어져.'

 그런 불안함이 오늘 맑은 아우라를 얻으면서 확신을 얻은 것이다.

 그리고 새로 얻은 재능이 그걸 더욱 단단하게 만들어 줬겠지.

 외유내강이라는 건 결국 흔들리지 않는 마음을 가지게 만드는 거니까.

〉박대산의 뚝심(2)

 그 결과 이렇게 뚝심도 성장했다.
 꿈은 아마 그래서 꾼 게 아닐까?

'할아버지한테 확인받고 싶었구나.'

그 꿈은 어쩌면 내가 만들 걸 수도 있겠다. 스스로를 위로하며 단단하게 하기 위해서.

"결국 나도 손님에게 위로를 받았다는 거네."

피식 웃음이 새어 나왔다.

내가 다 해 주는 것처럼 보이는 이것도 결국 상호보완적인 것이라는 걸 새삼 또 깨달았다.

그리고 그런 의미에서…….

'한송이 씨 말고 아까 그 손님도 다시 왔으면 좋겠네.'

나를 아는 듯한 여자 손님. 그녀를 둘러싼 아우라는 암울한 빛이 가득했다.

다짜고짜 자기 기억하냐고 해서 당황한 나머지 붙잡지 못했는데…….

지금 와서 생각하니 아쉽다.

'잠깐. 나를 아는 것 같았잖아? 혹시 나도 아는 사람이었다면?'

그렇다면 기억을 떠올려서 찾으면 된다. 일단 최근에 알게 된 사람은 아닌 것 같고…….

그때!

"안녕 야옹아? 오랜만이네?"

왜앵~

밖에서 들리는 소리에 생각에서 빠져나왔다.

한송이를 너무 기다리게 했다는 사실도 깨달았다.

다행히 생각하면서도 손은 움직였기에 준비는 거의 끝

나가고 있었다.

빨리 마무리해야지.

샤인머스캣 탕후루, 요거트, 복숭아 병조림.

몰입으로 손재주의 단계를 높여 순식간에 준비했다.

"시간이 좀 걸렸죠? 죄송해요."

"아. 괜찮아요. 야옹이랑 놀고 있어서 시간 가는 줄 몰랐거든요."

"다행이네요. 랑이가 방해는 되지 않나요?"

"아 참. 이름이 랑이랬지. 저번에도 들은 것 같은데 깜빡했네요. 야옹아, 미안해? 이제 랑이라고 부를게."

왜앵~

사과를 하는 한송이에게 랑이는 괜찮다는 듯 몸이 비비적거렸다.

저 녀석, 한송이 씨가 꽤 마음에 든 모양인데?

다행이다 싶던 순간.

기억 속 저편에 있던 작은 조각이 떠올랐다. 지금과 비슷한 대화를 나눴던 것 같은데…….

'아!'

기억났다. 아주 어릴 적 기억이었다.

내가 여기 마을에 살고 있을 때니까 수아랑 비슷하거나 더 어릴 때였다.

친구가 없어서 혼자 놀던 어린 시절에 유일하게 있었던 비슷한 또래.

이장님의 딸 이선아.

그 아이는 나보다도 더 짧게 이 마을에 머물렀다.

'동네 길고양이가 자꾸 졸졸 쫓아다녀서 귀찮던 차에 그 녀석을 만났지.'

그리고 방금 한송이와 나눈 대화 같은 대화를 나눴었다. 근데…… 그게 다인 것 같은데.

"몰라본다고 그렇게 뭐라 할 정도인가?"

"네?"

"아, 아닙니다. 그냥 아까 그 사람이 누군지 생각나서요."

"오. 호, 혹시…… 첫사랑이거나 그런 뭐……."

마치 흥미진진한 이야기를 들었다는 듯 눈을 밝히며 이쪽을 바라보는 한송이 씨.

뭐라는 거야 이 사람.

작가라서 그런가, 상상력이 풍부하네.

"어릴 적 순수했던 첫사랑이었지만 어쩔 수 없는 이유로 헤어졌다가 다시 성인이 된 이후에 만나게 된 순수한…… 뭐, 그런 클리셰적인……."

"하하. 작가님?"

"네?"

"N이죠?"

"……네."

그렇구나. 수아의 MBTI는 생각보다 잘 맞을지도.

배워 두길 잘했네. 손님 성향도 알기 쉽고.

아무튼 중요한 건 그게 아니었다.

그보다 이선아가 누군지 기억이 났다는 게 중요했다.

이장님의 딸이면 지나가다가 들렀다는 말도 틀린 말은 아니네.

"작가님, 여기 이사 오신다고 했죠?"

"네. 사장님도 저기 사신다고 들었는데."

"예, 이웃이네요."

"나중에 놀러 가도 돼요?"

"예?"

"아니 아니. 별다른 뜻이 있는 건 아니고요. 그냥 답사 차원에서요."

그게 더 이상한데? 우리 집을 왜 답사해.

내 표정을 읽었는지 한송이가 급히 입을 막더니 말을 바꿨다.

"그, 그게 답사가 아니라 아, 자료 조사. 자료 조사 때문에요. 이번 신작에서 시골 마을 배경에 대한 자료가 좀 필요해서요."

"아아, 그렇군요."

뭔가 좀 찜찜하긴 한데 작가가 자료 조사한다는 얘기는 많이 들어 본 것 같다.

유명한 사람 중에는 전국 맛집을 돌아다니며 자료 조사하는 사람도 있지 않은가.

"작가님 작품에 저희 집이 배경으로 쓰일 수도 있겠네요. 좋습니다. 할아버지가 좋아하겠어요."

"할아버지요?"

"예. 이 카페도 그렇고, 제가 사는 한옥집도 할아버지가 지으셨거든요."

"와아!"

항상 어딘가 나른한 태도였던 한송이가 이례적으로 적극적인 반응을 보였다.

"아무튼, 제가 너무 시간을 뺏었네요. 얼른 드세요."

"네, 감사해요."

그렇게 카운터로 물러나자 한송이는 그제야 탕후루를 맛봤다.

와삭!

한 입 씹자마자 놀란 표정이 괜히 뿌듯하게 만들었다.

안 그래도 그냥 먹어도 맛있는 꾸꾸의 샤인머스캣이다.

탕후루로 만들면 더 맛있지.

게다가 몰입으로 손재주까지 한 단계 올려서 만든 거라 더 얇고 바삭하게 설탕물이 코팅이 된 거였다.

'귤이랑 딸기가 그렇게 맛있다는데, 나중에 철이 되면 그것도 만들어 봐야겠어.'

자주 먹지만 않으면 괜찮은 디저트였다.

응? 그때 갑자기 또 기억이 떠올랐다.

이선아에 대한 기억 중 하나였다.

근데 이건 아까보다 더 어렴풋해서 기억이라고 하기도 좀 애매했다.

스쳐 갔던 일들이 데자뷰처럼 떠올랐을 때 느낌이라고

해야 되나?

 탕후루 때문에 잠깐 흐릿하게 떠올랐다가 가라앉았다.

 뭔가 사탕과 관련한 기억 같은데…….

 혹시 이선아랑 또 다른 일이 있었던 걸까.

 '이선아라…….'

 혹시 마을에 좀 오래 머문다면 마주쳤을 때 한번 물어 봐야겠다. 지난번에 이장님이 이선아가 복숭아를 좋아한다고 했던가?

 복숭아 병조림도 엄청 빨리 다 먹어서 또 보내 달라는 거 와서 사 먹으라고 호통도 치셨지.

 병조림 하나 주면서 카페에도 다시 오라고 해야겠다.

 상태를 자세히는 보지 못했지만, 확실히 아우라가 좋지 않았으니까.

 '호랑이 쉼터의 도움이 필요한 것 같으니.'

 도울 수 있으면 도와줘야지.

 어쩌면 오늘 같은 상황을 위해서 또 성장한 게 아닐까 싶기도 하다.

 오늘 꾼 꿈은 분명 화려한 재능을 얻어서 겉으로 봤을 때 우와! 하는 성장을 암시하진 않았다. 하지만 티 나지 않게 속에서부터 단단한 성장이 일어난 느낌이었다.

 그리고 좀 더 확장하는 것도 없지 않아 있었다.

 꿈속에서도 그저 공터에 카페를 세웠던 할아버지와 다르게 나는 이것저것 더 넓혔으니까.

 물론 할아버지는 성격상 그렇게 넓히지 않아도 어차피

사람들을 끌어모았으니 그런 거겠지만.
 아무튼.
 '손님이 없다가 다시 오니까 좋네.'
 이게 바로 자영업자의 마음일까?
 조금 다른 것 같긴 하지만. 일 할 의욕이 무럭무럭 샘솟았다.
 오늘도 호랑이 쉼터를 찾은 손님에게 최선을 다해······.
 "아 참. 사장님."
 "네. 필요하신 게 있으신가요?"
 "혹시 실례가 안 된다면, 여기 주변 짜장면 맛집 아세요?"
 "······예?"

3장

이 사람 진심이구나.

짜장면을 먹겠다는 게.

"음. 그건 이장님이나 아는 친구한테 한 번 물어보겠습니다."

"감사해요. 아, 그…… 아니에요."

뭐지? 왜 말을 하다가 마는 거지.

뒷말이 궁금했지만 곧 복숭아 병조림을 따서 먹는 모습에 별일 아니겠지 싶었다.

"그나저나 마을에 들어갈 집이 있었나 보네요?"

"아, 네. 사실 저도 처음 알았는데
저희 할아버지께서도 옛날에 여기서도 사셨던 적이 있다고 하시더라고요."

"할아버지께서요?"

"네. 뭐, 옛날에 그럴 일이 있었다던데…… 아무튼 그때 여기저기 이사가 잦았기에 당시 살던 집이 아직 남아 있다고 하던데요? 반응을 보면 아무리 봐도 잊고 있으셨던 거 같지만."

"오……."

이게 또 그런 인연이 되네?

근데 잠깐, 보통 이사 가면 집은 팔고 그러지 않나?

하지만 그런 내 생각과는 별개로 한송이 씨는 계속 말을 이었다.

"그래서 제가 바로 달라고 했죠."

"바로 주시든가요?"

"당연히 그냥은 못 준다고 했죠! 근데 그거 제가 말 안 했으면 까먹었을 거라고 설득해서 겨우 얻었어요."

그게 설득인지는 모르겠다만, 어쨌든 이쪽도 특별한 인연이네.

"그럼 되게 오래된 집이겠네요."

"네. 이따 같이 가 보실래요? 저도 어떤 집인지는 아직 안 봐서."

"……미리 안 보셨어요?"

행동력이 좋은 건지, 아니면 무모한 건지 모르겠다.

집을 보지도 않고 살겠다고 하다니.

"사실 미리 보면 뭔가 김이 새서 실망할 것 같고, 또 딱 가서 봐야 스릴, 아니 재미있을 것 같기도 하고……."

뭐라는 거야 이 사람. 어디까지 상상하고 있는 건지……
처음 봤을 땐 이런 이미지가 아니었던 것 같은데.
"그런데 짐은 벌써 옮기고 계신 거 아닌가요?"
"네."
"……지금 확인했는데 당장 살 수 없는 곳이면 어쩌시려고요?"

원래 건물이라는 게 그렇다.
조금만 안 살아도 금방 티가 나게 된다.
흔히 폐가라고 하는 것들도 생각보다 그리 오래 방치되지 않았는데 그렇게 되는 거니까.
근데 옛날에 살았던 집? 잊었다고? 당연히 걱정될 수밖에.
하지만 그런 내 걱정에, 한송이는 가슴을 펴며 당당히 답하였다.
"아, 그건 괜찮아요. 예전에 한번 누가 임대했던 적도 있다고 했고, 적당히 관리는 돼 있을 거라고 하던데요? 할아버지도 자세히는 기억이 안 나지만 누구한테 맡겼다고 하더라고요. 아무튼! 어떻게 그런 걸 잊을 수가 있는 건지 알다가도 모르시겠단 말이죠."
"아하."
아예 생각 없이 저지른 건 아니구나.
근데 아까 할아버지가 까먹고 있었다고 하지 않았나?
그런데 관리하는 사람은 있다고?
한송이가 이해가 안 된다는 듯 고개를 절레절레 저었다.

……그럼 그냥 돈이 무척 많으신 건 아닐까.

가끔 예전 직장에서 의뢰인 중에 간혹 그런 사람들이 있긴 했다.

부동산이 워낙 많아서 기억을 못 하다가 자식들이 찾아낸 경우. 그런 게 아닐까?

그거야 뭐 크게 중요한 사실은 아니니 넘어가고.

아무튼 궁금증이 솟아올랐다. 어디쯤 있나, 내가 알던 곳인가도 신경 쓰이고.

"그럼 저도 같이 가 볼까요?"

"어? 정말요? 제가 너무 시간을 뺏는 건 아닌지 죄송한데."

"아니, 이제는 이웃사촌이기도 하잖아요. 그리고 어떤 집인지 궁금하기도 하고요."

원래부터 이런저런 건물을 보는 것은 좋아했고.

내가 회사에 질려서 그렇지, 처음부터 일에 질린 건 또 아니었으니까.

오히려 일 때문에 그래서 그 지긋지긋한 회사를 오래 다닌 거기도 했다. 그 일이 참 좋았으니까.

'그것도 회사가 싫어지니 결국 다 싫어지긴 했지만, 아무튼 분명 그랬던 때가 있긴 했지.'

하여튼, 건축물들을 보는 건 좋아했다.

특히나 다 비슷비슷한 아파트와 달리 주택은 또 그 주인만의 특색이 담기기도 해서 보면 재미있다.

"저야 너무 좋죠. 그럼 언제 가실까요?"

"지금은 영업 중이라 안 될 것 같고. 음…….."
"그럼 끝나고 가실래요?"
"그럴까요? 조금 늦을 텐데."
"요즘 해도 길어져서 괜찮아요~"
그렇다면야.
확실히 요즘은 영업을 마쳐도 해가 떨어지지는 않는다.
물론 호랑이 쉼터가 다른 일반적인 카페들보다 일찍 닫는 것도 있지만.
이런 깡시골 카페에 밤새 있을 사람은 없으니 마감 시간은 적당했다.
손님이 더 오지 않는다면.

* * *

"마을이 진짜 예쁜 것 같아요."
"그러게요."
"……네?"
"아, 저도 마을을 이렇게 둘러보는 건 여기 돌아와서 별로 없었어요."
손님이 더 오지 않아서 일찍 마감하고 마을로 들어왔다.
그리고 한송이와 함께 집을 찾아가며 마을을 둘러보다가 나온 말이었는데…… 생각해 보니 나도 여길 제대로 둘러본 적은 없다는 생각이 들었다.

'어릴 땐 정말 잠깐이었으니까.'

그때의 기억은 어렴풋할 뿐이다.

심지어 두메치고는 묘하게 규모가 크기도 하고, 최근엔 나도 카페에 적응하는 데 온 힘을 쏟고 있었으니까.

전에 이장님 댁을 찾아갈 때 잠깐 살펴본 정도?

이렇게 구석까지 들어온 것은 이번이 처음일지도.

어스름이 이제 막 걷힌 아침이기도 했고, 이쪽 방향도 아니었으니까.

그래서 뭔가 새로운 느낌이었다.

'우리 마을이 이랬구나.'

왜 한송이가 예쁘다고 했는지 알 것 같은 분위기였다.

고즈넉하니, 집들 간의 간격도 넓어서 답답한 느낌도 없었다.

길도 잘 정돈되어 있는 느낌이고, 집들의 문도, 담장 너머로 보이는 지붕도 다르다.

이렇게 보다 보니 조금씩 예전 기억이 떠오르는 거 같기도?

"제가 요만할 때 살다가 도시로 갔거든요. 그래서 제 기억이랑 좀 다르네요."

"아하. 그렇겠네요. 아이의 눈높이에서 보는 세상은 또 다른 세상이니까요. 오…… 그때 본 풍경은 어땠어요?"

"뭐, 담장 너머를 볼 수 있는 키도 아니어서 문이랑 담장밖에 못 보는 풍경이었죠."

그래, 당시 내 어릴 때의 시선은 그랬다.

주변을 넓게 볼 수 있을 만큼 여유롭지도, 상황도 아니었다. 그래서 그저 앞으로 달릴 생각만 했다.

어쩌면 그래서 할아버지가 그렇게 오라고 오라고 해도 한번 들리질 않았는지도 모른다. 그리고……

"그래서 결국 여기로 돌아왔나 봅니다."

"네?"

"길도 모르고 돌다 보면 결국 제자리를 찾아서 오잖아요. 지금처럼."

"……그거 지금 길 모른다는 말을 하신 거예요?"

한송이의 어이없다는 표정에 볼을 긁적일 수밖에 없었다. 이쪽인 줄 알았는데 한 바퀴를 돌아 버렸으니까.

이럴 때 수아가 있으면 좋을 텐데 이 녀석은 또 연습하느라고 늦게 오니 참.

주변에 누가 보이면 묻기라도 할 텐데 오늘따라 조용하시네.

다들 어디 가셨나?

민망한 마음에 지금이라도 지도 어플을 켜려는데.

"덕분에 여유롭게 마을 답사도 했으니 오히려 좋네요."

한송이가 꺼내려는 폰을 밀어내며 말했다.

이에 나도 폰을 다시 집어넣었다.

생각해 보니 마을이 큰 것도 아닌데 조금만 더 둘러보면 길을 찾을 것 같았다.

"그러게요. 음. 잠깐만요."

3장 〈155〉

한송이의 말을 받으며 주변을 둘러봤다. 그러다가 허리를 살짝 숙여 봤다.

어린아이의 시선까지는 아니지만, 지붕은 보이지 않고 담장과 문, 그리고 길만 보이는 시선.

어릴 때 기억이 새록새록 떠올랐다.

'아! 저쪽으로 가면 빈집이 하나 있었어. 그 집이구나.'

이제 진짜 알 것 같았다.

왜냐면 가 본 적이 있었으니까.

근데 왜 갔지? 집 방향하고는 반대인데.

뭔가 떠오를 듯 말 듯한데…….

저쪽으로 향하는 내 모습이 보였다. 근데 혼자가 아니라 옆에 누가 있었다.

누구지? 얼굴이 기억날 듯 말 듯하다.

"뭘 봐요?"

"응?"

갑자기 낯익은 얼굴 하나가 기억 속이 아니라 현실 속에 들어왔다.

그리고 삐딱한 표정으로 물었다.

"이선아?"

"……이제 기억나나 봐요?"

"코찔찔이 이선아?"

"누가, 코, 코찔찔이래?"

당황하는 게 오히려 맞다고 대답해 주는 것 같은데? 그나저나, 이제 기억이 제대로 났다.

코흘리개 이선아.

어릴 적 유일하게 이 마을에서 나와 또래였던 아이는 당연하게도 서로 놀이 상대였다.

아까 떠올랐던 기억도 그렇게 놀던 게 남아 있었던 거였다.

한창 마을을 뛰어다녔던 때였으니까.

내 손 꼭 잡고 졸졸 따라다니던 때가 있었는데 많이도 컸네.

근데 어떻게 나를 바로 기억했지?

시간이 지나도 한참 지났는데 말이지.

"우와. 방금 되게 첫사랑 찾았을 때 같은 장면이었어요."

"그건 또 무슨 소립니까."

이 사람은 또 시작이시네.

"······첫사랑? 하? 저 사람이랑요?"

"어? 아닌가요?"

"그럴 리가요. 웬수면 모를까."

"오? 그쪽 스토리인가요?"

"······네?"

한참 열을 내던 이선아가 한송이의 말에 당황하는 표정으로 나를 봤다.

이 사람은 뭐냐는 표정인데······.

솔직히 나도 한송이의 머릿속은 모르겠다.

그러게 왜 굳이 떡밥을 던져 주고 그런 거야?

"그냥 어릴 때 여기 마을에 있었던 친구입니다. 오랜만에 만난 건데 이제 알아봤네요. 아까 못 알아봐서 미안해. 잘 지냈어?"

"……인제 와서? 일없네요."

삐졌나?

삐졌네.

음, 뭐 그건 어쩔 수 없지.

안 그래도 이장님댁에 찾아가려고 했는데 그럴 필요는 없을 것 같다.

"여긴 잠깐 내려온 거야?"

"그렇다면?"

"시간 되면 카페에 오라고. 아까 그냥 갔잖아."

"……뭐. 되면."

바로 이렇게 카페로 초청하면 되니까. 물론 이선아가 시큰둥한 척 답했지만.

축복을 쓰고 왔으면 지금 상태를 볼 수 있었는데 그건 아쉽네. 그래도 반응을 보니 한 번은 카페를 찾을 것 같다.

"근데 둘이 뭐 하는데요? 지금 마을 사람들 다 회관에 다들 모여 있는데."

"응? 마을 회관에? 왜?"

"그거야 나도 모르죠. 뭐 가정의 달 행사였던가. 뭔가 한다고 하던데."

"아."

그렇구나. 그래서 사람이 없었던 모양이다.

난 또 무슨 일인가 했네…… 아! 그보다 지금 이럴 때가 아닌데.

이선아의 물음에 깜빡할 뻔했던 걸 떠올렸다.

여기 온 이유는 한송이의 집을 보기 위해서였다. 마을 사람도, 이선아도 아닌.

"죄송해요. 안 그래도 한 바퀴 돌았는데 또 시간을 지체해서."

"저는 괜찮아요."

다행히 진짜 괜찮은 것 같긴 했다.

다만 눈이 과하게 초롱초롱해서 부담스럽다.

"꼭 카페에 와. 알았지?"

"뭐, 시, 시간 되면 간다니까?"

"그래그래."

얼른 이선아와 마저 인사를 나눴다.

그리고 이상한 눈빛을 한 한송이를 데리고 빈집으로 향했다. 그렇게 옮긴 발걸음은 생각보다 얼마 가지 않아서 멈췄다.

"여긴가 본데요?"

"어. 주소가…… 맞아요. 여기네요."

곧 도착한 집 앞.

문 옆에 달린 번지수를 보더니 한송이가 고개를 끄덕였다.

이번엔 진짜 제대로 찾아왔다.

관리는 돼 있다고 했는데, 우려가 기우라는 듯 문 상태가 아주 깔끔했다. 아니, 이 정도면 거의 리모델링까지 한 거 같은데?

'어릴 적 기억으로는 폐가였던 것 같은데…….'

그때와는 완전 다른, 새집이나 다름없어 보였다.

"얼른 들어가 봐요!"

"아, 예."

그런 집의 상태에 흥분한 듯, 한송이가 빠르게 손을 휘둘렀다.

딴생각은 나중에 하고 한송이가 열은 나무로 된 근사한 문을 따라 안으로 들어갔다. 그러자 제일 먼저 반겨 준 것은 제법 넓은 마당이었다.

'구조가…… 좀 특이하네?'

역시 관리가 되었다고 해도 풀이 자란 것이…… 마당 상태가 좋지 않은 건 둘째 치고.

구조가 일반적인 시골 주택과 조금 달랐다. 뭐랄까.

"응? 여기 꼭 카페 같네요?"

그래. 한송이의 말처럼 주택보다는 카페 느낌이 강했다.

담장 주변으로 테이블도 보이고.

통창으로 만들어진 한옥 스타일의 집 안쪽도 주방이 훤히 보였다.

'호랑이 쉼터랑 비슷한 느낌인데?'

착각인지 모르겠지만 왠지 그랬다.

물론 호랑이 쉼터는 할아버지가 손수 통나무로 지은 거라 느낌이 전혀 다르긴 했다.

그래도 뭔가 참고가 된 느낌은 없지 않아 있었다.

"그러게요. 꼭 카페 같네요. 그래도 관리는 제법 되어 있는데요?"

"와아ㅡ! 다행이에요. 사실 엄청 걱정했거든요. 귀신 나오는 집이면 어떡하지 하고."

……그걸 걱정하는 사람이 덜컥 짐부터 싸서 왔나?

아무튼 그건 제 사정이라고 치고.

'이거 누가 한 거지?'

관리야 그렇다 치고, 겉은 리모델링한 것처럼 깔끔한데 그 속이 개판이다.

아니, 정확히 말하자면 그 내용이…….

"집이 너무 예뻐요! 와~ 여기 서까래도 보여요!"

집주인은 좋단다.

하지만 나는 신경 쓰이던 부분을 만지며 중얼거렸다.

"이중창도 아니고 단창을 통으로……."

"네?"

"잠깐만요. 음. 이쪽은 내력벽이었던 것 같은데. 보강은 했나?"

"왜, 왜요? 뭐가 문제 있어요?"

"네. 많네요."

인상이 절로 쓰였다.

이거, 전에 임대한 사람이 만약 리모델링 한 거라면,

사기를 당했거나 초짜가 그냥 겉만 그럴싸하게 이것저것 한 그런 느낌인데?

한송이의 할아버지는 오랫동안 신경을 안 썼다고 하셨으니……

"혹시, 여기 예전에 임대했다는 사람이 누군지는 들으셨어요?"

"아뇨. 딱히……."

"그래요?"

"무, 무슨 문제가 있는 건가요? 혹시."

"문제가, 있죠."

이것저것 엉망진창이니까.

"귀, 귀신이 있거나 막 그런 건……."

"다른 건 제쳐 두고. 일단 단열이 문젭니다. 지금은 괜찮은데 겨울 되면 입 돌아가기 딱이에요."

"……네?"

"올겨울 오기 전에 단열 작업부터 해야 될 겁니다. 아니, 우선 방수 처리부터 해야겠네요. 곧 장마인데, 저기 보이시죠? 물 자국. 비가 샌 자국입니다."

왠지 부글부글 끓는 느낌이다.

막 좋은 소재를 엉망진창 망쳐 놓은 것을 보는 느낌이랄까?

이런 곳을 이딴 식으로…… 아!

'그냥 재미있을 것 같아서 보러 온 건데.'

순간 정신이 팍 들었다.

오랜만에 직업병이 도진 듯했다.

"오오…… 전문가물 같다. 그럼 어떡해야 할까요?"

근데 이 사람은 왜 이래? 초롱초롱한 눈빛으로 부담스럽게.

그래도 기왕 따라온 김에 한송이에게 설명을 해 주기로 하는데…….

"우선 단열. 시골 주택은 예쁜 리모델링이고 뭐고 무조건 단열부터 해야 합니다. 이렇게 대충 문틈에 책을 끼워 놓는다고 될 문제가…… 응? 레시피?"

"네?"

근데 설명하다가 이상한 걸 발견한 것 같다.

* * *

"레시피?"

문틈에 대충 끼워져 있던 노트의 정체였다.

"어? 여기 메뉴가 있어요."

"메뉴요?"

"네."

한송이가 주방 쪽에서 뭔가 찾았는지 작은 판을 가져왔다.

흐릿하긴 하지만 분명 메뉴라고 적혀 있는 것 같았다.

"역시 그냥 집은 아니었나 보네요."

"그러게요. 할아버지한테 따로 들은 건 없는데. 음……."

"이장님한테 한 번 물어봐야겠네요. 아, 별로 안 궁금하시려나?"

"아뇨. 궁금해요! 이장님이면 이 마을 대표신 거죠? 그럼 저도 같이 물어봐도 되나요? 인사도 할 겸."

안 될 거야 없었다. 오히려 이장님은 좋아하실지도?

묘하게 정이 많으신 분이니.

내가 여기 정착할 때도 이것저것 많이 챙겨 주셨으니까.

"아, 혹시 이장님이 뭐 주신다고 하면…… 조심해서 받는 게 좋을 겁니다."

"네? 왜요? 호, 혹시 무슨 문제라도? 독이라든가, 저주라든가. 뭐 그런?"

"예? 아."

확실히 이 사람의 연상 메커니즘은 일반인하고 다르구나. 영화도 아니고 독, 저주가 왜 나와.

'뭐, 그거랑 비슷한 일이 현실에 있긴 한데.'

아무튼 그건 아니었다.

"그게 아니고 그냥 손이 좀 많이 크시거든요. 기본적으로 박스로 가져다주실 거예요."

"박스요? 에이~ 그 정도야."

"과일 같은 경우는 수확할 때 쓰는 노란 컨테이너 있거든요? 그걸로 몇 박스일 텐데 괜찮아요?"

"……그렇게나요?"

"네."

물론 나는 카페를 운영하니까 그렇게 준 거겠지만.
어쨌든 미리 말해 줘서 나쁠 건 없었다.
"너무 좋다. 여기 진짜 좋은 곳이네요."
물론 한송이의 반응도 내가 생각한 것과 달랐지만.
아무튼 마을에 대한 첫인상이 좋다니 다행인가?
"그럼 좀 더 둘러볼까요?"
"네."
우선은 집을 마저 더 둘러보기로 했다.
문제점은 문제점이고, 장점이 없는 건 아니었다. 일단 구조가 재미있다.
확실히 영업했다는 티가 나는데, 그렇다고 호랑이 쉼터처럼 본격적인 느낌은 또 아니었다.
약간 집과 카페의 중간 느낌.
"오! 여기 평상도 있어요."
"좌식으로 쓰려고 만들었나 보네요."
홀로 쓰인 듯한 공간의 구석진 곳에 있었다.
다락 같은 느낌을 내려고 한 듯, 삼면이 벽으로 둘러싸이고 한쪽 벽에는 원형의 작은 창이 있었는데 빛이 잘 들어와 칙칙한 느낌 대신 아늑한 느낌을 줬다.
'이런 공간은 호랑이 쉼터에도 있으면 좋겠는데?'
얼마 전에 왔던 조동우 같은 내성적인 사람이 좋아할 듯했다.
다리도 뻗고 편하게 기댈 수 있게 하면……
"어? 저기 건물이 하나 더 있는데요?"

평상에 앉아서 잠시 내부를 바라보는데, 한송이가 또 뭘 발견했는지 불렀다.

"오, 이건……."

안쪽의 별채였다.

본 채와는 살짝 떨어져 마치 호랑이 쉼터로 치면 뒷마당쯤에 자리한 듯했다.

밖으로 나와 짧은 길을 건너면 곧 닿는 곳.

"숙식은 여기서 해결했나 보네요."

"오ㅡ!"

여긴 본채와 달리 실용적인 부분이 잘 갖춰져 있었다.

난방도, 단열도, 방수까지.

본채에 비하면 좁지만 혼자 살기엔 넉넉한 공간도 있었다.

"짐은 여기 풀면 되겠네요."

"그러게요. 바로 잘 수도 있겠는데요? 화장실도 괜찮고."

상태도 좋아서 청소만 간단하게 하면 될 듯했다. 물론 끊어진 수도, 가스와 전기는 연결해야겠지만.

"이제 다 본 것 같군요."

"그러게요. 고마워요. 같이 이렇게 집도 봐주시고."

"저도 재밌었습니다. 이런 걸 좋아하거든요."

"그래요?"

아닌 게 아니라 진짜 재미있었다.

정말 오랜만에 취미를 즐긴 것 같았다.

직장을 다닐 때 항상 하던 일이긴 했는데, 그건 일이라는 개념이 컸다.

하지만 이번엔 아니었다.

도중에 잠시 직업병처럼 튀어나오는 게 있었지만 그래도 순수하게 구경했다.

"그럼 다행이네요. 앞으로도 같은 마을 주민으로 잘 부탁드려요."

"제게 부탁할 게 뭐 있나요. 저도 온 지 얼마 안 됐는데. 그래도 다들 좋으신 분들이니까 도움이 필요하면 어렵게 생각하지 말고 부탁해 봐요."

별채에서 다시 본채로, 그리고 밖으로 나오면서 인사를 나눴다.

날이 어두워지기 전에 한송이는 다시 가야 하니 미리 하는 거였다.

그런데······.

"으응? 자네가 왜 거기서 나오나?"

"아, 이장님."

지나가던 이장님과 마주쳤다. 마을 회관에서 돌아오시는 길인가?

마침 잘 됐다. 궁금한 게 있었는데.

"여기 새로 이사 오신다고 해서요. 잠깐 안내했습니다."

"아아! 들었네. 안 그래도 연락받고······ 오, 저 친구인가? 반갑네요. 내가 여기 이장입니다."

일단 이장님과 한송이를 소개시켜 줬다.

그리고,

"근데 이장님. 혹시 여기 무슨 영업하던 곳이었어요?"

"여기? 하긴 했지. 여기도 카페였어."

"카페요?"

"뭐, 요즘 식으로 말하면 그렇다는 거지. 옛날엔 다방, 다방 그랬지."

역시 그런가.

"그런데 지금은 왜?"

"이렇게 됐냐? 음, 그러니까…… 꽤 됐을 걸세. 나도 자세한 사정까진 알진 못하네만. 얼핏 듣기론 당시 사장이 골병이 났다고 했어. 이래저래 바쁘게 살던 사람이었는데 참 아쉽게 됐지."

"아."

"그러고 나서는 내가 종종 관리했다네. 마을에 폐가 들어서면 괜히 뒤숭숭해지니까. 뭐, 기껏해야 가끔 가서 정리하거나 페인트칠이나 그런 걸로 보강만 하던 수준이지만."

아, 한송이 할아버지께서 말해 주신 관리를 해 주는 사람이라는 게 이장님이셨구나.

하긴, 이장님 성격이면 이런 걸 할 만도 했다.

안 쓴 지 오래된 집이 깨끗했던 것도 이유가 있던 거다.

"아, 네. 저도 할아버지한테 여기에 집이 있다는 얘기만 들어서요."

"그렇구먼. 뭐, 그럴 수도 있지. 그런데 새로 온 분은 여기서 뭐 하시려고 그러시나?"

이장님은 그에 관해서는 더 묻지 않고, 새로 온 동네 이웃인 한송이에게 관심을 보였다.

"아, 저는 그냥 집으로 쓸 건데요. 작업실 겸해서요."

"작업?"

"그림 그려요."

"오오! 화가 선생이셨구먼."

"어, 미대를 나오긴 했는데, 그…… 화가까진 아니고요. 그냥 만화……."

"그럼 만화가 선생이었구먼! 좋군. 좋아."

한송이의 말에 이장님이 되게 좋아했다. 그 반응을 보니 한송이도 무탈하게 자리를 잡을 듯했다.

물론 애초에 이장님이 누굴 배척하거나 그럴 사람은 아니긴 했지만.

"아 참. 아까 따님 온 거 봤는데. 이장님도 보셨어요?"

"……선아 녀석? 보기야 봤지. 오자마자 방에 처박혀서 안 나와서 쫓아냈네만."

음, 역시 아까 했던 생각은 취소해야 할 듯.

한송이를 보며 웃던 이장님이 인상을 굳히며 말했다.

딱 보니 한바탕 하셨구먼. 외부인보다 딸이 더 쉽지 않은 듯했다.

'이선아도 그래서 마을을 돌아다니고 있었나 보네.'

어디 가는 건가 싶었는데, 그저 갈 곳이 없어서 그런 거였다.

아무래도 조만간 둘 다 카페에 한 번 오게 해야겠다. 그때 뭘 내어 줄지도 한 번 생각해 봐야겠는데?

"아무튼 잘 부탁하네. 필요한 거 있으면 얘기하고. 내 집은 저기 파란 대문집이라고 물으면 다들 알려 줄 걸세."

"네! 저도 잘 부탁드립니다."

"허허! 그려 그려."

다시 한송이를 보고 웃으며 인사한 이장님이 떠나고. 우리도 마저 인사를 나눈 뒤 하루를 마무리했다.

* * *

다음 날.

"깜빡하고 이걸 내가 들고 왔네."

아침 일찍 카페에 출근할 때야 알아챘다. 한송이의 집에서 레시피북을 가져왔다는 사실을.

한송이는 짐 때문에 다시 서울로 올라간 상태.

원래라면 다소 당황할 법한 상황이었지만, 다행히 어제 연락처를 받아서 문제는 없었다.

그래서 오늘 바로 문자를 남겼다.

―사장님이 필요하시면 가지셔도 돼요! 어차피 이번에 새롭게 시공하면 필요 없기도 하고요!

그리고 아주 간단한 답을 들었다.

"음."

근데 내가 이걸 언제 가지고 싶어 했던가? 계속 손에 들고 집을 구경해서 그렇게 생각했을지도.

딱히 그런 건 아니었는데, 저런 소리를 들으니 조금 궁금해지긴 했다.

얼핏 봤을 때 레시피북 내용은 제과, 제빵에 관련된 게 많아 보였으니까.

'할아버지 레시피북에도 있긴 하지만 주 분야가 달랐지.'

할아버지는 음료 레시피를 많이 남기셨다. 그에 반해 이건 그와는 좀 반대였다.

그리고 보면 아주 바쁜 사람이라고도 했었지.

이장님의 말에 의하면 나름 빵 맛집이었다고 한다.

그래서 인기가 많았더라고.

골병도 그래서 들었지 않나 싶다고 했던가?

"너무 잘 돼도 쉽지 않구나."

과로로 인해 결국 문을 닫았다니.

스윽.

아무튼 레시피로 절로 시선이 갔다. 그렇게 맛있는 걸 만드는 레시피라니.

솔직히 끌린다.

하지만 결국 열어서 보진 않았다.

내 것이 아니니까. 할아버지가 준 레시피야 나 보라고

남겨 둔 거였으니 이거랑 경우가 달랐다.

손때를 잔뜩 탄 레시피북이었다.

원래 주인이 이걸 얼마나 많이 열어 봤을지 짐작이 되지 않을 정도로.

그러니 만약 이걸 쓰고 싶으면 주인에게 최소한 허락을 받아야 마음이 편할 것 같다. 물론 그 주인을 만날 수 있을지는 모르겠지만.

"이건 일단 두고."

카운터 옆 수납장에 할아버지 레시피와 함께 넣어 뒀다.

이제 다시 호랑이 쉼터의 사장으로 돌아가서 할 일을 해야 하니까.

'오늘은…… 어제 생각해 둔 것들을 만들어 볼 생각이었지.'

이장님과 이선아를 위한 메뉴이기도 하면서 그냥 카페에 추가할 메뉴였다.

바로 타르트였다.

처음엔 케이크도 생각했었다.

아무래도 카페에서 찾기 쉬운 디저트 중 하나니까.

'디저트가 아쉽다고 했지.'

수아가 올 때마다 하는 말이었다.

물론 만들어 주는 것마다 다 맛있다고 했지만, 디저트는 좀 아쉽다고 했다.

맛이 아니라 종류가 많지 않아서.

그래서 뭐가 있으면 좋겠냐고 물은 적이 있었는데, 의외로 케이크가 아니라 타르트를 말했다.

솔직히 내 입장에서야 그게 그거 아닌가 싶기도 한데, 전혀 다르다고 빽빽 우겼지.

과일이 듬뿍 올라가서 좋다나? 생지도 다르다고.

"그보다는 사진 찍기 좋아서겠지."

케익도 물론 사진을 찍으면 예쁘다. 하지만 타르트가 비주얼적으로 더 화려하게 나온다고 해야 하나?

크림에 덮인 상태가 아닌 과일 본연의 색이 타르트 위에 보이니 색감이 도드라지는 건 어쩔 수 없다.

그리고 별그램에 종종 메뉴를 찍어서 올리는 수아에겐 그게 더 끌렸을 터.

물론, 단순히 그런 이유로 타르트를 만들겠다고 생각한 건 당연히 아니었다. 참고는 했지만.

어쨌든 안 그래도 새로운 것을 늘려야 한다는 필요성은 느끼고 있었고, 좋은 계기가 됐을 뿐이다.

'타르트지부터 만들고, 안에는 크림. 그리고 위에 과일.'

타르트지는 쿠키와 비슷하고.

크림은 여기저기 많이 쓰인다.

둘 다 식빵의 반죽처럼 여기저기 쓰기 좋으니 선택할 이유로는 충분했다.

"우선 타르트지부터."

빵 반죽할 때도 배웠지만. 요 제빵, 제과는 굉장히 섬

세했다.

온도, 무게 단위, 섞는 순서 등등.

이걸 만들어 먹을 바에 사 먹는 게 낫다는 말이 절로 나올 정도.

"하지만 이번엔 다르지."

베이킹은 과학 실험이다.

그렇게 생각하며 개안으로 재료의 상태를 봤다.

박력분 105그램, 설탕 41그램, 버터 50그램, 소금 1그램, 달걀 21그램.

버터는 실온 상태로 둔 것을 사용.

몰입으로 단계를 올린 손재주로 먼저 가볍게 버터를 풀었다.

찰박! 찰박!

적당히 풀어지면 설탕, 소금을 넣고 다시 색이 밝아질 때까지 젓고.

버터와 마찬가지로 실온 상태의 달걀을, 분리되지 않게 저어서 섞었다.

박력분은 체에 걸러 고운 입자 상태로 넣고 주걱으로 섞는데…….

'이건 또 날을 세워서 섞어야 한다니.'

타르트지 반죽은 떡이 되면 안 되기 때문에 그렇단다. 아무튼 그렇게 조심히 다룬 반죽이 한 덩어리가 되면 이제 거의 끝.

'확실히 전보다 나아.'

빵을 처음 만들었을 때에 비하면 정말 장족의 발전이었다.

물론 베이킹은 결과가 나올 때까지 방심하면 안 되지만.

완성된 반죽은 밀대로 밀어서 3mm 두께로 편다.

그리고 단단해질 때까지 냉장실에서 잠시 휴지.

마지막으로 단단해진 반죽을 살짝만 녹여서 틀에 끼워 넣고 빈틈없이 사이사이를 눌러준 뒤, 마지막으로 휴지를 하면 타르트지는 준비 끝.

이제 크림을 만들어야 하는데…….

딸랑~ 딸랑~

낯익은 손님이 왔다.

"일찍 왔네?"

"……오라면서요."

* * *

이선아는 처음부터 방구석에 있는 걸 좋아하는 사람이 아니었다.

오히려 밖에 싸돌아다니는 걸 더 좋아했다.

어릴 적 마을 곳곳을 누빈 골목대장. 그게 바로 이선아였으니까.

물론 그 마을에 어린아이가 이선아와 천유진, 단둘이긴 했지만.

초등학교에 가고, 중학교에 들어갔어도 그건 마찬가지였다. 인기도 많고 친구들과 노는 것도 좋아했다.

그런 그녀가 갑자기 그렇게 된 이유는…… 회사에 가기 시작하면서였다.

정확히는 회사가 아니라 시청이었다.

"아니, 그러니까 그게 왜 안 되냐고!"

"상사 어디 있어! 어디서 어린 게 꼬박꼬박 말대꾸야?"

"네가 그렇게 똑똑해!? 내 돈 먹고사는 주제!"

악성 민원.

어딜 간들 쉬운 직장이 있겠냐마는, 이쪽은 특히나 심했다.

애초에 말이 안 통하거나, 애초에 시비를 걸기 위해서 온 사람들이니까.

불특정 다수를 상대하는 데 자신 있다고 생각했던 이선아도 학을 뗐고, 그래서 퇴사했다.

당연히 집에선 뭐라 했지만 5급 시험을 봐서 주민 센터가 아닌 시청에 들어가겠다고 하니 더 말이 나오진 않았다.

실제로 5급 시험 준비를 하고 결국 합격했으니 더 할 말이 없는 상황.

그렇게 이제 좀 숨통이 트이나 싶었는데…….

'저런 인간들을 계속 봐야 한다니.'

이제 시청에 들어와 민원을 직접 처리하진 않는다. 하지만 여전히 사람을 상대하는 건 같았다.

상사, 후임, 동기.

특히 공무원이라는 직업은 쉬이 해고되지도, 이직도 하지 않기 때문에 주변 사람도 계속 그대로였다.

한 번 잘못 만나면 자신이 그만두든지, 저쪽이 그만두든지.

한마디로 데스 매치의 게임인 거다.

좋은 사람은 바라지도 않으니 상식적인 사람만 주변에 있었으면 어땠을까?

'그랬으면 달라졌을까?'

모르겠다.

지금 와서는 모두 다 그저 만나고 싶지 않았다.

그래서 그녀는 화면 뒤에 숨었다.

웃기게도 사람이 싫은데 화면 뒤에서 보면 또 괜찮았다. 오히려 같이 막 상대할 수 있어서 그런 걸까?

하지만 그런 모습을 이해하지 못하는 사람도 있었다.

"그렇게 살 거면 그냥 내려와!"

"그렇게가 어떤 건데?"

"다 죽어 가는 송장이지 뭐야! 네 방 좀 봐 봐. 이게 사람 사는 거야?"

"건강 검진은 핑계였네. 사실 나 감시하러 왔구나?"

그녀의 아버지였다.

퇴사를 한 뒤로 둘은 대화가 되지 않았다. 자신의 상황을 이해하지 못했으니까.

그렇다고 아버지가 나쁜 사람이라는 건 또 아니었다.

자신도 그런 아버지를 이해하지 못하는 건 마찬가지였으니까.

그저, 둘은 세상을 보는 관점이 다르다는 걸 이해하지 못했을 뿐이었다.

그래서 한동안 고향에 내려가지 않았다.

많은 이유가 있지만 가면 오히려 답답하니까.

보통은 시골에 가면 힐링한다고 생각하는 데 그 반대였으니까.

그런데…….

'천유진.'

그 인간이 거기 있을 줄이야.

보고 싶어졌다.

자신이 있던 마을을 뒤도 보지 않고 떠나더니 다시 돌아온 꼴을.

근데 막상 와서 보니 예상과 좀 달랐다.

'왜 좋아 보이지?'

자신과 비슷한 처지라고 들었다.

잘 다니던 회사를 퇴사했다고. 상사란 인간에게 질려서 참지 못해 나와서는 마을에 내려온 거라고.

그런데…… 그런 것치고는 너무 잘 지내는 모습이었다.

게다가 자신을 기억도 못 한다니!

"뭐 얼마나 잘 되길래."

궁금해졌다.

그래서 다시 카페에 찾아가 보기로 했다. 오라고 해서 가는 게 아니라 가고 싶어서 가는 거였다.

그런데,

"얼마나 잘 되는지 보려고 왔는데, 여기 잘 되는 거 맞아요? 아빠 말로는 잘 된다고 하던데."

진짜 괜찮은 거 맞나?

"응? 뭐, 그럭저럭? 잠깐만 기다려 줄래? 이것 좀 마저 하고."

손님이 하나 없는데도 태연한 모습의 천유진에 어떤 반응을 보여야 할지 몰라 일단 자리에 앉았다.

안에서 뭘 하는 거지?

어릴 때도 이상한 사람이었지만 지금은…… 아무래도 더 이상한 사람이 된 것 같았다.

일하면서 웃고 있다니 말이다.

* * *

이선아가 찾아왔지만 바로 반겨 줄 순 없었다.

이제 크림을 만들어야 하는데 얘들이 진짜 예민 끝판왕이었으니까.

'어차피 선아는 딱히 일정도 없을 테니까 뭐.'

이건 이장님에게 들었다.

이선아는 뭘 하려고 내려온 게 아니라 뭘 안 하려고 내려왔다고.

그러니 일단은 이것부터 하기로 했다.

타르트지를 만들었으니 그 위에 올라갈 크림 차례였다.

우선은 커스터드 크림부터.

재료는 우유, 노른자, 설탕, 옥수수 전분, 버터, 바닐라 빈.

만드는데 제일 중요한 점은 달걀이 먼저 익지 않아야 하고, 덩어리지지 않게 잘 저어 줘야 한다는 거였다.

그리고 불을 끄는 타이밍도 중요했다.

'보인다.'

다행히 개안을 통해서 그게 다 보였다.

그렇게 달걀노른자의 고소함과 달달함이 일품인 커스터드 크림은 차게 식히는 사이.

두 번째로 필요한 것을 만들기로 했다.

이번엔 타르트지 위에 올릴 프랑지판이라는 거였다.

크림으로 만든 빵 같은 식감을 내는 건데……

고소한 아몬드 가루가 들어가는 것 말고는 타르트지를 만들 때와 비슷했다.

다 만든 프랑지판은 아까 만든 커스터드 크림과 섞어서 타르트지 위에 발랐다.

그리고 예열된 오븐에 구우면서 이제 마지막 크림을 준비하기로 했다.

"뭘 그렇게 만드는데요?"

"아, 타르트."

"……그런 것도 만들 줄 알아요? 배웠어요?"
"딱히 배운 건 아닌데."
공부는 했다. 카페의 도움도 많이 받았고.
"조금만 기다려. 이제 거의 끝나. 음료부터 골라 줄래?"
"오라고 해 놓고 이제 신경 쓰는 거예요?"
"미안 미안. 근데 네가 너무 일찍 온 것도 있어. 누가 이런 곳의 카페를 아침부터 와?"
수아처럼 등교하기 전에 들르는 거면 몰라도 말이지.
사실 그것도 평범한 일은 아니긴 하고.
아무튼 내가 일찍 나와서 망정이지, 늦게 온 날이었으면 문 앞에서 기다릴 뻔했다. 물론 카페 앞에 공터가 있으니 아침에 와서 둘러보는 것도 좋긴 하겠지만.
"복숭아 에이드? 이걸로 할게요."
"그래? 잠시만 기다려 줘."
일단 음료 주문은 받았다.
조금은 예상했던 주문이었다.
이장님에게 듣기론 복숭아 귀신이랬으니까. 그와 관련된 음료를 선택할 거라고 생각했다.
'청을 만들어 두길 잘했어.'
복숭아 청은 미리 만들어 뒀다.
사과 민트 청과 만드는 과정이 다르지 않았으니까.
당연하게도 조림과는 조금 달랐다.
물 대신 복숭아즙을 썼으니까. 당의 밀도가 더 높았다.

어쨌든 음료는 금방 만들 수 있으니 타르트부터 마저 만들었다.

생크림과 만들어 둔 커스터드 크림을 잘 섞기만 하면 마지막 크림도 끝이었다.

이제 살짝 구운 타르트지 위에 프랑지판 크림을 깔고 한 번 더 구운 타르트 바닥을 오븐에서 꺼냈다.

이것만 먹어도 맛있을 것 같은 고소한 냄새가 카페 안을 채웠다.

꿀꺽!

누군가의 침 삼키는 소리가 들리는 걸 보아 베이스는 성공인가 보다.

피식!

그에 가볍게 웃으며 이어서 아까 만든 생크림과 커스터드 크림을 섞은 크림으로 베이스를 덮었다.

중앙이 살짝 높게.

그래야 그 위로 과일을 쌓을 때 예쁘게 나온다.

"후우……."

이렇게 말이다.

복숭아를 잘라서 빈틈없이 꼼꼼하게 크림 위에 올렸다.

수북하게 쌓인 복숭아가 탐스러운 빛깔을 발하며 완성됐다.

밑의 타르트지는 쿠키처럼 바삭하고 고소하며, 중간에는 완충 역할을 하는 크림이. 그리고 과일의 접착제 역할을 하면서 달고 고소한 맛을 내는 크림과 그냥 먹어도 맛있는 복숭아까지.

다양한 맛과 다양한 식감이 한입에 들어올 수 있는 디저트였다.

거기에다가.

"수아가 좋아할 만하네."

일단 예뻤다.

어느 방향에서 찍어도 이쁘게 사진이 나올 거 같은데?

과일이 듬뿍 올라가서 자연의 빛깔을 뽐내는데 맛이 없어 보일 수가 없었다.

아기 볼살처럼 맑은 살구빛에 발그레하니 붉은빛을 빛을 띠는 복숭아.

생과일을 썼기 때문에 조림을 쓴 것보다야 덜 달겠지만 그래서 달지 않게 맛있을 수 있었다.

"음…… 여기에 복숭아 에이드라."

타르트 한 조각을 자른 뒤 이선아가 주문한 복숭아 에이드까지 만들었다.

탄산과 미리 만든 청만 섞으면 되니 금방이었다.

그렇다면 이제,

스윽.

이선아를 살폈다.

[이선아]
*상태

―대인기피로 인한 우울
―외로움
―자신감 결여로 무기력

 사정은 어제 이장님을 만난 김에 미리 물어서 알고 있었다.
 공무원 합격하고 일하다가 그만둔 상태로, 지금은 인터넷 방송을 하고 있다고…….
 전 직장에서 스트레스를 너무 받은 건지, 사람들 만나는 걸 꺼린다고 들었다.
 그걸 듣고 생각한 상태는 조동우 씨와 비슷한 거였는데…….
 '조금 다르다.'
 대인기피와 자신감 결여는 비슷하지만, 결정적으로 하나가 달랐다.
 외로움.
 조동우 씨는 외로움보다 혼자만의 안정이 필요한 상태였다. 하지만 이선아는 그런 상태이면서 추가로 외로움을 느끼고 있었다.
 그렇다면…… 지금 이선아의 목을 죄는 아우라는 분명 저 탓일 가능성이 컸다.
 '사람이 싫은데 또 좋은 건가.'
 그러고 보니, 어릴 때도 나를 졸졸 따라다녔다.
 내가 별다른 걸 챙겨 준 적은 없는 것 같았는데 이상하게 잘 따라다녔지. 천성적으로 사람을 좋아하기에 그랬던 걸 수도.

"뭘 봐요?"

"응? 아."

아, 물론 지금은 그때처럼 순수한 아이가 아니긴 했다. 저 삐딱하고 불량스런 표정을 봐라.

어릴 땐 참 순수했던 것 같은데…… 꼭 지금 수아처럼 말이다.

"다 만들어서 이제 주려고."

"……오래도 걸렸네. 누가 보면 하나하나 다 만들어서 주는 줄 알겠어요."

"다 직접 만든 건데? 복숭아 청도, 타르트도."

"……사서 데운 게 아니고요?"

"타르트를 누가 데우니."

어이없다는 표정을 지으니 당황한 기색이 역력한 모습이다.

"누, 누가 진짜 그렇대요? 그냥 말이 그렇다는 거지."

"근데 왜 말은 더듬어?"

이런 걸 보면 순진하기는 아직도 수아보다 더 순진한 것 같기도 하네.

표정이랑 행동에 다 티가 나다니.

"얼른 먹어 봐. 너 복숭아면 환장하잖아."

"……그건 또 어떻게 알았대."

"어릴 때 내가 이장님 밭에서 서리도 해 줬는데 알지."

놀리는 걸 눈치챘는지 이번엔 대꾸 없이 타르트를 가져갔다. 그리고 잠시 노려보더니 한 입 먹었다.
"음!"
표정을 보니 성공인가 보다.

[복숭아 타르트와 복숭아 에이드]
*효과
―심신 안정

특별한 재료가 들어가진 않았기에 효과도 단순했다. 그저 마음에 안정을 조금 줄 뿐인 메뉴.
물론 여기서 더 넣으려면 더 넣을 수도 있었다.
축복도, 그림 재능도, 브라우니를 통한 기세를 불어 넣는 것도 가능하겠지.
하지만 타르트를 만들면서 시간을 벌며 관찰한 결과, 일부러 넣지 않았다.
'조금 복잡한 상태야.'
자꾸 조동우 씨의 경우랑 비교하게 되는데, 그땐 뱀처럼 목을 죄고 있었다.
강하게 죄고 있어서 그렇지, 복잡한 건 아니었다.
반면 이선아의 경우에는…… 마치 실타래가 엉킨 것처럼 아우라가 이리저리 얽혀 있었다.
한마디로 복합적인 상태라는 거였다.
그렇기에 지금은 함부로 저 실타래를 건드리는 것보다

안정을 주는 게 먼저라고 생각이 됐다.

'푸는 방법부터 찾는 게 좋겠지.'

강제로 풀었다가는 오히려 이선아가 다칠 것 같다는 예감이 강하게 들었다.

그러니 이번 손님, 이선아의 저 아우라의 실타래는 천천히 풀어 보기로 했다.

"어떻게, 잘 지냈어? 여기 얼마나 있을 거야?"

"그건 왜요."

입엔 복숭아 타르트를 가득 물고서는 퉁명하게 말한다.

진짜 복숭아를 좋아하긴 하네.

"그냥. 오래 있으면 자주 놀러 오라고. 이런 거 자주 만들어 줄게."

"……혹시 장사 안 돼요?"

"응?"

"아니, 아침을 떠나서. 어제도 손님이 한 명밖에 없었던 것 같길래요."

진짜 걱정된다는 듯한 물음에 어떻게 반응을 해야 할지 감이 안 왔다.

확실한 건, 조금 불량한 듯 컸으나 여전히 어릴 적 이선아처럼 착한 애는 맞다는 거였다.

"걱정되면 자주 오면 되겠네."

"누가 걱정된대요? 그냥 그렇다는 거지."

"맛은 어때?"

"……맛있네요."

톡!

이선아의 아우라를 감싸던 아우라 중 실타래 하나가 풀렸다.

일단…… 이 정도면 오늘 메뉴도 성공인 듯했다.

그렇다면 이제, 본격적으로 자세히 보기 위해 몰입과 개안을 사용했다.

그 순간, 이선아의 기억이 머릿속에 떠올랐다.

회사로 보이는 곳에서의 기억이었다. 공무원이었다고 하니 각종 민원인에게 시달리는 모습이 하나.

그리고 또 직장 동료들에게 시달리는 모습.

'음.'

나도 직장 생활을 했기에 많이 겪고 봤던 모습이었다.

솔직히 말하자면, 직장에 있을 때 내 입장은 그것도 못 버텨? 라는 쪽이었다.

회사가 어린애 놀이터도 아니고. 다 그렇게 사는 거라고.

예전에 수아가 꼰대 십계명을 가지고 왔는데 그 테스트에서 나는 최소 7개에 체크를 했다.

수아 말로는 4개 이상이면 꼰대라고 했으니 나는 그야말로 꼰대의 화신이었던 셈이다.

지금도 사실 체크하라고 하면 4개 이상은 할 것 같은데…….

다만 차이점이라면 이젠 그래도 이해는 한다는 거다.

사람마다 받아들이는 게 다를 수 있다는 사실을.

'같은 말이라도 누군 상처를 받고, 또 누군 웃어넘길 수 있어.'

마찬가지로 같은 상황에서 누군가는 괜찮지만, 또 다른 누군 스트레스를 받을 수 있다.

물론 그렇다고 응석받이처럼 모든 걸 오냐오냐하라는 뜻은 아니지만.

아무튼.

내가 호랑이 쉼터를 운영하면서 아우라를 보게 되면서 알게 된 중요한 점은 이거였다.

자기 자신이 본인의 상태를 제일 잘 알아야 한다는 것.

그건 병원을 가서, 혹은 스스로 찾아서, 그것도 아니라면 주변에서 도움을 받아서라도 알아내는 게 좋았다.

일단 자신의 상태를 아는 것부터 시작이니까.

'근데 그게 말이 쉽지.'

그게 되면 누가 마음의 병을 앓고만 있을까.

그래서 이곳, 호랑이 쉼터가 특별하고 중요하기도 했다. 그걸 볼 수 있으니까.

……뭐, 그건 그렇고.

생각이 길어지니 자꾸 다른 곳으로 샜네.

일단 몰입에서 빠져나와 다시 이선아의 상태를 봤다.

상태가 확 좋아진 건 아니지만 아우라의 실타래 하나는 풀렸다.

복숭아 타르트와 복숭아 에이드로 심신 안정 효과가 우

울을 완화시킨 것이었다.

아마 다른 상태의 실타래들을 풀려면 또 다른 게 필요할 듯했다.

'자신감을 찾을 것과 외로움을 잊을 것. 두 가지인가.'

둘 다 쉽지 않겠지만 그래도 일단 대화는 가능하니까 다행이었다.

아마 심신 안정이 되니 이것도 가능한 게 아닐까 싶었다.

사람은 단 게 들어가면 기분이 좋아지니까.

그리고 기분이 좋으면 당연히 말도 잘 나온다.

"근데 어제 그 사람은 뭐예요?"

"응? 어제? 아아, 한송이 씨?"

"아는 사람인가 보네요?"

"전에 손님으로 한 번 들렸다 또 오신 거라, 아는 사람은 맞지."

사실 손님으로 온다고 해서 카페 사장이 다 아는 건 아니었다. 보통은 그냥 지나가는 손님과 사장 사이가 많으니까.

하지만 여긴 조금 특별한 곳이 아니던가.

"그래요?"

"왜?"

"아니에요. 그냥. 이 동네에 젊은 사람이 있길래 물어봤어요."

"그러고 보니 너랑 비슷한 또래겠네."

내 말에 타르트를 먹다 말고 '그게 뭐'라는 표정을 짓는다.

 어릴 땐 참 순수했는데 어쩌다 저리 불량하게 됐을까.

 "그거 맛은 어때?"

 "……괜찮네요, 뭐."

 "여기 있는 동안은 자주 와. 다른 것도 해 줄게. 아, 혹시 수아라고 알아?"

 "수아?"

 모르는 걸 보니 확실히 이선아는 여기 와 본 지 꽤 된 모양이다.

 "옆집에 사는 꼬마인데 자주 놀러 오는 애야."

 "이 동네에 애가 있다고?"

 "그렇더라고. 재미있는 애야. 나중에 보면 아, 얘구나 싶을 거야. 아무튼 걔가 이런 디저트 먹고 싶은 거 얘기해 주거든? 너도 혹시 먹고 싶은 거 있으면 말해 봐."

 몰입으로 회사 생활이 힘들었다는 걸 알지만 그건 굳이 꺼내지 않았다.

 다짜고짜 공감하는 척하면 오히려 반감만 들 테니까.

 그냥 일상적인 대화처럼 편하게 대하려고 했다. 덕분인지 경계심이 좀 많이 낮아진 듯 이선아도 말을 곧잘 했다.

 '이장님 말로는 집에선 말 한마디 안 한다는데. 생각보다 잘하는데?'

 조금 편해진 것도 있겠지만 그걸 감안해도 들은 것보다

괜찮았다.

긍정적인 신호인가?

"뭐래. 말만 하면 다 만들어 줘요?"

"웬만하면?"

"어디서 뭐 배웠어요?"

"음. 정식으로 배운 건 아니고. 어깨 너머로?"

"이걸, 어깨너머로 배웠다고요?"

이선아의 물음에 어깨를 으쓱했다.

사실이니까.

할아버지 레시피, 또 인터넷 레시피 등등을 참고하니까. 그리고 그걸 보조해 주는 카페의 능력으로 만들 수 있었지만 이것까진 말해 줄 필요 없지.

"왜? 못 믿을 만큼 맛있어?"

"……그, 그냥 신기해서 그러죠. 이런 거 전혀 안 할 것 같았는데. 전에 회사 다니지 않았어요?"

"다녔지. 퇴사한 지도 얼마 안 됐어."

"그건 들었어요."

"아, 맞다. 들었다고 했지."

톡!

이런저런 대화를 하다 보니 아우라의 실타래가 하나 또 풀렸다.

그렇게 긍정적인 반응 속에서…….

왜앵~

"응? 아, 랑이 왔어?"

랑이가 냥풍당당한 걸음으로 카페로 들어왔다.

누가 보면 여기가 제 집인 줄 알겠네.

"고양이?"

"아 참. 선아, 너 어릴 적에 고양이 좋아했지? 지금도 좋아해?"

"당연하지!"

"그래? 그럼…… 자."

랑이를 들어서 냅다 이선아의 품에 올려 줬다. 그러자 어쩔 줄 몰라 하는 것도 잠시.

무릎 위에서도 얌전한 랑이의 모습에 이선아는 본격적으로 쓰다듬었다.

"얘, 얘는 누구예요? 여기서 키우는 고양이? 이름은 랑이?"

저렇게 적극적으로 묻는 건 처음인 것 같은데?

어째 복숭아 타르트가 밀린 것 같아 살짝 서운…… 하지 않아도 되겠구나.

아주 싹싹 먹었네. 부스러기도 없이 말이지.

그나저나 랑이는 오늘도 츄르 값을 했네.

이따 또 챙겨 줘야겠어.

"아까 그 수아라는 애가 키우는 고양이야. 걔가 학교 가고 나면 여기 와서 놀 거든."

"아."

"너 근데 강아지는 안 좋아했던가? 이장님댁에 백구도 있는데."

"강아지도 좋아해요."

랑이 얘기에서 자연스럽게 이장님과 백구 얘기로 넘어갔다.

사실 어쩌면 이쪽이 저 아우라를 해결할 수 있는 포인트라고 생각이 됐다.

문제가 외로움과 자신감 결여니까.

특히 가족이 바로 옆에 있는데 외로움을 느낀다니. 관계에 문제가 있을 터.

다행히 이장님은 그때 좀 풀린 듯했으니 이선아만 풀면 되겠지.

근데 이장님이랑 얘기하기 싫어서 백구도 안 본 건가? 반응을 보니 그런 듯했다.

이거 다른 것보다 이장님하고의 사이부터 어떻게 해야겠는데? 사적인 문제라서 조심해야겠지만.

"그래? 그럼 백구 보러 갈래? 안 그래도 백구 산책도 시켜 줘야 하는데."

"오빠가 왜요?"

"그냥 겸사겸사."

"……장사 안 되는구나? 괜찮은 거 맞아요?"

그게 그렇게 되는 건가.

일반적인 카페라면 맞는 말이기도 해서 따로 부정하진 않았다.

이게 좀 더 먹힐 것 같기도 했다.

"먹고는 살아. 여기 텃밭도 있고. 이건 대출도 안 껴 있거든."

"이제 보니 카페 수저였네요."

"그런 셈이지? 그러는 넌 완전 밭 수저잖아. 이장님 밭 진짜 어마어마하던데?"

"오빠랑 다르죠. 그건 내 것도 아닌데."

"외동이니까 너한테 물려주시겠지."

"다 죽어서 물려주면 뭐 해요?"

조금 버릇없는 말이 아닌가 싶긴 하지만 표정을 보면 아니었다.

'애정은 있어 보이는데 말이지.'

분명 이장님에 대한 걱정이 담긴 말이었다.

그런데 저런 속내를 가졌으면서 왜 그렇게 싸우는 건지 모르겠네.

"그럼 돌아가시기 전에 잘해 드려. 물론 아직 먼 이야기긴 하지만 그래도 지금부터 잘해 드려도 짧아."

"네?"

"그래야 그 전에 물려주시지 않겠어? 네 말처럼 이 카페도 할아버지가 돌아가시고 물려받았는데, 그런 생각이 자주 들더라? 할아버지가 계실 때 같이 카페에 있었으면 어땠을까 하는."

갑자기 무거운 듯한 얘기를 한 것 같지만, 둘 다 부녀 간의 애정이 있다면 솔직히 내 입장에선······.

"계실 때 잘해."

"아."

이런 말을 할 수밖에 없었다.

내게 지금 부모님도, 할아버지도 남아 계시지 않으니까.

이선아도 그 말을 이해했는지, 어쩐지 미안한 표정이었다.

저걸 보니 아직 순수하던 어린 시절 모습이 남아 있긴 했다.

"자! 그런 의미에서. 이거 이장님 가져다드리고, 넌 백구 산책 좀 시켜라."

말 나온 김에 슬쩍 권했다.

나한테 미안할 때 이렇게 하면 거절하기도 그렇지.

물론 이선아도 그렇게 호락호락하진 않지만 말이다.

"……내가 왜요?"

"왜긴 왜야. 내가 너 어릴 때 코도 닦아 주고 했던 거 잊었어? 고양이 쫓아가다가 혼자 길 잃어서 울고 있는 것도 내가 찾아줬잖아."

"그, 그걸…… 아직도 기억해요?"

"못할 줄 알았어?"

슬픈 과거에 이어서 잊고 싶은 과거까지 총동원했다.

사실 못하고 있다가 아까 생각이 난 거지만. 뭐, 생각났다는 게 중요한 거니까.

"너 인터넷 방송도 한다며?"

"그, 그건 또. 아빠가 말했죠?"

"당연하지. 전에 와서 자랑 잔뜩 하고 가셨어."

"······아빠가요? 거짓말. 방구석에 처박혀서 뭐 하냐고 맨날 잔소리하거든요?"

"그래? 나한테 하시던 말이랑은 좀 다른데?"

이래저래 어색했던 것도 많이 풀리고, 아까 한 말 때문에 미안했던 건지 이런 대화도 이제 어렵지 않았다.

어릴 적으로 조금은 돌아간 느낌이라고 해야 되나.

생각해 보면 어릴 때도 이선아는 나를 잘 따르긴 했어도 저렇게 까칠했다. 기억 미화로 수아와 비슷했다고 잠시 착각했을 뿐.

"부끄러워서 그러신 거겠지. 이장님도 네 방송 챙겨 보실걸?"

"······아빠가요? 아빠 그런 거 할 줄도 모를걸요?"

"글쎄? 매번 후원도 하시는 것 같던데. 정 궁금하면 한번 라이브 방송 켜 봐."

이장님은 말하지 말라고 했지만 이런 건 모르는 것보다 아는 게 낫지.

물론 이선아가 호랑이 쉼터에 오지 않았다면 굳이 내가 찾아가서 알려 주진 않았을 테지만. 이렇게 된 이상, 기세를 탄 김에 말했다.

"······됐어요. 쉬어 왔는데 무슨 방송이야."

"그런가? 아쉽네. 한번 보고 싶었는데."

"오빠는 안 봤어요?"

"어? 어, 그게."

"······줘 봐요."

"뭘?"
"폰이요. 안 봐도 되니까 구독만 해 둘게요."
그런 것쯤이야.
왜 안 봤냐고 더 묻기 전에 얼른 폰을 넘겼다.
"와…… 무슨 폰에 아무것도 없네."
"잘 정리한 거라고 말해 줄래?"
"네네, 그러시겠죠. 하여간 무슨 아저씨도 아니고……
자, 여기요. 이게 제 채널이에요."
"게임 방송이랬나? 나중에 한 번 볼게."
"안 볼 거잖아요."
정곡을 찌르는구나.
더 빈말도 못 하겠으니 얼른 말을 돌려야겠어.
"음료는 에이드 말고 커피로 줄게. 타르트랑은 그게 더 어울릴 거야. 라테랑 아메리카노 줄 테니까 가서 백구 산책 하고 이장님하고 나눠 먹고."
"누가 보면 엄만 줄 알겠네. 알겠어요."
왔을 때보다 한결 밝은 모습이다. 아우라의 실타래는 아직 남았지만.
'하나씩 풀다 보면 결국 풀리겠지.'
그리고 아마 그 실타래를 푸는 열쇠는 나한테 있는 게 아니라 이장님과 이선아에게 있을 것 같았다.
나는 그저 그 실타래를 느슨하게 만들어 줬을 뿐.
"갈게요. 잘 먹었어요."
"그래. 또 와."

이선아가 인사를 하고 나갔다.

조만간 다시 왔을 땐 저 실타래가 다 풀린 상태일 수도 있겠다는 생각이 들었다.

* * *

"웬일로 네가 밭에까지 나왔어?"
"이거 주래서."
"응? 웬 케이크?"
"케이크 아니고 타르트야. 유진 오빠가 줬어."
"얼씨구? 어제는 유진이라고 하더니 지금은 유진 오빠야?"
"뭐래. 얼른 먹기나 해. 아, 그리고 나 백구랑 산책 갈 거야."
"이제 어리지도 않은데 말버릇이 그게 뭐야? 어휴, 그래. 가라, 가."

이장은 혀를 찼지만 내심 기분이 나쁘지 않았다.

방구석에 있으면 대화도 안 하려던 이선아였는데 여기까지 와서 그래도 몇 마디 더 얘기를 나눴으니까.

언제부턴가 이렇게 대화를 하는 것도 줄었다.

"아, 나 폰 안 들고 왔다. 아빠 폰 줘."
"그거 좀 안 봐도 큰일 안 난다."
"나 길 잃어도? 어릴 때 길 잃었던 거 기억 안 나?"
"……큼큼. 자."

"비번…… 없네. 간다."

이장의 폰을 받은 이선아는 쿨하게 백구를 데리고 밭을 떠났다.

그리고…… 잠시 후.

"이게 뭐야."

아빠의 폰에서 '좋아요'를 누른 영상을 보고는 우는 것도 웃는 것도 아닌 표정을 지었다.

아마 그 모습을 천유진이 봤다면…….

꽁꽁 묶여 있던 아우라의 실타래가 홀홀 풀려 나와 조금은 거칠지만 든든하게 감싸주는 담요로 변한 모습으로 보였을지도.

* * *

이선아가 나간 뒤 얼마나 지났을까.

거의 마감할 때가 됐을 즘, 아우라가 갑자기 카페를 뒤덮었다.

조동우 씨가 떠난 뒤랑 비슷한 상황이었다.

걸린 시간만 조금 다를 뿐.

'잘 풀렸나 보네.'

애초에 서로 정이 있던 관계였다.

나도 할아버지와 냉전일 때가 있었던 것처럼.

다들 그렇게 사는 거겠지.

이렇게도 살았다가 저렇게도 살았다가. 웃다가 울다가

싸우다가 응원하다가…….

그렇게 서로에게 의지하면서 사는 거다. 가족이라는 건 그런 거니까.

혼자가 아니라는 것에 외로움이 덜어지고. 가족의 응원에 자신감은 차오른다.

이선아에게 필요했던 결국 가족이었던 거다.

물론 그 가족은 늘 옆에 있었다. 그저 이제 그걸 깨달았을 뿐.

사라락~

그 실타래가 풀렸으니 이제 다시 제대로 엮어 가면 되겠지.

조금은…… 부럽네. 그럴 가족이 있다는 사실은 말이다.

'음…… 생각이 깊었네.'

다른 생각하는 사이 카페를 뒤덮은 아우라도 어느새 이내 대부분 스며들었다.

그리고 일부만 그 위를 나풀거렸다.

그러다 나를 향해 흩날려왔다.

살랑살랑~

가닥가닥 남은 실타래들이 곁에서 춤을 추듯 머물렀다.

잠시 그 광경을 보다가 이제는 자연스럽게 그 아우라들을 향해 손을 뻗었다.

사락!

그러자 실타래들이 올올이 엮였다.

작은 고리가 된 실타래들은 내 손목에 들어오더니 이내 그에 맞게 줄어들었다.

마지막으로 그대로 스며들며 이선아에게서 날아왔을 아우라들은 보이지 않았다.

'몇 번이나 봤는데도 적응이 쉽진 않네.'

아우라가 머물다가 스며든 손목을 살폈다.

아우라의 따뜻한 온기가 아직도 남아 있는 듯한 느낌이었다. 마치 이번에도 잘했다고 쓰다듬어 주는 듯.

피식.

손목의 온기를 한 번 만져 보니 슬며시 미소가 지어졌다.

오랜만에 이런 칭찬을 듣는 것 같다.

'자. 그럼 마저 확인을 해 볼까?'

이 칭찬은 그냥 이렇게 넘어가지 않는다. 보상을 꼭 줬다.

그건 이번에도 마찬가지.

>이선아의 소통

"오? 의외네."

소통이 재능이라니.

아! 하긴 개인 방송을 한다고 했지? 그럼 확실히 이쪽에 재능이 있을 수도 있겠다.

보통 개인 방송은 소통 위주로 한다고 들었으니까. 보진 않았지만.
 '나중에 한 번 봐 볼까?'
 채널은 알고 있다.
 이장님이 전에 왔을 때 잔뜩 자랑하고 가면서 알려 줬으니까. 심지어 구독까지 했다.
 이선아에게 했던 말은 거짓말이 아니었던 거다.
 띠링!
 "어? 알람?"
 생각난 김에 채널에 들어가려고 앱을 켰는데 갑자기 알람이 떴다.
 이선아의 채널이 라이브 방송을 한다는 거였다.
 뭐지 이 녀석?
 [시고르브자브종 산책]
 간단한 제목이 달린 방송이었다.
 잠깐 고민하다가 한 번 보기로 하는데.

 ―진짜 시골이야. 위치는 안 알려 줌. 당분간 여기서 살 거임. 게임 못함.

 백구의 모습과 함께 조금 익숙한 풍경. 그리고 이선아의 목소리가 방송에 나왔다.
 그런데 이 녀석······.
 '소통이 진짜 재능이 맞나?'

어쩐지 나로선 조금 쉽지 않은 재능인 듯했다.

왜앵~!

"응? 아. 오늘 한 건 했으니 츄르 급여해야지. 잠깐만."

항마력이 부족해서 이선아의 방송은 껐다. 그리고 오늘 큰일을 한 랑이에게 츄르 일봉을 내렸다.

매일 한량 같은 녀석이지만 또 이럴 땐 한몫 한다는 말이지.

츄르 먹고 만족의 그루밍을 하는 랑이를 쓰다듬었다.

힐링하는 데 최적의 온기와 촉감이다.

얘랑도 어느새 몇 개월을 같이 지냈네. 시간 참 빨라.

그때!

지잉! 징!

"응? 한송이 씨?"

한송이에게서 전화가 왔다.

뭔가 하고 받아 보니,

―저, 혹시 그 레시피북이요. 아까 전 주인분이 갑자기 연락해서요…….

어제 가지고 온 레시피북의 주인에 관한 얘기가 나왔다.

* * *

한송이의 말을 요약하면 레시피북은 일단 돌려주지 않아도 된다는 거였다. 그리고 안에 레시피를 마음대로 써도 된다고 했다.

　그럼 왜 전화를 했을까?

　한송이가 전해 온 사실에 따르면 사과를 하고 싶어 연락했다고 한다.

　이유는…….

　'할아버지의 카페를 따라 했다라…….'

　그 집에 들어갈 때부터 묘하게 비슷한 느낌은 받았다.

　그게 할아버지의 카페를 따라 해서 그런 거라면 이해가 쉽게 되긴 했다.

　근데 왜 굳이 지금 와서 사과하겠다는 건지.

　"할아버지가 뭐라 했었나."

　그럴 리가.

　딱히 그런 말을 남겨 두지 않으셨다.

　하긴 뭐, 남겨 두신 말이 없는 게 그뿐인가 싶지만.

　하지만 할아버지의 성격상, 이걸 따라고 했다고 해도 별로 신경 안 썼을 가능성이 높았다. 같은 마을에 비슷한 카페 둘.

　경쟁이 될 수도 있겠지만 애초에 그런 걸 신경 쓰는 분이 아니었다.

　내가 성과에 목매달고 경쟁 업체와 피 터지는 입찰 전쟁을 벌이는 걸 보며 혀를 차신 분이 아니던가.

　뭐 그렇게 아등바등 사냐고.

　"거기 갈 사람은 거기 가고, 여기 올 사람은 여기 오겠지 라고 생각했을 분이지."

참 자유로운 분이셨단 말이지.
물론 그건 할아버지고, 나는 사정이 좀 다르지만.
"음."
굳이 볼 생각은 없었는데.
이렇게 되니 왠지 더 궁금해졌다.
허락도 받은 셈이니, 수납장에서 꺼낸 레시피북을 한 번 펼쳐 봤다.
손때가 잔뜩 묻은 레시피북은 안에도 마찬가지로 많은 흔적이 남아 있었다.
"음."
솔직히 말하면 할아버지의 레시피북과 비교하면 많이 지저분했다.
여기저기 지운 흔적도 그대로 남아 있었고.
굳이 따지면 할아버지는 잘 정돈된, 이미 완성된 레시피북이라면 이건 계속 수정되고 있는 미완성 레시피북 같은 느낌이었다.
'실제로 계속 수정, 보완을 한 것 같네.'
그러지 않고서야 이런 상태가 될 수가 없었다.
그렇다면 나름 열심히 레시피를 연구한 것 같은데.
"할아버지 거랑은 좀 다른데."
물론 겹치는 것도 있었다.
아무래도 같은 업종이니 겹치지 않을 순 없으니까.
커피만 해도 아메리카노, 라테 같은 건 당연히 비슷할 수밖에 없었다.

하지만 그런 걸 빼면 같은 게 없었다.
오히려 이쪽이 더 독창적인 느낌이다.
"뭘 사과하고 싶다는 건지 모르겠네."
스스로 이렇게 많이 연구했으면서 왜?
탁!
일단 다시 레시피북을 닫았다.
당장 쓸 수 있는 것도 있고, 흥미로운 것도 있었다.
하지만 이 물건의 주인이 오겠다고 했으니.
만나 보고 결정해도 되겠지.
레시피북은 옆으로 치웠다.
"아저씨!"
오솔길에서부터 뛰어온 수아가 들어왔기 때문이다.
"뭘 그렇게 뛰어와?"
"헤헤! 오랜만이니까 그렇죠!"
"그러냐."
"민초프. 민초프 주세요~!"
오자마자 음료라니.
수아의 모습에 고개를 절레절레하면서도 손은 빠르게 움직였다.
"자."
"어? 이건 뭐예요?"
"샤인머스캣 타르트."
"우와! 진짜 만들었어요? 대박!"
자기가 말했지만 진짜 만들 줄은 몰랐던 건가.

수아가 깜짝 놀라 표정으로 타르트를 살폈다.
그러더니.
찰칵! 찰칵!
열심히도 사진을 찍었다.
카운터를 배경으로 하나.
타르트만 단독으로 하나.
또 창가에 가서 거기 올려 두고 한 장.
"그만하고 먹어."
"으으! 너무 예쁘잖아요!"
"예뻐도 먹는 거다."
"진짜 T랑은 말을 못 하겠네. 치이."
말은 저렇게 하면서도 오면 잘만 말할 거면서.
잠깐 입을 삐죽하던 수아였지만 이내 타르트를 포크로 잘라 입에 넣더니.
"와아!"
반응을 보니 대만족인 듯했다.
복숭아 대신 샤인머스캣을 올렸는데도 잘 어울리는 듯했다.
비주얼은 당연히…….
'복숭아가 은은하게 예쁘면 얘는 그냥 대놓고 싱그러우니까.'
이쪽이 더 눈이 들어오긴 했다.
둘 다 각각의 매력이 있지만 말이다.
음.

잠깐 또 레시피북에 눈길이 갔다.

"수아야."

"넹?"

"혹시 너 저기 마을 쪽에 있던 카페 알아?"

"카페요? 여기 또 카페가 있었나?"

수아가 고개를 갸우뚱했다.

하긴 몇 년 전이니까 그땐 수아가 더 어렸을 때 아닌가.

있었어도 기억 못 하겠지.

"아! 있다!"

"응? 있어? 기억나?"

그런데 골똘히 생각하던 수아가 손뼉을 치며 생각났다는 듯 고개를 들었다.

그게 기억나다니.

"네! 한 번 가 봤거든요."

"그래? 언제? 그때면 너 엄청나게 어렸을 땐데 기억이 난다고?"

"제 기억을 뭐로 보고. 어릴 때 오빠가 데리고 한 번 갔었어요. 정확히는 할아버지랑 같이 간 거지만."

"……우리 할아버지랑?"

"네!"

이건 또 의외네.

할아버지가 거기까지 갔다니.

궁금해서 가 볼 수는 있긴 했다.

작은 마을에 카페가 둘이니.

"어땠어? 할아버지가 뭐라고 했어?"

"그냥 그랬어요. 할아버지도 별말 안 했던 것 같은데요?"

"……그냥 그랬다고?"

"네. 거기도 타르트 있었는데 이게 훨씬 맛있어요!"

수아가 타르트 한 입을 더 먹으며 말했다.

빈말이 아니라는 듯 어느새 타르트의 반이 없어졌다.

'저 녀석, 한 번에 할아버지가 만든 거랑 내가 만든 것의 차이도 알았지.'

처음 민트 초코 프라푸치노를 만들어 줬을 때였다.

생민트와 민트 가루를 썼을 때의 차이를 바로 맞췄었다. 그런 걸 생각하면 신빙성이 없는 건 아닌데.

"근데 왜요? 거기 또 카페 들어와요? 에이~ 걱정하지 마세요."

"왜? 여기가 더 맛있어서?"

"당연하죠! 여기 온 사람들은 거기 안 갈걸요? 할아버지 때도 그랬어요."

"그래?"

하긴. 할아버지가 텃밭의 작물을 제대로 썼는지는 몰라도, 호랑이 쉼터의 능력을 썼을 거다.

그렇다면 맛도 맛이지만 그 특별한 효과를 사람들도 느꼈겠지.

기분이 좋을 수도 있고 마음이 안정될 수도 있고.

그런 게 맛과 함께 어우러지면 이곳만의 특별한 점이 되니까 확실하게 차별이 될 터.

물론 효과와 아우라를 눈으로 볼 수 없으니 정확하게 그게 뭔지는 모르겠지만.

아무튼 수아의 말대로 여길 찾아왔던 사람이면 거길 가더라도 다시 올 테니.

"근데 진짜 거기 또 카페 들어와요?"

"아니. 그건 아니고. 거기 사람이 이사 와."

"앗! 이사요? 누가요? 아저씨 친구예요?"

작은 시골 마을에 누군가 이사 온다는 말에 수아가 눈을 동그랗게 뜨고 물었다.

'신날 일이긴 하겠지.'

이런 시골 마을은 사람이 줄어들면 줄어들었지, 늘진 않는다.

내가 왔을 때도 수아는 궁금해서 담장 너머로 보다가 걸리지 않았던가.

그 탓에 바가지 머리 귀신인지 오해도 했고.

피식.

그때를 생각하니 또 웃음이 나오네.

"엥? 왜 웃어요?"

"아니다. 근데 너 머리를 좀 길렀다? 이제 바가지가 아니네."

"아! 그거 오빠가 막 잘라 줘서 그런 거라고요! 씨이. 내가 미용실 간다고 했는데."

"왜? 그거 귀여웠는데."

"귀엽긴 뭐가 귀여워요! 웃기는구먼. 암튼! 거기 이사 온다고요? 아싸! 이장 할아버지한테 물어봐야지."

발끈하다가 신나 하는 수아의 텐션에 적응이 쉽지 않았다.

'한송이 작가님인 걸 알면 더 놀랄 텐데.'

그건 지금 말해 주지 않기로 했다.

수아가 놀라는 모습을 보는 게 재미있을 것 같으니까.

다만 한송이 작가한테는 얘기를 미리 해 둬야겠다.

바가지 귀신이 담장 주변에 보일 수도 있다고…… 아, 이제 바가지 귀신은 아니구나.

"왜 자꾸 웃어요!?"

"웃을 수도 있지."

"뭔가, 뭔가 이상해. 치이…… 이거 하나만 더 주세요."

"안 돼. 하루 한 컵이야."

수아가 그새 다 마신 민초프 리필을 요구했다. 하지만 수호와 이미 얘기를 끝난 부분이기에 추가는 없었다.

"우우! 독과점의 횡포다!"

"독과점이 뭔지는 알고 하는 말이야?"

"몰라요."

"……그래. 아. 너 공연은 언제라고?"

"이번 주요!"

벌써 시간이 그렇게 됐나?

4장

 수아와 대화를 나눌 때 시간이 훌쩍 가는 것만큼, 카페에서의 시간도 진짜 훌쩍 갔다.

 벌써 가정의 달 행사라니…….

 수아에게 공연한다는 얘기를 들었을 때만 해도 실감이 안 났는데.

 '진짜 봄은 다 갔구나.'

 완연한 여름이라고 하긴 어렵지만, 확실히 해도 길어지고 날도 더워졌다.

 시원한 것들을 더 찾는 시기라는 거지.

 '여름은 본격적으로 과일의 계절이기도 하니까.'

 아무래도 더 바빠지겠다.

 그리고 또 다른 즐거움이 있을 듯.

"아저씨. 아저씨?"

"응?"

"뭐예요. 한창 말하고 있는데."

"아아. 미안. 잠깐 딴생각하느라. 왜?"

앞에서 부르는 소리에 고개를 돌리니, 수아가 뾰로통한 표정으로 보고 있었다.

생각에 잠겨서 몇 번이나 불렀는데도 몰랐던 모양이다. 근데 네가 말이 너무 많은 것도 있…….

"올 거죠?"

"어디? 공연?"

"네."

"갈 건데, 왜? 막상 공연한다고 하니까 떨려? 가지 마?"

"그럴 리가요!"

녀석이 자신만만한 표정으로 허리에 손을 올렸다.

그러고는 턱을 치켜세우며 그동안 자신이 얼마나 열심히 연습했는지를 토로했다.

"그래그래. 알겠어. 알겠으니까 진정하렴."

"아무튼 오시는 거죠? 바로 앞에서 플래카드 들고 응원하기예요?"

"……응?"

응원이야 하겠지만 플래카드까지는 좀. 게다가 내가 언제 그런 약속을 했다는 건지.

"전에 왜, 오빠 플래카드 만들던 것처럼 만들면 되겠네요. 히히!"

"아니, 잠깐만? 그런 말은 없었던 것 같은데?"

"그럼. 잘 먹었습니다!"

"어?"

변명을 하기 전에 수아가 벌떡 일어섰다. 그러고는 랑이를 들고 잽싸게 밖으로 나갔다.

왜앵?

어리둥절한 랑이의 심정과 지금 내 심정이 비슷하지 않을까?

"도시만 눈 뜨고 있는데 코 베 가는 곳이 아니네."

시골도 이렇게 위험한 곳이었다.

수아에게 당했다는 사실에 어이가 없으면서도 한편으로는 웃음만 나왔다.

저 녀석은 정말 언젠가 크게 될 것 같단 말이지. 어떤 분야로 성공할 건지는 모르겠지만.

'······덕분에 전에 있었다는 카페에 대해서도 들었으니 그 값이라고 치지 뭐.'

플래카드 만드는 건 어렵지 않았다.

전에 수아랑 같이 만들기도 했으니까. 그렇게 비슷하게 만들면 되겠지.

회사 다닐 때도 가끔 어쩌다가 해 봤다. 뭐, 좀 다른 느낌이긴 했지만.

아무튼.

"슬슬 마감 할까."

수아도 갔으니 오늘은 이만 마감하기로 했다.

오늘도 참, 재미있는 일이 많았는데…….

지잉!

"응? 왜 또 전화 왔지?"

마감하려 하는데 한송이에게서 전화가 왔다.

"여보세요?"

―아! 사장님 또 전화해서 죄송해요.

"아닙니다. 근데 왜?"

―그게 또 죄송한데 혹시 부탁하나만 드려도 될까요?

"부탁이요?"

―그러니까…….

그리고 마감은 했지만 일이 생겼다.

* * *

다음 날.

"이쪽으로요! 여기!"

고즈넉한 마을에 생긴 소란에 다들 구경을 하러 나왔다. 나도 마찬가지.

'진짜 이사하네.'

집을 보러 왔다고 했을 때만 해도 실감이 안 났는데.

짐을 실은 차가 오고, 그때 봤던 집을 채우기 시작하니 확실히 이사하는 느낌이 났다.

"저 처자가 전에 그 양반댁 증손녀라고?"

"그렇다는구먼."
"일은 뭐 하는데 여까정 왔대?"
"그림 그린디야, 그림."

밭으로 가던 어른들이 그 광경을 한 번씩 구경하며 한마디씩 하셨다. 하지만 그렇다고 오지랖을 부리진 않으셨다.

전에도 느꼈지만, 이 마을 분들은 참 양반 기질들이시다.

"어? 사장님!"

그렇게 어르신들이 금방 흩어지신 뒤, 바쁘게 이삿짐센터 직원들에게 이리저리 알려 주던 한송이가 나를 발견했다.

"진짜 이사하시네요."
"그러게요. 저 진짜 오랜만에 잠 못 자고 설렜잖아요. 이사 몇 번 해 봤지만 이런 기분은 없는데, 뭐랄까 꼭 신작 오픈 전 같은 느낌이었어요."
"그 정도인가요."
"네."

확실히 설렜다는 느낌이 표정에서 느껴졌다.

"그나저나 빵을 돌리고 싶다고……? 보통 이사 떡을 돌리지 않나요?"
"그렇긴 한데 이장님한테 여쭤보니까, 여기서 먹은 빵이 맛있었다고 돌릴 거면 그걸로 돌리면 한다고 하더라고요."

"이장님이요?"

"네."

어제 두 번째 연락했던 이유였다.

이사를 하면서 마을에 떡 대신 돌릴 빵을 만들어 달라는 거였다.

뭐, 떡이 됐든 빵이 됐든 주변에 인사 겸 돌리는 게 중요한 거니.

그리고 생각해 보니 나도 안 돌렸다.

물론, 나 같은 경우는 단순히 이사를 온 게 아니긴 했다.

경황없이 할아버지 때문에 내려왔고, 한동안은 추스를 시간이 필요했다 보니 유야무야 넘어간 셈인데…….

여기 와서 도움도 많이 받고 했으니 흔쾌히 그러자고 했다.

"그럼 먼저 가 있을게요."

"네!"

잠깐 인사만 하고 나는 먼저 카페로 향했다.

한송이가 자기도 만들어 보고 싶다고 해서 같이 만들 생각이었다.

'근데 무슨 작품을 그리길래 이런 경험도 필요하다는 거지?'

조금 궁금하긴 하네. 나중에 나오면 봐야겠다.

그건 그렇고.

"진짜 일찍이도 가져다 놨네."

카페 앞에 도착하니 어제 급히 배준호에게 부탁한 것들이 놓여 있었다.

포장 용기와 밀가루, 버터, 우유였다.

"미리 준비를 해 둘까."

앞에 쌓인 것들을 들고 안으로 들어왔다.

환기를 시키고 가볍게 청소를 한 뒤 바로 주방에 선다.

'타르트는 내가 하고, 스콘만 한송이 씨 시켜야겠지?'

타르트까지 한송이가 만들기엔 조금 힘들 듯했다.

찾아보니 그나마 쉬운 게 스콘이라 이걸 한송이한테 시키고 다른 건 내가 만들기로 했다.

샤인머스캣, 복숭아 타르트는 만들어 봤으니 어렵지 않고.

"음료도 드리는 게 좋을 텐데…… 뭐가 좋으려나."

취향을 다 알 순 없어서 적당히 대중적인 걸로 하기로 했다.

그럼 라테로 결정.

이게 효과를 넣기도 좋았다. 어르신들이 마시기에 부드럽기도 하고.

'묵직한 원두로 하고, 시럽을 좀 챙겨 드리면 되겠지.'

그럼 메뉴는 다 정했다.

이렇게 대량으로 만드는 건 처음이라 살짝 설레는데?

그만큼 손도 신나게 움직이려는데…….

딸랑~ 딸랑~

"응?"

이선아가 들어왔다. 얘가 아침부터 무슨 일이지?
"영업하는 거 아니었어?"
"안 하는 건 아니지."
"그게 뭐야."
"한다는 말인데? 그나저나 아침부터 웬일…… 응? 너 땀을 왜 그렇게 흘려?"

이선아는 땀을 한 바가지나 흘린 상태였다. 무슨 문제라도 있나?
"아빠 때문에."
"이장님? 이장님이 왜…… 아!"

이선아의 말에 고개를 갸우뚱하다가 이내 떠올렸다. 이장님은 지독한 운동 전도사라는 걸.

저 모습은 분명 별생각 없이 헬스장 피티 끊었다가 죽었다 살아난 모습이었다.

"새벽에 끌려가서 겨우 지금 도망쳤어. 으으! 당, 당이 떨어져. 뭐라도 좀 주면 안 돼?"

아마 이장님이 밭일 나가시는 시간에 같이 끌려갔나 보다.

사이가 좋아진 건 다행인데, 저런 부작용이 있었군.

그나저나.
"이장님 쫓아오시는 건 아냐?"
"밭에 갔어."

그럼 다행이고.

괜히 나까지 끌려갈 수 없지.

"마실 거 금방 해 줄게. 좀 쉬다가."
"응…… 근데 아침부터 뭐 해?"
"아, 마을에 돌릴 빵 좀 만들려고."
"마을에?"
"오늘 저기 빈집에 이사 온 사람이 주문했거든."
"아아."
이선아는 잠깐 관심을 가지더니 이내 흥미가 떨어진 표정을 지었다.

그 모습에 피식 웃으며 주방으로 들어왔다.

그리고 다시 준비를 시작하는데, 문득 좋은 생각이 떠올랐다.

"너 이따 할 일 있어?"
"……?"
"없구나? 알겠어, 잠깐만."

일단 복숭아 에이드 한 잔을 만들어서 내줬다.

고개를 갸우뚱하던 이선아였지만 음료를 먹더니 잡생각이 다 사라졌는지 거기에만 집중했다.

'나눠 드릴 손이 부족할 것 같았는데 잘 됐어.'

저 음료 값은 그걸로 받기로 했다.

물론 합의는 안 됐지만.

* * *

준비가 끝났을 무렵 한송이가 왔다.

4장 〈223〉

아직 이장님을 피해라기 위해 나가지 않은 이선아와는 조금 어색한 인사를 나눈 뒤.

"스콘이요?"

"네. 간단합니다. 여기 박력분 있죠? 제가 다른 건 다 준비했으니 버터를 넣고 잘게 쪼개서 반죽만 만들어 주시면 됩니다."

"와~! 스콘이 그렇게 간단한 거였어요?"

"저도 찾아보니까 쉬워 보이더라고요."

한송이가 손을 걷어붙이며 자신감 있게 나섰다.

박력분, 설탕과 베이킹 파우더, 그리고 버터 소분 작업은 이미 다 끝냈으니 정말 간단했다.

힘이 좀 들어갈 뿐.

"버터가 녹으면 안 되니까 최대한 손은 닿지 말고 이걸로 잘게 부숴야 돼요."

"네!"

"그리고 밀가루가 알알이 날리는 느낌으로 버터는 쌀알 정도 크기가 되게 만들어 주세요."

한송이는 호기롭게 시작했다.

단순한 작업이었다.

탁! 탁! 탁!

차가운 버터가 썰리는 소리가 카페를 울렸다.

관심 없던 척하던 이선아도 그 소리에 슬쩍 안으로 구경했다.

"재미있어 보이지?"

"……아니. 근데 진짜 그런 건 언제 배웠어?"
"어제 레시피북 보고?"
"……그게 된다고?"
다행히 내 부족한 부분은 카페의 특별함이 채워 주니까 가능했다.
그보다 나는 이선아의 재능이 더 궁금했다.
'소통인데 아직까진 잘 모르겠단 말이지.'
그냥 사람들하고 소통하는 데 도움이 되는 건가?
저번에 라이브 방송하는 거 보니까 시청자들하고 잘 얘기하는 것 같긴 하던데.
뭐, 언젠간 정확히 뭔지 알게 되겠지.
그나저나.
"으으!"
"생각보다 힘들죠?"
"버터가 생각보다 안 쪼개지네요. 으!"
"차가워서 그래요. 근데 말랑말랑 녹으면 제대로 안 만들어진다고 하니까…… 인절미에 콩고물 묻히듯 그렇게 자르면 됩니다."
잠깐 대화를 나누는 사이 한송이는 여전히 버터를 쪼개고 있었다. 이마와 손에 힘줄이 잔뜩 튀어나온 채 말이다.
그렇게까지 할 필요는 없는데…….
잠시 후.
결국 인내가 한계에 다다른 한송이가 다급히 물었다.

"이거 언제까지 해야 돼요!?"

"어, 그쯤 하면 될 것 같습니다. 이제 가루를 한곳에 모아 주세요."

적당히 잘린 버터의 상태에 다음 단계에 넘어가기로 했다.

더 하다간 버터가 녹아서 실패할 수 있을 거 같아서.

그렇게 잘게 쪼갠 버터와 뒤섞인 밀가루를 모아서 쌓았다. 그리고 그 위에 우유를 조금 붓고 반죽으로 만들었다.

이때도 중요한 게 바로 스냅이었다.

반죽을 하듯 주물럭거리면 안 되고, 그냥 하나가 되게 뭉치기만 하면 되는데…….

"이제 제가 할게요."

"휴우…… 네."

그냥 내가 하기로 했다.

쪼로록 우유를 조금 붓고 섞고.

다시 가루를 모아서 쌓고 우유를 붓고 섞고.

이렇게 반복하니 가루로 흩어지던 것이 반죽이 됐다.

"와! 손재주가 진짜 좋으세요. 금손이신데 혹시 그림도 잘 그리시는 거 아니에요?"

"어, 음. 못 그리진 않습니다."

당신이 준 재능 덕분에 말이지.

"진짜요? 그럼 저 가끔 오면 어시 좀……."

"그건 좀."

안 된다는 말에 한송이가 울상을 짓는다.

근데 언제 이 사람이랑 이렇게 농담할 정도로 친해졌지?

이번이 세 번째 보는 건데, 대화도 술술 나왔다.

신기하네.

설마…… 이게 소통 재능의 힘인가?

'어? 그럴지도?'

생각 보니 그럴싸했다.

아까도 이선아와 어색하지 않게 대화했으니까.

'나한테 적용되는 거였구나.'

괜찮은데? 손님과의 소통은 호랑이 쉼터에서 중요한 거니까.

일단 그건 나중에 더 생각해 보고 스콘을 완성시켰다.

"언제 이건 준비했어요?"

"아까 일찍 와서 했습니다."

대단하다는 한송이의 말에 가볍게 어깨를 으쓱했다.

그리고 구워진 스콘과 함께 아까 만들어서 냉장고에 차게 둔 타르트를 꺼냈다.

그리고 포장 용기에 넣고 음료까지 포장을 했다. 이제 돌리는 일만 남았다.

"근데 이걸 저희 둘이 다 들 수 있을까요? 왔다 갔다 해야 하나?"

"아뇨. 세 명이면 충분하겠네요."

세 명이라는 말에 고개를 갸웃하는 한송이를 뒤로하고

이선아를 봤다.

음료를 다 마시고 테이블에 늘어져 쉬고 있는 이선아가 시선을 느꼈는지 고개를 들었다.

그리고 의아한 표정으로 물었다.

"……왜?"

"음료값은 안 받을 테니까 같이 가자."

"……싫은데? 난 손님이라고."

"아, 그래? 그럼 너 운동하다가 도망쳤다고 이장님한테……."

"할게!"

이선아도 평화적으로 설득 완료.

역시 예상대로 세 명이 서 드니까 다 들 수 있었다.

그럼 이제…… 나눠 드리러 가 보기로 했다.

* * *

이사 기념 빵과 음료를 나눠 드리는 건 대성공이었다.

마침 다들 새벽 일찍 일을 나갔다가 들어오는 시간이라 타이밍도 좋았다.

"어이구! 우리 마을에 젊은이들이 들어오니까 생기가 넘치는구먼."

"허허! 잘 먹겠네."

대부분 어르신인 곳이라 우리 세 명을 다 잘 봐주신 것도 있었다.

마을 사람들의 감사 표현에 왠지 가슴이 간질거렸다.
별거 아닌데 말이지…….
"아이고, 니 철들었나?"
"허어. 유진이 니 많이 변했구먼. 예전에는 까칠까칠 하드만."
예전의 내 모습을 아는 어르신들은 신기해하기도 했다.
가슴의 간질거림이 더 커졌다.
쑥스러운 건가? 부끄러운 건가?
모르겠다.
아무튼 기분은 나쁘지 않았다. 오히려 좋았다.
물론 나뿐만 아니라 이선아를 기억하는 분들도 있었는데 그쪽도 마찬가지였다.
여기저기서 알아보고 얼떨결에 인사를 하는 이선아. 그 모습에 피식 웃음이 새어 나왔다.
데리고 올 때만 해도 뾰로통하더니, 지금은 얼굴을 붉히면서 인사하기 바쁘다.
"새로 이사 왔다고? 뭐 필요한 거 있으면 주변 아무 데나 말하그라잉. 다들 사람이 좋아가가 잘 도와줄끼다. 내한테도 말하고."
"네! 감사합니다."
"허허! 아이고. 참하네 참해."
한송이도 옆에서 열심히 예쁨을 받았다.
나와 이선아와 달리 완전 이방인인 한송이가 이 정도로

환대받았으니 빵과 음료를 나눠 준 건 대성공이라 할 수 있었다.

'딱히 텃세를 부릴 분이 없긴 해도.'

마을 사람들 대부분이 옛날 분이라 아마 이렇게 눈도장만 찍어도 아주 사랑받을 거다.

물론 굳이 그런 사랑을 안 받아도 되면 이렇게까지 할 필요가 없긴 했다.

한송이의 경우에는 본인이 먼저 이렇게 하고 싶어 한 것뿐.

그런 의미에서 성공했다고 할 수 있었다.

그런데 한 가지 의아한 점이 있었다. 인사를 다 끝내고 나서도 이상하게 가슴의 간질거림이 진정이 안 된다.

이거 왜 이러지? 이 정도로 내가 감정적인 사람은 아닌데?

"휴우— 이제 다 끝났네요."

"그러게요. 그래도 다들 좋아해 주셔서 다행이네요."

"맞아요. 할아버지가 혹시나 마을에 폐를 끼칠까 봐 걱정된다고 얼마나 당부하던지. 덕분에 할아버지한테 걱정 말라고 자신 있게 말할 수 있을 것 같네요."

그런 거였나? 뭐, 아무튼 잘 됐으니 이유야 상관없지.

아까 있었던 일들을 얘기 나누다 보니 가슴의 간질거림은 점점 줄었다.

역시 너무 안 하던 짓을 해서 그런 건가.

다행이다. 난 또 나한테 문제라도 있는 줄 알았네.

"너도 고생했어."
"……어."
"카페 가서 뭐 좀 먹고 갈래?"
"힘들지도 않아?"
"딱히?"
한편, 옆에 있던 이선아는 지친 기색이 역력해 보였다.
그건 한송이도 마찬가지였는데 유일하게 나만이 멀쩡했다.
"공기 좋은 곳에 오래 있어서 그런가? 체력이 좋아졌어."
"말도 안 돼."
"안 되긴. 산증인이 여기 있는데. 아무튼, 어차피 너 할 일 없잖아? 와서 먹고 가. 아님 이장님한테 붙들려서 오후 체력단련 하든지."
"가자."
서둘러 앞장서서 가는 이선아의 모습에 피식 웃음을 터트렸다.
옆에서 한송이도 가볍게 웃더니 이내 이선아의 옆으로 달려갔다.
"같이 가요~"
"그래요, 뭐."
그러고는 둘이서 도란도란 얘기를 나누며 먼저 걸어간다.
둘이 언제 저렇게 친해진 거지?

고개를 갸우뚱하며 둘을 따라갔다.
그런데…….
'어?'
오솔길에 들어서자 보이는 풍경에 발걸음이 멈췄다.
퉁~ 퉁~
작은 아우라 덩어리가 나풀나풀 날고 있었다.
오솔길도, 오솔길 안쪽도.
마치 나비처럼, 민들레 홀씨처럼 그저 바람에 몸을 맡긴 듯 그렇게 날리고 있었다.
그것도 꽤 많은 아우라의 덩어리들이 제각각의 색을 가지고서 말이다.
이게 어떻게 된 일일까.
'혹시 빵하고 음료를 나눠 드린 것 때문에?'
그것밖에 없었다.
지금 이런 일이 일어날 이유는 그게 아니고서야…….
"응? 거기서 뭐 하세요?"
"뭐 해?"
한송이와 이선아가 뒤따라오다 멈춘 나를 보고 이상하다는 듯 물었다.
그에 자연스럽게 주변을 둘러보는 척을 했다.
"아니, 어. 잡초가 있나 해서 보고 있었지. 먼저 올라가. 먼저 올라가세요."
그리고 없는 잡초를 뽑으며 태연하게 말했다. 당연히 두 사람은 별다른 의심하지 않았다.

"와! 사장님 엄청 성실하시네요."
"예, 뭐. 그냥 눈에 거슬려서."

한송이가 조금 오해를 한 것 같긴 하지만. 아무튼 넘어갔으니 됐다.

'매번 카페에서만 보다가 이렇게 보니까 깜짝 놀랐네.'

토옥!

콧등 위에 내려앉은 아우라를 가볍게 후 하고 불었다.

그러자 아우라 덩어리는 다시 날아갔다.

'역시 재능은 흡수가 안 되네.'

사람마다 뿜는 아우라는 달랐다.

그리고 이렇게 재능 흡수가 안 되는 경우는 본래도 아우라의 상태가 나쁘지 않은 경우였다.

그렇다면 이건 아마 마을 사람들 대부분 아우라의 상태가 좋다는 거겠지.

재능을 흡수하지 못했지만, 기분은 좋았다.

이런 광경을 볼 수 있었다는 것도 좋고.

'좋은 마을이야.'

어릴 땐 왜 그걸 몰랐을까.

그저 벗어나려고만 해서 보지 못했다.

이곳의 풍경과 이곳의 사람들.

모두 다 좋은데 말이다.

지금이라도 알아서 다행인가?

"그러고 보면 어릴 때 사고도 꽤 쳤는데 말이지."

가령 남의 장독대를 깨거나 감나무의 홍시를 서리하거

나, 지붕 기와를 깨 먹거나 등등.

당시 어른들은 크게 화내지 않았었다.

할아버지에게도 따지거나 뭐라 하지 않았다.

통~ 통~

한 분 한 분 뭘 특별하게 해 주시진 않았지만, 그래도 고마운 부분들이 떠오르던 그때!

'어?'

가슴이 다시 간질거리기 시작했다.

뭐지? 왜 이러는 거지?

역시 문제가 있었나?

그럼 그 문제가 지금 아우라의 현상과도 관계가 있는 건가?

톡톡!

나풀나풀 날아다니던 아우라 덩어리들이 내 주변으로 날아왔다.

그리고 나를 둘러쌌다.

이건 또 뭐지? 재능 흡수?

아니. 뭔가 느낌이 다르다고 느끼는 순간!

몸 안의 아우라가 느껴졌다.

간질간질.

아까부터 가슴에서 간질거리던 느낌이 바로 이거였다.

그런데 이뿐만이 아니었다. 주변에 맴도는 아우라도 마치 연결이 된 듯 느껴졌다.

이걸 뭐라고 해야 할까.

'공명?······!'
떠올리자마자 그게 맞다는 듯 아우라들이 진동했다.
조율과 비슷하면서도 다른 느낌의 반응들이었다.
내부를 관조하며 좀 더 자세히 이 현상을 느끼고 이해하려 했다.
각각의 아우라들이 서로 하나가 된 듯 통하는 상태.
그러면서도 각각 독립적인 형태는 유지하고 있는 모습.
그 사실을 깨닫자 간질간질하던 가슴이 무언가에 관통이라도 당한 듯 순간 뻥! 하고 뚫렸다.
동시에 머리까지 그게 도달한 듯 잠시 머릿속이 하얗게 물들었다.
아무것도 보이지 않는 시야 속에서 아우라의 존재감이 더욱 선명하게 느껴지고······.

〉공명

다시 원래의 시야를 되찾았을 땐 또 하나의 능력이 개화됐다는 사실을 깨달았다.
누군가의 재능을 흡수한 건 아니었다.
내가 처음 카페에서 특별한 능력을 얻었을 때 받은 것과 비슷했다.
'개안', '제조', '터 생성', '재능 흡수'에 이어서 이제 '공명'까지 생긴 것이다.
'새로운 내 능력.'

감회가 새로웠다.

얼떨떨하게 카페를 물려받은 게 얼마 되지 않은 것 같은데…….

약간의 호의와 호기심으로 한 일이 이렇게 돌아올 줄이야.

조금 설렜다.

아까까지 느낀 가슴의 간질거림이 아닌 진짜 살짝 벅찬 느낌이었다.

그리고 한 편으로는…….

'마을 어르신들한테 감사하네. 이건 또 어떻게 보답해 드려야 하지?'

이런 생각도 들었다.

근데 그건 금방 방법을 찾았다.

계속 이렇게 하면 되는 거다.

아마 어르신들도 내게 큰 걸 바라지 않을 거니까.

말썽 안 썩히고 이렇게 지내면 되는 거였다.

그러니까…….

"혼자 너무 여기에 있었네."

평소처럼 카페로 향했다.

그런데 카페로 올라가는 발걸음이 내려올 때보다 더 가벼워진 듯했다.

* * *

호랑이 쉼터에 도착해서 이곳저곳을 살폈다.

혹시나 카페에도 변화가 있는 건 아닐까 싶은 건데.

'딱히 그런 것 같진 않네.'

아우라들이 좀 더 선명하게 느껴지는 정도?

아직까진 그 정도인 듯했다.

'공명'이라는 능력에 대해서 좀 더 알아보면 또 다른 점이 나올지도 모르겠지만.

"뭘 그렇게 보세요?"

"그러게. 누가 보면 사장님이 아니라 처음 온 손님인 줄 알겠네."

내 모습이 이상했는지 한송이와 이선아가 의아한 듯 물었다.

너무 눈에 튀는 행동이었던 모양이다.

하긴, 여기 사람이라고는 세 명 있는데 그중 하나가 이러고 있으면 튀긴 하지.

"뭐 해 준다며. 뭐 해 줄 건데? 복숭아?"

그때, 이선아가 오전보다 더 친근한 모습을 물었다.

아까 그렇게 같이 빵과 음료를 나눠 주면서 더 편해졌나 보다.

한송이와도 곧잘 얘기하더니 나한테도 그랬다.

그나저나, 얘는 복숭아 귀신이야 뭐야?

"복숭아 안 질려?"

"복숭아가 왜 질려?"

"……그래. 기다려 봐. 뭐 해 줄지 한 번 찾아볼게. 송이 씨는 혹시 드시고 싶은 거 있으세요?"

"와!? 차별하는 거야 지금?"

이선아의 불만은 가볍게 무시했다.

쟤는 복숭아로 김치를 담가 줘도 좋아할 테니.

아, 그건 좀 아닌가?

'맛이 상상이 안 되긴 한데.'

왠지 있을 것 같아서 찾아보진 않기로 했다. 어차피 그렇게까지 만들진 않을 거니까.

"저는 다 좋아요."

"음."

제일 어려운 메뉴를 골랐네.

그래도 새로운 능력을 개화하는데 시발점이라고 해도 과언이 아니니. 그 정도는 해 줘야지.

"텃밭 좀 보고 올게요. 뭐가 좋을지 찾아볼 겸."

"어? 텃밭도 있어요?"

"예. 구경하실래요?"

"좋아요!"

그냥 던진 말인데 텃밭을 구경하겠다는 말에 살짝 당황했다.

근데 생각해 보니 카페에 두는 것보단 그게 낫겠다 싶어 그러라 했다.

이선아도 거기에 낀 건 의외지만.

그래도 보겠다고 하니 두 사람을 데리고 텃밭에 왔다.

'자, 그럼 뭘 하면 좋을까. 간단한 게 좋을 것 같은데.'

그리고 이왕이면 새로 얻은 능력도 쓸 수 있으면 좋을

텐데.

공명은 또 어떤 힘일까.

우웅~!

머릿속으로 떠올리니 아우라들이 아까처럼 공명했다.

근데 이게 다는 아닐 텐데?

"어?"

아니나 다를까.

공명하는 아우라가 나와 카페에 있는 아우라만이 아니었다.

이선아와 한송이 두 사람의 아우라도 공명했다.

이런 건 처음 본다.

"와~ 여기 되게 좋네요!"

"뭐, 잘해 놨네?"

한송이와 이선아는 아무것도 모르는 듯 내 텃밭을 보며 감탄했다.

그래서 안에 들어가서 봐도 된다고 했다. 그럼 자연스럽게 관찰하기 쉬우니까.

"잘 익은 게 있으면 따셔도 됩니다."

"어! 정말요? 그럼 사양하지 않을게요."

한송이가 먼저 텃밭에 들어가자 이선아도 따라갔다.

이제 눈치 안 보고 관찰할 수 있겠다. 아직도 서로 공명하고 있는 아우라를 관찰했다.

꾸르~?

'너도 신기해?'

브라우니도 옆에 와서 같이 구경했다.

꾸르~ 꾸르!

'응? 왜?'

그런데 한참 구경하던 브라우니가 갑자기 원하는 게 있다는 듯 보챘다.

뭐지? 얘가 이렇게 자기주장을 한다고?

아우라는 자아가 있는 듯하지만 사실 거의 없는 거나 다름없었다.

보통 내 감정표현에 동화되는 느낌이었다.

그건 새끼 멧돼지 모습의 브라우니도 크게 다르진 않았는데…….

'공명을 해 달라고?'

꾸르!

'잠깐만.'

브라우니의 반응에 고민은 짧았다.

바로 브라우니와 아우라를 공명시켰다.

그러자…….

쑤우욱!

"……?!"

커졌다.

주먹 하나 만했던 브라우니가 주먹 두 개 정도로 커진 것이다.

'아우라를 흡수했어?'

그것도 아우라를 흡수해서 말이다.

비슷한 능력들은 있었다.
조율도 그렇고, 쑥쑥이의 축복도 그랬다.
아우라를 소모하는 개념이지 흡수하는 건 아니었다.
'게다가 내가 아니라 브라우니가 흡수하다니.'
이렇게도 되는구나.
아우라가 공명하면서 주파수 같은 게 맞아떨어진 걸까?
응? 그렇다면…… 어쩌면 브라우니만 가능한 게 아니라…….
'저 사람들도 되나?'
왠지 그럴 것 같았다.
분명 저 둘의 아우라도 공명을 했으니까.
살짝만 해 볼까? 일단 공명을 하고.
스으—
두 사람의 아우라가 공명하는 걸 확인한 뒤에 브라우니에게 했던 것처럼 살짝 아우라를 보내 봤다.
그러자!
우웅!
확실하게 두 사람에게 아우라가 스며들었다.
그런데 브라우니처럼 변화가 눈에 보이진 않았다.
어쩌면 당연한 건가? 브라우니는 아우라 덩어리와 같지만, 저 두 사람은 아니니까.
'음. 그럼 사람은 그냥 아우라만 흡수하는 건가?'
뭔가 좀 아쉽다고 생각하려는 순간!

"어?"

눈에 띄는 변화가 하나 생겼다.

그건 바로 두 사람의 머리 위에 난 재능의 꽃이 좀 더 활짝 펴고 살짝 더 커진 거였다.

그래. 저것도 아우라와 관련이 있었지.

아우라를 흡수한 재능의 꽃은 마치 물이라도 먹은 듯 더욱 싱그럽게 빛을 냈다.

"어?"

"응?"

그에 이상함을 눈치챈 걸까?

한송이와 이선아가 텃밭을 둘러보다가 멈칫했다.

그리고 고개를 잠시 갸우뚱하더니 내게로 왔다.

"저, 사장님. 죄송한데 저 이만 가 봐야 될 것 같아요."

"예? 무슨 문제라도?"

설마 무슨 문제라도 있나? 아우라는 항상 좋은 일만 일으킨다고 생각했는데.

"아뇨. 문제는 아니고 갑자기 아이디어가 막 떠올라서요. 신기하네. 왜 이 카페만 오면 그럴까요?"

"아."

"얼른 가서 정리부터 해 둬야 할 것 같아요. 먹는 건 다음에 또 와서 먹을게요. 이제 이사 왔으니 자주 올 수 있으니까요."

"그러세요. 창작은 아이디어가 생각났을 때 잘 잡아채야죠."

"네! 그럼 오늘은 같이 도와주셔서 감사했어요. 다음에 또 올게요!"

한송이는 정말 다급한 듯 인사를 하자마자 후다닥 나갔다.

나도 저런 적이 있었기 때문에 이해는 했다.

그런데.

"너도 가게?"

이선아 얘는 뭐지?

"어. 지금 딱 느낌 왔어."

"무슨 느낌?"

"치킨각."

"……응? 뭔 각? 치킨 먹고 싶어?"

"뭐래. 그런 게 있어. 오늘 무조건 치킨이야."

알 수 없는 소리를 하며 이선아도 돌아갔다.

치킨이 그렇게 먹고 싶었나?

아직 대화를 많이 한 건 아니었지만 어째 이선아는 수아보다 더 대화가 어려웠다.

사는 세상이 완전 다른 느낌이랄까.

나이로만 보면 세대 차이가 날 정도는 아닌데 말이지.

뭐, 조금 알 수 없는 반응이었지만 어쨌든 아우라를 흡수하고 영향을 받은 건 맞는 듯했다.

"공명은 이런 능력이라는 거지."

쉽게 생각하면 물을 주는 거였다.

아우라를 공명시켜서 서로의 주파수를 맞춘 뒤에 말이다.

그리고 그동안 아우라는 내가 조절 할 수 있는 영역이 아니었는데…….

이걸로 그게 가능해지는 듯했다.

근데 한 번 소모된 아우라는 다시 못 찾나?

"브라우니?"

꾸르?

브라우니와 공명을 했다.

그리고 아우라를 가져온다는 생각을 떠올렸다.

푸쉬쉬!

그러자 브라우니가 풍선 바람이 빠지는 듯 작아졌다.

꾸르!

브라우니는 아쉬운 듯하지만, 덕분에 또 하나 알아냈다.

공명으로 흡수시킨 아우라는 다시 회수할 수도 있다는 것을.

'재능 흡수로 흡수하는 재능도 다 특별하긴 하지만 이런 고유 능력이 확실히 더 상위 능력 같네.'

하긴, 애초에 재능 흡수도 고유 능력이니까.

그걸로 흡수한 재능이 상위 능력을 뛰어넘는 게 쉬운 일은 아니겠지.

그렇게 생각하니 '공명'을 얻은 게 더 특별한 일처럼 느껴졌다.

그리고 쑥쑥이의 축복을 쓸 때마다 느끼지만 아우라를 많이 모으는 게 중요하다는 생각이 들었다.

뭐, 원래도 중요했지만.

꾸르…….

"나중에 다시 더 줄게."

줬다가 뺏기게 된 브라우니가 풀이 죽은 모습을 했다.

그런데 얘 왜 이렇게 진짜 감정이 풍부해졌지? 이것도 공명 덕분인가?

그렇다기엔 좀 애매했다.

그보다 이건…… 아! 소통 때문인가?

이선아에게 얻은 재능이었다.

그냥 대화하는 데만 도움이 되는 거라 생각했는데 아무래도 그게 아니라…….

"내 말 알아듣는 거지?"

꾸르~

"이거였네."

단순히 그냥 소통이 잘 되는 게 아니었다.

조금 더 특별했다.

소통이 되지 않았던 존재와도 소통이 가능해진다. 아마 이게 바로 진짜 소통의 능력이 아닐까?

이거라면 어쩌면…… 예전에 찾아왔던 멧돼지와도 소통이 됐을지도.

그땐 몸짓, 발짓, 주먹구구식으로 겨우 진정시켰는데 이거라면 그럴 필요도 없이 내 의사를 전달할 수 있을 거다.

멧돼지의 뜻도 잘 알 수 있을 테고.

물론 그런 경우가 또 있을까 싶긴 했다. 지금 생각해도 정말 신기한 일이었으니까.

꿈이라고 해도 믿을 일이었다.

"그러기엔 증거가 딱 있어서 꿈이 아닌 건 확실하네."

풀이 죽었다가 다시 생기가 도는 브라우니의 모습에 피식 웃었다.

아주 살짝 공명을 사용해서 아우라를 조금 나눠 줬더니 저랬다.

아주 투명한 감정 표현이었다.

그나저나, 사람은 아우라를 받으면 재능의 꽃이 싱그러워지고 재능이 더 좋아지는 것 같았다.

그렇다면 얘도?

"브라우니. 여기에 그거 써 볼래?"

브라우니의 재능을 한 번 확인해 보기로 했다.

* * *

추측은 사실로 밝혀졌다.

브라우니의 재능, 역발산기개세의 효과가 더 강해진 것이다.

마치 성장을 한 듯했다.

물론 그렇게 한 번 쓰고 나니 다시 원래대로 줄어들어서 소모성이라는 걸 알려 줬지만, 그거야 다른 재능들도 비슷했다.

그리고 지금은 소모하는 것 같지만 이미 돌아오게 만드는 방법을 알고 있었다.

"순환을 시켜야지."

마을 사람들의 아우라처럼 말이다.

"그나저나, 한산하네."

오늘은 마을 사람들에게 음료와 빵을 나눠 준 뒤.

이선아와 한송이 덕분에 시끌시끌했던 이벤트가 끝나서 그런가? 유난히 조용한 듯했다.

사실 원래 이게 일상인데 하루, 그것도 반나절 그랬다고 이렇게 느끼다니.

그렇다고 나쁘다는 건 아니었다.

나눠 주고 남은 스콘을 꺼냈다. 여유 있게 해서 조금 남았다.

원래는 이선아와 한송이랑 같이 먹을까 했는데, 둘 다 먼저 가 버렸으니. 어쩔 수 없이 나 혼자 먹어야겠다.

살짝 출출하기도 했다.

여태 계속 움직이다가 이제 좀 쉬는 거니까.

두 사람이 떠난 뒤에도 브라우니와 함께 이것저것 알아본다고 설쳐서 더 그런가?

아무튼.

'커피도 내려 먹을까?'

기왕 먹는 김에 조금 여유를 부리는 것도 좋지.

당장은 손님이 올 것 같지도 않고…….

우선 스콘을 꺼냈다.

"역시 잘 구웠단 말이지."

한송이와 같이 만든 스콘은 생각보다 더 잘 만들어졌다.

겉은 바삭바삭하면서 안에는 결결이 부서지는 식감이 예술이었다.

치대지 않고 냉기가 남아 있는 상태로 여러 번 많이 접어서 생긴 결이었다.

거기에 오븐에서 버터가 사이사이 녹으며 안쪽 식감까지 바삭하게 만들어 줬다.

버터의 풍부한 풍미와 고소한 맛은 당연했다.

'스콘이 이렇게 맛있는 거라고는 생각 못 했는데.'

그냥 간단하게 만들 수 있고, 간단하게 먹을 수 있는 걸 알아 왔다.

그런데 직접 구운 스콘은 예전에 먹었던 것과 차원이 달랐다.

전에도 느꼈지만…… 확실히 배준호가 납품해 주는 봉황 마트의 버터, 우유 등등 재료들이 굉장히 좋았다.

물론 스콘을 만든 솜씨도 영향은 있었겠지.

하지만 이번엔 거의 초보자나 다름없는, 나처럼 카페의 도움도 받지 못하는 한송이가 대부분 만들었다.

나는 그저 마무리만 해 줬을 뿐.

그걸 생각하면 역시 재료가 좋은 거였다.

"꽤 비쌀 텐데."

제빵, 제과에 관련된 재료들은 좋은 것일수록 진짜 가

격이 높아진다고 들었다.

이걸 그냥 후원해 준다는 건 새삼 고마운 일이었다.

그러고 보니 이선아가 그런 걸 물었다.

'이렇게 운영해도 되냐고 물었지.'

고작 며칠 본 게 다라서 그냥 신기하다는 듯 물어본 거였다.

그리고 그에 대한 답은 더 간단하게 '된다'였고.

'한송이 씨도 비슷한 걸 물었지.'

비슷한데 조금 결이 다른 물음이긴 했다.

그건 바로 이 일을 하는 이유.

한송이는 그걸 궁금해했다.

퇴사까지 하고 시골에 내려와 엄청 장사가 잘되는 것도 아닌 카페를 운영하는 모습은 그런 궁금증을 자아낼 만했다.

특히 한송이는 비슷한 또래였으니까 더 궁금하겠지.

하지만 이 질문에 대한 답도 금방 나왔다.

즐거우니까.

오늘처럼 마을 사람들, 혹은 손님들이 즐거워하는 모습을 보는 것도.

근심 어린 모습으로 들어왔던 손님이 밝게 나가는 것도.

이번에 얻은 '공명'처럼 카페의 비밀스런 신비를 하나씩 알아가는 것마저 즐겁다.

하지만 사실 무엇보다 좋은 점은…….

바삭!

아직도 바삭함이 남아 있는 스콘에 달달하고 향긋한 복숭아 잼을 듬뿍 발라서 한 입 베어 먹었다.

잡생각이 싹 사라지고 입안에서 느껴지는 즐거움으로 가득해졌다.

'그냥 이런 거지.'

여유로움.

아등바등 살다가 이곳에 와서 찾은 이것은 삶의 가치를 바꿔 줬다.

물론 아직 몇 개월밖에 안 돼서 그럴 수도 있었다.

몇 년, 어쩌면 10년 동안 이렇게 지내야 한다면 지루할 수도 있었다.

지금이야 하나하나 알아가는 재미가 있지만 분명 몇 년이 지나면 이것도 익숙해질 테니.

물론 10년을 보내면 할아버지가 남긴 막대한 유산을 고스란히 받으니 그 세월을 보상받는 느낌은 있겠지.

하지만 그 10년을 지루하게 보낸다면 그게 기쁠까?

'처음 시작할 때도 해 보고 아니면 그만두겠다고 했지.'

돈도 중요하지만, 시간을 채우는 것도 중요하다.

나는 기본 성향이 그런 걸 참지 못했다. 너무 아등바등 살아온 세월에 길들어서 그런 건지.

아무튼.

어차피 이런 속사정까진 한송이가 모르니 그냥 솔직한 이유를 말해 줬다.

이 카페는 즐겁다고.

한 달이든 몇 개월이든.

아직 즐겁기 때문에 하는 거라고.

"어쩌면 10년으로도 부족할 수도?"

이 즐거움을 멈추기엔 터무니없이 짧은 기간일 수도 있겠다는 생각이 문득 들었다.

손님도, 신비도 말이다.

지금 먹은 스콘을 반죽할 때 버터를 잘 쪼개고 또 반죽을 잘 접을수록 더 바삭하고 버터의 고소한 풍미가 올라가는 것처럼.

손님들의 이야기들이 잘 쌓이고 그 속에서 얻는 신비들이 버터 풍미처럼 터질 테니.

이곳에서 즐거운 일을 많이 쌓을수록 더 즐거워질 것 같다.

"음~ 잼도 잘 어울리네."

거기에 이렇게 가끔 복숭아 잼처럼 향긋하고 달콤함을 더할 수도 있었다.

그리고 여기에 커피까지 더하면 더할 나위 없었다.

라테에 들어간 원두보다는 새콤한 맛이 강조된 원두였지만 꽃 향이 나서 더 잘 어울렸다.

"이렇게 세트 메뉴로 드릴 걸 그랬나?"

근데 라테도 잘 어울릴 것 같아서 그냥 취향의 문제일 것 같다.

나중에 또 기회가 있으면 다른 세트로 드리지 뭐.

어쨌든 오늘은 평소와 조금 다른 하루를 시작하는 기분이었다.

이렇게 먹고 오후에는 또 뭘 해야 할지를 떠올려도 기분이 좋을 만큼.

'이상한 일이야. 아침부터 일했는데 또 일을 할 생각을 하면서 좋아하다니.'

* * *

그 시간.

낡은 세단 자동차 한 대가 구불구불한 시골길을 지나갔다.

목적지는…… 호랑이 쉼터였다.

* * *

낡은 세단은 천천히 달려서 천호리 마을의 앞에 섰다.

그리고 잠시 고민하는 듯하다가 이내 마을 안으로는 들어가지 않고 건너편의 호랑이 쉼터 주차장에 세워졌다.

한참을 그렇게 세워진 채로 있던 차에서 한 사람이 나왔다.

중년의 여성이었다.

그녀는 차에서 나온 뒤에도 그곳을 떠나지 못하고 한참을 서 있었다.

그러다 결심을 한 듯 오솔길 입구로 왔다.

[호랑이 쉼터]

그녀가 기억하고 있던 팻말과는 다른 글씨체였다. 하지만 거기에서 묻어 나오는 느낌은 이전과 비슷했다.

'……여긴 변하지 않았구나.'

사장님 바뀌었다고 들었다.

그럼에도 따뜻함은 여전했다.

손자가 이었다고 했던가?

여기까지 왔던 걸음을 다시 돌리고 싶다는 생각에 그녀를 멈춰 세웠다.

그러나 그건 잠시였다.

그녀는 이미 굳게 마음을 먹은 상태였다.

떨어지지 않는 발을 겨우 떼어 오솔길을 올랐다.

예전의 기억이 새록새록 떠오르는 광경에 입술을 지그시 깨물었다.

너무 아름다운 풍경이었다.

하나 그걸 온전히 받아들일 수 있는 여유가 없었다.

한 발, 한 발 떼기 힘들었던 발걸음이 되레 빨라졌다.

곧 공터에 들어서자 알고 있지만 조금 다른 풍경이 눈에 들어왔다.

'닮았구나.'

오솔길 아래에 꽂힌 팻말의 변화와 이곳의 변화는 닮았다.

새로 바뀌었다는 주인이 바꾸었겠지.

하지만 이곳 역시도 느낌은 비슷했다. 모든 걸 품어 주는 듯 아늑하고 따뜻한 느낌이었다.

그 힘에 빌어 천천히 산과 숲으로 둘러싸인 공터에 우두커니 서 있는 나무 오두막 건물을 향해 걸어갔다.

딸랑~ 딸랑~

문을 열자 맑은 종소리가 그녀를 먼저 반겼다.

그리고,

"어서 오세요."

한 젊은 사장이 카운터에서 인사했다.

순간 그녀는 누군가를 연상하게 만드는 그 모습에 그대로 굳었다.

분명 마음속을 꿰뚫어 보는 듯한 사장의 눈은, 꼭 그분을 닮아 있었다.

* * *

묘한 손님이었다.

익숙한 듯 익숙하지 않은 듯한 모습으로 들어온 중년 여성 손님이었다.

그런데 들어오자마자 자신을 빤히 쳐다보더니 그대로 굳었다.

마치 아는 사람을 본 듯이.

'모르는 사람인데?'

하지만 나는 처음 보는 사람이었다.

아무리 기억을 떠올려 봐도 모르는 사람이었다.

그리고 그보다 눈에 띄는 게 있었으니…… 바로 중년 여성에게서 나오는 아우라였다.

뭐랄까, 여태 본 적 없는 상태였다.

힘이 없는 아우라?

칙칙한 빛을 뿜으면서도 묘하게 밝은 빛도 뿜는 아우라인데 금방이라도 꺼질 듯 약했다.

마치 칙칙한 빛에 대항해 밝은 빛의 아우라가 희생하다가 저렇게 된 양.

"아. 안녕하세요."

그렇게 묘한 아우라를 관찰하고 있는데 손님이 인사를 해 왔다.

아까 넋 나간 표정은 어느 정도 수습한 듯했다. 왜 그런지는 모르겠지만.

"예. 편하신 곳에 자리하시고 주문해 주세요."

"그럴게요."

손님은 익숙하게 창가 자리로 가서 앉았다. 그리고 주변을 훑어보는데, 그 모습 또한 낯설면서 익숙한 듯했다.

아무래도 저 손님은 이곳에 와 본 적이 있는 듯했다.

그것도 내가 아니라 할아버지가 있을 때 말이다.

손님이 주변을 살펴볼 때 나는 손님을 살폈다.

[김혜주]
*상태

―스스로를 옭아매는 죄책감
―후회

예상대로 좋은 상태는 아니었다.

근데 또 텍스트창만 보고는 왜 아우라가 저런 상태인지 짐작하기 어려웠다.

얘기를 들어 봐야 알 것 같다.

물론 몰입을 사용하는 방법도 있었다.

'하지만 쓸 때마다 조금 피곤하기도 하니까.'

상대와 동화에 비슷한 상태라 그런지 많이 쓰기 쉽진 않았다.

물론 또 안 쓰겠다는 말은 아니었다. 상황과 대화를 통해 알아보는 게 먼저일 뿐.

우선 죄책감과 후회에 도움이 될 만한 것들을 한 번 떠올려 봤다.

뚝심? 자신감?

아니면 외유내강?

조금 애매하다.

이거 의외로 까다로운 상태였다.

자책감에는 위로가 필요할 것 같고 후회에는…… 뭐가 필요하지?

'후회라, 뭔가를 후회한 적이 있나? 아, 있구나.'

앞만 보고 달린 시간을 후회하진 않는다. 그 덕분에 같은 선에서 달리던 다른 이들보다 앞서간 건 맞으니까.

어린 나이에 팀장까지 올라가서 제법 돈도 벌었다.
그러니 후회라기보단 아쉬움이 맞았다.
후회는 이곳에서 할아버지가 내주시는 커피 한 잔 못 마셔 본 거였다.
같이 이곳에 앉아서 여유롭게 시간을 보낸 적이 없다는 거였다.
그런 거였다.
'여전히 애매하네.'
마치 새롭게 얻은 공명과 기존에 있던 하준이 가족의 희생과의 차이 같은 느낌이라고 해야 하나.
둘 다 아우라를 다른 재능에 불어넣어 주는 건 같았다.
다만 희생은 한 번 주고 다시 돌려받을 수 없고, 공명은 자유롭게 이동이 가능하다는 게 차이점이었다.
후회와 아쉬움도 비슷했다.
후회는 돌이킬 수 없는 일에 느끼는 감정이었다.
그에 반해 아쉬움은 완전히 돌이킬 수 없는 건 아닌 느낌이라고 해야 하나?
아쉬움을 돌이켜서 채울 방법은 있을 것 같은 느낌이었다.
물론 모두 내 생각일 뿐이지만.
아무튼 손님의 상태가 생각보다 쉽지 않다는 건 생각하면 생각할수록 강하게 느껴졌다.
저벅! 저벅!
주변을 둘러보던 손님이 주문을 하려는 듯, 카운터로

다가왔다.

아직 뭘 내줘야 할지 결정을 못 해서 추천 메뉴를 수정하지 못했는데…….

"저기."

"예. 말씀하시면 됩니다."

"사실 저는 여기에 온 이유가 따로 있어요."

"예?"

손님은 주문 대신 의외의 말을 했다.

이유가 따로 있다?

그 순간 머릿속에 한 기억이 떠올랐다.

한송이가 말해 준, 레시피북의 주인이자 그녀의 집에서 영업했다던 사람.

그 사람이 한번 찾아보고 싶어 한다는 기억이었다.

"혹시 이거 찾으러 오신 건가요?"

수납장에 두었던 레시피북을 꺼내어 보여 주자 손님의 눈이 커졌다.

"……제 것이 맞네요."

"안 그래도 한 번 오신다는 얘기는 들었습니다."

맞았다.

이 사람이 이 레시피북의 주인이었던 거다.

어쩐지…… 근데 상태는 왜 저러지?

영업을 접을 때 뭔가 문제가 있어서 접은 건가?

그것까지 연관시키는 건 아직 오버 같긴 한데.

"그런가요."

"드릴까요?"

"음…… 잠시만 볼게요."

레시피북을 원래 주인에게 돌려주었다. 그러자 손님은 그걸 받고 감회가 남다른 표정을 지었다.

정확히는 무언가 회한이 섞인 느낌이긴 했는데.

어떤 사연인지 궁금해졌지만, 왠지 기다리면 말해 줄 것 같아서 따로 묻지 않았다.

사락! 사락!

레시피북 넘기는 소리만 나는 카페 안.

그건 그리 오래가지 않았다.

턉!

레시피북을 덮은 손님이 눈을 감고 한참을 그대로 있었다.

본인의 손때가 잔뜩 묻은 레시피북을 본 뒤 무슨 생각을 하고 있는 걸까.

한참을 그러고 있다가 눈을 뜬 손님에게서 그 이유가 나왔다.

"이건, 도둑질한 흔적이에요."

"……도둑질이요?"

"네. 원래 이곳의 것을 도둑질한 거죠."

천천히 내뱉는 손님의 억눌린 말에 크게 동요하진 않았다.

그냥 아, 그렇구나 싶었다.

예상을 한 건 아닌데, 이상하게 놀랍지 않았다.

"그렇습니까? 안에 살짝 봤는데 그렇게 말할 정도는 아닌 것 같던데요?"

"레시피 자체의 내용을 말하는 건 아니에요…… 그분과 이곳의 뜻을 도둑질했다는 거니까요."

무슨 말인지 조금 어려워서 고개를 갸우뚱했다.

손님은 다 이해한다는 듯 이어서 설명을 해 줬다.

"제가 마을 안쪽에서 카페를 했다는 건 아시죠?"

"예. 얼추 짐작했습니다."

"그럼 그곳의 모습하고 여기랑 닮았다는 것도 아시겠네요."

"좀 닮긴 했더군요. 의도하신 겁니까?"

"……네, 욕심이 났거든요. 왜 이렇게 좋은 곳을 이렇게 썩혀 두고 있는지 너무 아쉬웠어요. 그래서 원래 사장님에게도 말했죠. 요즘은 홍보도 하고 SNS에 올리기만 하면 사람들이 찾아올 거라고."

"할아버지라면 거절했겠네요."

손님은 고개를 끄덕였다.

어쩌면 나보다 더 극단적인 성격이 할아버지였다.

안 하고 있는 건 본인 나름의 이유가 있는 건데, 그걸 옆에서 하라고 한다고 할 리가 없었다.

화를 내지 않으면 다행이었다.

"맞아요. 그분은 거절하셨죠."

"그렇다고 같은 카페를 내는데 뭐라 하진 않았을 테고요."

"……잘 아시네요."

본인이 안 한다고 다른 사람도 하지 말라고는 하지 않는 분이시니까.

그리고 애초에 할아버지는 경쟁이라고 생각하지도 않았을 거다.

이곳을 찾는 사람들은 조금 결이 달랐을 테니까.

이건 나만 알 수 있는 사실이었다.

호랑이 쉼터가 특별하다는 걸 알고 있으니까.

물론 그게 아니더라도 할아버지의 성격은 익히 알고 있으니 유추하긴 어렵지 않았다.

"그곳에 이곳과 비슷한, 아니 따라 한 카페를 차렸어요. 그리고 예상대로 잘 됐죠."

"이장님도 말씀하시더라고요."

"……그런 줄 알았죠."

"아닌가요? 갑자기 정리하셨다고 하던데."

알고 있던 사실과 달랐던 걸까.

손님의 표정이 더욱 어두워졌다.

내부적으로는 어떤지 본인만 알고 있으니 그럴 수 있었다.

그리고 어쩌면 그 이유가 지금 손님의 상태를 만든 걸 수도 있겠다는 생각이 들었다.

"돈만 따지면 잘됐어요. 몇 년간은. 갑자기 정리한 건 돈 때문이 아니었어요."

"그럼?"

손님이 레시피북을 쥔 손에 힘을 꾹 주었다.

속내를 말하는 건 누구나 어려운 일이었다.

처음 보는 사람에게든, 친한 사람에게든. 그러니 그저 기다려 주기로 했다.

"아, 마실 거라도 드릴게요. 잠깐만 기다려 주세요."

"……고마워요."

그냥 무작정 앞에서 기다리면 오히려 불편할 수 있으니 적당한 핑계를 만들었다.

리고 편히 마음을 더 정리할 수 있도록 자리를 비워 줬다.

아마 지금은 음료를 주문할 여유도 없는 듯 보이니 굳이 메뉴는 묻지 않았다. 마음속에 이미 하나 생각나는 게 있었으니…….

주방에 들어와서 심신 안정에 도움이 될 찻잎을 꺼냈다.

요즘 텃밭에는 허브들이 많이 자라서 이렇게 찻잎으로 만들어 두곤 하는데 그중 하나였다.

처음 이곳에 왔을 때 발견했던 민트.

지금이야 텃밭에 작물들이 많았지만, 그때만 해도 이것밖에 없었다.

일종의 초심 같은, 어쩌면 나한테는 이곳의 특별함을 처음 알려 준 작물이기도 했다.

그러니 지금 선택하기에 딱일지도.

햇볕이 잘 드는 지붕에서 바짝 말린 민트는 바스락 기

분 좋은 소리를 내며 부서졌다.

이대로 적당히 데운 물에 우리면 끝.

찻잎 부스러기를 티백에 거르는 걸 빼면 만드는 건 오래 걸리지 않았다.

다만, 우리는 데 오히려 시간이 걸렸다.

그래도 그 정도면 손님이 머릿속을 정리하기에 괜찮은 시간일 터.

'아니면 다시 우리지 뭐.'

우린 민트 차는 찻잎만 빼고 보관하면 되니까.

투명했던 물이 민트를 우리면서 점차 진한 색으로 물들어간다.

특유의 향긋하고 상쾌한 향도 그만큼 진해져 갔다.

그렇게 차가 충분히 스며들었을 때쯤 슬쩍 밖의 동태를 살폈다.

맑은 민트의 향 덕분일까. 마침 생각을 다 정리한 듯한 표정이 보였다.

차의 온도도 적당하고, 지금이 좋을 듯했다.

"민트 차입니다. 텃밭에서 난 민트를 햇볕에 잘 말린 거죠."

"감사해요."

간단한 말과 함께 차를 내줬다.

그리고 투명한 잔에 담긴 찻물이 딱 한 모금만큼 줄었을 때 손님은 입을 뗐다.

"돈만 좇느라 내가 뭘 하고 있는지 몰랐어요. 주변에는 카페 쓰레기들이 굴러다니고, 마을 분들은 찾아온 손님들 때문에 소음, 공해로 피해를 받고. 무엇보다…… 너무 죄송했어요."

"뭐가요?"

"원래 여기 사장님께요. 그분께서 저를 다시 살게 만든 거나 다름없는데 저는…… 제 카페가 잘되면 잘될수록 그분께 너무 죄송했어요. 그분의 것인데 제가 베껴서 쓴다는 것 자체도, 또 그걸로 피해를 주고 있다는 것도."

흐느끼듯, 고해성사라도 하듯 말하는 모습에 무슨 사연인지 이제 알 것 같았다.

그래서 죄책감이라는 무게에 짓눌렸구나.

남의 것을 훔쳐서 사는 사람들은 다 잘 살 것 같지만 꼭 그렇지만도 않았다.

어쩌면 평생 스스로 만든 감옥에 갇혀서 살 수도 있었다.

물론 아닐 수도 있지만, 적어도 이 손님은 전자인 듯했다.

'호랑이 쉼터에서 쉬었다 간 사람이겠지.'

아마 할아버지의 호랑이 쉼터도 특별한 휴식을 제공하는 곳이었을 거다.

그걸 경험한 손님은 그대로 본인의 카페에 적용해 보려고 한 것일 테고.

사실 큰 문제는 아니었다. 호랑이 쉼터는 단순한 카페가 아니니까.

제아무리 겉을 따라 한다고 해도 완전히 똑같은 느낌을 낼 수는 없었을 거다.

디자인이나 맛, 메뉴는 흉내 낼 순 있을지 몰라도 이곳의 아우라는 다른 곳에서 흉내 낼 수 있는 그런 게 아니니까.

'이곳보다 맛있거나 더 분위기가 좋은 곳은 많을지 몰라도……'

이렇게 마음을 건들 수 있는 곳은 거의 없으리라 자부한다.

게다가, 할아버지가 아무런 반응이 없었다는 것만 봐도 확실했다.

내가 할아버지의 마음을 이해하던 효자는 아니었지만, 그래도 충분히 짐작할 수 있을 것 같았다.

애초에 원래 나보다 더 마이웨이인 분이었다. 문제가 있었으면 바로 뒤엎었지, 참는 분이 아니기도 했다.

그 말은 즉, 별로 신경을 안 썼다는 얘기였다.

아무튼 그렇다면.

"할아버지와는 얘기해 보셨나요?"

"아뇨. 너무 죄송해서 도망치듯 떠난 거라 뵙지 못했어요……"

역시 혼자 끙끙 앓았다는 얘기였다. 할아버지와 얘기만 했어도 저렇게 괴로워하지 않았을 텐데.

'나쁜 짓도 나쁜 사람이나 할 수 있는 거지.'

물론 그렇다고 선하다고 말할 순 없겠지.

4장 〈265〉

아무튼 본인의 양심에 걸릴 정도의 일을 했다는 거고, 마을에서 이런저런 문제가 생겼던 것도 사실이니까. 그게 설사 어떤 생각으로 그랬든 말이다.

"그럼 혹시 마을분들에게는 사과하셨나요? 소음이나 쓰레기 때문에 피해를 주셨다고 하셨는데."

어설프게 할아버지는 이해하셨을 거라는 말로 위로는 하지 않았다. 실제로 할아버지라면 그랬을지 몰라도 손자 입장의 나는 좀 다르니까.

아마 내가 이 카페의 특별함을 알기 전에 이 소식을 들었다면 당장 엎었을지도 몰랐다.

노년에 평생 모아 둔 자금(?)으로 마련한 카페를 뺏긴(?) 할아버지의 모습을 상상하며 불같이 화를 냈을 거다.

자세한 사정을 모르는 저 손님이 죄책감을 가진 이유처럼 말이다.

그러니.

"그러고 보니 그것도 아직 못 했네요……."

"일단 그럼 그것부터 해 보시죠?"

우선 기회를 드리기로 했다.

먼저 아직 남아 있는 당사자에게 사과부터.

"인제 와서 제가 그래도 될지……."

"지금에라도 하시는 거죠. 사과는 용서를 바라고 앞서 한 행동을 없애려고 하는 게 아니지 않습니까? 잘못한 일을 반성하겠다는 의미로 하는 거지."

"아."

적어도 나는 할아버지한테 그렇게 배웠다.

그래서 사과할 일이 있다면 바로 사과했다. 내 죄책감을 덜어 내기 위해서가, 아니라 잘못한 일을 고하고 반성하겠다는 의미로.

그런데 신기하게도 그렇게 사과하면 대부분 용서를 해 주었다.

성질이 불같던 사람도 그랬다.

그러니 일단은 사과가 먼저다.

손님도 그런 뜻을 알아차렸는지 잠시 고민하는 모습으로 침묵했다. 쉽지 않겠지.

굳이 지금 와서 사과한다는 게 내키지 않을 수도 있었다. 심지어 이미 카페를 접고 마을을 떠났으니까.

하지만 하지 않으면 저 죄책감과 후회가 사라질 기회는 없었다.

그래서 여길 찾아왔을 테니 본인도 알겠지.

고민은 짧았다.

여기까지 오면서도 계속 고민했을 것 같으니 당연했다.

손님은 결심한 듯 굳은 표정으로 입을 뗐다.

"……저어, 그럼 혹시 잠시 주방 좀 써도 될까요?"

"그럼요."

이건 내가 오히려 권하고 싶었다.

한송이 덕분에 마을 분들을 일일이 찾아가면서 빵과 음료를 드렸을 때 너무 좋아하셨다.

그런 의미에서 사과를 하든 인사를 하든, 뭐라도 만들어서 가면 서로 좀 낫지 않을까?

손님과 함께 주방으로 들어왔다.

그러자 손님의 텍스트창에 한 줄이 더 생겼다.

―긴장, 설렘.

짧은 내용이었지만 그것이 모든 것을 알려주고 있다.

텍스트창에는 여전히 자책감과 후회가 남아 있으나 이거면 충분했다. 스스로가 한 발짝 앞으로 내디디려 한다는 소리였으니까.

원래 제일 중요한 것은 본인의 의지니까.

그래서 나도 모르게 미소를 지었다. 그러자 그걸 본 손님이 나에게 짧게 한마디를 건넸다.

"할아버지와 많이 닮으셨네요."

"그런 얘기는 많이 듣습니다. 동의는 할 수 없지만."

"그런가요?"

여태 계속 어두운 표정만 짓던 손님의 얼굴이 주방에 들어오자 조금 밝아졌다.

천직.

딱 그런 생각이 드는 모습이었다.

"재료는 말씀해 주시면 찾아 드릴게요."

"아. 그래 주시겠어요? 그럼……."

주방의 보조로 일을 하는 건 처음인데, 생각보다 어렵

진 않았다.
"근데 뭘 만드실 건가요?"
"티라미수요."
"오? 왜죠?"
"처음 이곳에 왔을 때 먹었던 게 그거였어요. 그분께 처음 배운 것도 그거였죠."

할아버지가 해 준 티라미수라…… 조금 궁금하네.

재료와 방법은 같을 테니 비슷하려나?

왠지 잘 봐두면 좋을 것 같았다.

원래 이럴 생각으로 주방에 들어오는 걸 허락한 건 아니지만…….

'왠지 손님이 원하는 게 이거일 수도 있겠네.'

본인이 노력한 모습을 보여 주는 것. 그리고 할아버지에게 배운 것을 알려 주는 것.

어쩌면 이것들로 할아버지에게 미안했던 것의 용서를 구해 보려는 걸 수도.

"필요한 건……."

옆에서 말하는 재료들을 하나씩 구해 줬다.

마스카포네 치즈, 생크림, 달걀, 연유, 코코아가루, 에스프레소, 레이디핑거 쿠키.

'내가 잘 쓰는 건 아니라서 있는 줄도 몰랐는데.'

몇몇은 이전 봉황 마트에서 보내 준 것들에 섞여 있었다.

이건 조금 반성해야 할지도. 결국 내가 있는 재료를 다

활용하지 못했다는 소리였으니까.

"에스프레소를 좀 내려줄래요?"

"그러죠."

손님이 티라미수에 들어갈 크림을 만드는 사이 나는 샷을 내렸다. 그러면서도 계속 손님을 살폈다.

진지한 표정으로 재료들을 다루는 모습은 익숙함 그 자체였다.

저렇게 익숙해질 때까지 수도 없이 많이 해 봤다는 얘기였다. 거저 얻을 수 있는 건 없으니까.

마스카포네 치즈는 수분이 많은 편이라 크림화 시킬 때 조심해야 하는데 그것도 완벽하게 했다.

적당히 크림이 된 치즈에 생크림 소량을 넣는다?

이건 할아버지 레시피에 없는 건데?

사실 티라미수라고 정한 뒤에 기억을 떠올려 봤다.

할아버지 레시피북은 이미 다 외우다시피 해서 금방 떠올릴 수 있었는데…… 여기서 조금 다른 점을 발견한 것이다.

"생크림을 넣네요?"

"네. 이러면 풍미가 더 좋아지더라고요."

과연 괜히 한때 사람이 붐비던 카페의 사장님이 아니라는 건가?

사실 그래서 더욱 흥미가 갔다. 원래 있던 할아버지의 레시피와 비교할 수 있다는 거니까.

저쪽도 나름 개선한 거니까 그 노하우를 얻을 수도 있고.

유려하게 움직이는 손끝을 주시하며 계속해서 도와 나갔다.

손님은 내 질문에 여유롭게 답하고는 다시 이어서 크림을 만들었다.

연유를 넣고 다시 크림으로 만든다.

달걀은 노른자만 써서 색만 내고 재료들을 다 섞으면 끝.

이건 할아버지 레시피와 같네.

"여긴 여전히 커피 향이 엄청 좋네요. 여기저기서 커피를 마셔 봤지만, 여기만큼 좋은 곳은 찾기 힘들더라고요."

"할아버지가 고른 원두라서 그런 건가 보네요."

손님은 내린 에스프레소의 향을 맡더니 잠시 눈을 감고 생각에 잠겼었다.

하지만 그것도 잠시.

레이디핑거 쿠키를 커피에 적셔서 촉촉하게 만든 뒤 용기에 착착! 깔았다.

그리고 그 위에 만들어 둔 크림을 듬뿍 올린 뒤, 또 에스프레소를 적신 레이디핑거 쿠키를 얹었다.

거기에 한 번 더 크림을 올리고, 용기의 끝까지 채운 뒤 평평하게 크림을 깎았다.

톡! 톡!

마지막으로 그 위에 코코아가루로 덮고 차게 식히면 완성.

"자, 계속 만들어 볼까요?"
이제 이걸…… 여러 개 만들어 했다.

* * *

차게 식힌 티라미수를 꺼냈다.
위에는 고운 코코아가루로 뒤덮여 있고, 투명한 용기 덕분에 보이는 옆면에는 예쁜 층이 형성되어 있었다.
포크로 살짝 찔러 넣으니 부드럽게 쑥! 들어간다.
그대로 바닥까지 집어넣어 한 입 정도의 사이즈로 꺼냈다.
촉촉한 레이디핑커 쿠키는 케이크의 빵보다도 더 부드러워서 크림과 한 덩어리가 된 듯했지만, 입으로 넣으면 확실히 다른 식감이 느껴졌다.
그대로 사르르 녹아 버리는 크림 사이로 빵처럼 변한 쿠키가 씹힌다.
불쾌하지 않고 오히려 크림과 섞이는 식감이라 조화롭다.
게다가 촉촉하게 적셔진 커피의 쌉싸래한 맛이 느끼하고 달 수 있는 크림까지 잡아 주니, 맛 또한 조화로움 그 자체였다.
특별한 효과는 없는 그냥 티라미수. 하지만 맛있다.
'능력이 없는데도 힐링 되는 기분이네.'
중간에 소량으로 들어간 생크림이 만든 풍미가 맛을 더

고급스럽게 만든다.

심지어 만들기도 어렵지 않고, 재료도 많지 않았다. 오븐도 쓰지도 않았고…….

'가성비가 좋은데?'

그런 생각이 절로 나올 정도다.

아무튼 충분히 경쟁력 있는 레시피였다.

게다가.

'카페 인테리어는 많이 봤지.'

회사 다닐 때 이쪽 관련으로 내가 직접 한 프로젝트는 많이 없지만, 그래도 자료는 많이 찾아봤다.

그리고 그런 카페들의 흥망도 많이 봤다. 그런 의미에서.

"잘될 요소를 갖췄네."

그 건물과 주변의 풍광은 충분히 합격점이었다.

물론 겉만 그럴싸하고 부족한 부분은 많았지만, 이런 레시피가 더해졌다면 말이 다르지.

눈도, 입도 즐겁다.

그거면 충분히 이곳까지 한 번쯤 찾아와 힐링할 만한 느낌이 될 거 같았다.

'물론.'

역시나 예상했던 대로 할아버지의 호랑이 쉼터와는 결이 다르긴 했다.

호랑이 쉼터는 그런 상업적인 부분보다는 손님에게 더 맞춰 있었으니까.

잘못된 것은 아니었다. 아니, 오히려 일반적으로 보면 이쪽이 더 맞을지도 모른다.

돈도 벌기 좋고, 나름의 힐링도 되니까.

호랑이 쉼터와 결은 다르지만, 이것 또한 좋은 방향이었다.

무엇보다 저 레시피북.

얼핏 봤을 때도 엄청나게 공들이고 수십, 수백 번을 고친 흔적들이 있었다.

그 노력은 분명 욕심과 본인의 양심에 대한 자책과 후회를 만회할 기회를 줄 만했다.

'할아버지라도 이랬으려나.'

종잡을 수 없는 분이라 모르겠다.

그럼에도 확실한 것 하나는 알겠다.

용서를 구하러 왔을 김혜주 씨에게 할아버지는 기꺼이 티라미수를 만들어 줬을 거라는 걸.

그리고 그것의 대가는······.

김혜주 씨가 오솔길에 모습을 보였다. 처음과 달리 밝아진 얼굴이었다.

물론 아직 완전히는 아니었지만.

그 말은 즉, 마을 분들도 기꺼이 이해해 줬다는 얘기와 같았다.

'이제 돌려 드리면 되겠네.'

남은 티라미수를 얼른 다 먹었다.

끝맛도 참 깔끔했다.

이건 나중에 할아버지 방식으로도 만들어 봐야겠다.

그사이 김혜주 씨가 문을 열고 들어왔다.

이에 지금은 한송이의 집이 된 곳에서 얻은 김혜주 씨의 레시피북을 꺼냈다. 그리고 다가온 그녀에게 그것을 건넸다.

"이건?"

"돌려 드리는 겁니다. 이건 손님 것이니까요."

내 말에 무언가 깨닫는 게 있는 듯 레시피북을 쥔 손이 덜덜 떨렸다.

그리고…… 그동안 죄책감과 후회에 억눌렸던 김혜주 씨의 아우라가 빛을 터트렸다.

마치 스스로를 묶고 있던 족쇄를 깨고 나오듯이.

5장

5장

김혜주는 처음 이곳에 왔을 때를 떠올렸다.
인상이 좋은 할아버지가 있는 예쁜 카페였다.
평생 아이 뒷바라지, 남편 내조만 하며 살던 그녀는 평소 카페라는 곳을 잘 가질 않았다.
음료 한 잔 마시는 데 드는 비용이면 마트에서 식재료를 몇 개나 더 살 수 있으니까.
그러던 그녀가 갑자기 시골의 먼 곳 카페까지 오게 된 건…….
이제 자신도 하고 싶은 걸 하고 싶어서였다.
그 첫 번째로 남들 다 간다는 카페를 찾아온 거였다.
그리고 그에 반해 버렸다.
누군가 편안한 휴식을 원할 때 언제든지 와서 쉬었다

가기를 바라서 카페를 만들었다는 사장님의 말에도 감명을 받았다.

문득, 자신도 해 보고 싶다는 생각이 들었다.

물론 가족들은 반대했다. 그런 일 한 번도 안 해 본 사람이 어떻게 하냐면서.

하지만 자신의 생에 처음이자 마지막이라는 말에 결국 가족들도 반대를 꺾었다.

대신 이번에 실패하면 다시는 그런 일 하지 않겠다는 조건이 있었지만.

그땐 그러니…… 꼭 성공해야 한다는 생각밖에 없었다.

여러 제약이 있었기에 고를 수 있는 것은 많지 않았다.

위치도 그렇고, 인테리어도 아낄 수 있는 것은 최대한 아껴 가면서 진행했다.

그렇게 설렘과 걱정에 잠도 못 이루기를 몇 달.

마침내 준비를 마치고 연 카페는 가족들의 우려와 달리 정말 잘 됐다. 매일같이 사람들이 찾아왔고, 주말이면 항상 꽉 찼다.

그래서 자신도 할 수 있다는 생각에 더 열심히 했다.

자신이 위로받았던 그곳처럼 이곳을 찾는 많은 사람에게도 그런 게 전해지길 바라면서 말이다.

그러던 어느 날.

"그리고 보니까 저 산 안쪽에도 카페가 하나 있더라? 거기도 분위기 괜찮아 보이던데?"

"그래? 근데 SNS에 나온 곳은 여기 아냐?"
"뭐, 그렇지."
"그럼, 좀 기다려도 여기나 가자. 기왕 멀리까지 왔는데 시간 아깝게."
"하긴, 그렇긴 하지?"

찾은 손님들의 사소한 대화에 벼락을 맞은 듯했다.

가게를 이곳에 시작한 것은 별다른 이유가 있던 게 아니었다.

일단 자신이 원했던 조건을 충족했다. 집에서 오갈 수 있는 장소 중 가장 월세가 저렴했던 곳이었기 때문이다.

호랑이 쉼터는 산자락에 있어 나름 거리도 되었기에 이런 건 상상도 못 했는데······.

'난 그저 호랑이 쉼터에서 받은 그 느낌을, 나도 한번 다른 이들에게 전해주고 싶었을 뿐인데.'

내가 하는 일이 누군가에게 피해가 될 수 있다니. 게다가 그게 영감을 주었던 은인에게 그렇게 된다니.

정신이 아득해졌다.

평생 희생하면 했지, 누군가에게 폐를 끼쳐 본 적이 없다 생각했는데······.

그날부터 잠도 오지 않았다.

하지만······ 이미 SNS로 소문이 난 상태는 어찌할 도리가 없었다.

낙수 효과라도 기대했지만, 이상하리만큼 이곳을 찾은 손님들은 호랑이 쉼터에 가지 않았다.

그러자 문득 죄책감이 물밀듯 몰려왔다.

그래서 도망치듯 카페를 접었다. 하지만 그 죄책감은 사라지지 않았다.

다시 호랑이 쉼터에 찾아가 볼 엄두도 안 났다.

가족들과 주변 사람들은 겨우 그거 가지고 뭘 그렇게까지 생각하느냐, 잘되고 있었는데 아깝다고만 했지만……

자신에겐 겨우 그게 아니었다.

무기력해지던 삶에 새로운 활력을 불어넣고, 처음으로 꿈을 꾸게 해 준 곳이었다.

그렇기에 도망간 것이다.

멀리, 아주 멀리.

하지만 당시의 그 생각은 결국 오늘날까지 그녀의 마음속에 계속해서 남아 있었다.

평생 갈 것만 같은 족쇄로 말이다.

그런데 어느 날, 카페가 있던 자리에 새로 들어온 집주인에게서 연락이 왔다.

그곳에 버리고 간 레시피북 때문이었다.

"사장님이 바뀌었다고요?"

─네~ 손자분이 물려받으셨다고 하더라고요.

그리고 새로운 소식을 듣게 됐다.

호랑이 쉼터 할아버지의 부고.

설마 자신 때문에?

더욱더 가슴이 무거워졌다.

―아무튼, 이건 따로 보내 드릴까요?

"아, 아니요. 잠시…… 아니, 제가 지금 조금 일이 있어서 나중에 다시 연락드려도 괜찮을까요?"

―"네! 그러세요!"

그렇게 몇 날 며칠을 고민하다가 용기를 내 찾아왔다.

비록 용서받지 못하더라도 사과는 해야 할 것 같아서.

하지만 그렇게 만나게 된 호랑이 쉼터의 새로운 사장, 전 사장님의 손자라는 젊은 청년은…….

'그럼 혹시 마을분들에게는 사과하셨나요? 소음이나 쓰레기 때문에 피해를 주셨다고 하셨는데.'

자기보다 마을 쪽에 먼저 가 보라고 했다.

심지어.

'사과는 용서를 바라고 앞서 한 행동을 없애려고 하는 게 아니지 않습니까? 잘못한 일을 반성하겠다는 의미로 하는 거지.'

맞는 말이었다. 그래서 그 말을 따르기로 했다.

다행히도 마을 사람들은 괜찮다며, 뭘 그런 걸로 마음고생했냐며 오히려 위로해 줬다. 그에 힘을 얻었을까.

다시 돌아온 호랑이 쉼터.

그런데…… 그는 손 위로 그것을 올려놓았다.

자신의 옛 레시피북이었다.

"이건 돌려 드리는 게 맞는 것 같습니다."

"네?"

새로운 호랑이 쉼터 사장의 말에 어떻게 반응해야 할지

갈피를 못 잡았다.

여러 생각이 머릿속을 어지럽히던 그때.

"아마 할아버지였으면 이렇게 노력을 하는 분은 응원하셨을 것 같은데요?"

"하지만 저는……."

"솔직히 저도 전반적인 얘기만 들었을 땐 썩 좋게 생각하진 않았습니다. 하지만 이것만 봐도 알 수 있지요. 이런 사람이 악의로 그런 짓을 할 거 같진 않다고…… 그리고 애초에 그런 사람이면 이렇게 사과하러 오실 일도 없었겠죠."

젊은 사장의 듣기 좋은 잔잔한 목소리는 마치 차분하게 자신을 달래 주는 듯했다.

마치 그때처럼.

"아마 할아버지 것을 베낀 게 아니라, 그 기억이 너무 좋아서 본인도 모르게 그런 느낌으로 하신 게 아닌가요?"

"아……."

그는 배시시 웃더니 다시금 노트를 건넸다.

"그러니까 받으세요. 본인의 노력이 담긴 거잖아요. 스스로의 노력을 버리면 어떡합니까."

입에 발린 달콤한 위로는 아니었다.

크림의 풍미 가득한 달콤함 속에 쌉싸래한 커피 향이 깃든 위로였다.

* * *

김혜주 씨가 본인의 레시피북을 가지고 돌아갔다. 그 뒷모습을 보면서 참, 저런 사람도 있구나 싶다.

스스로의 양심에 죄책감을 느끼고 계속 후회를 하는 사람이라니.

그런 사람이 실제로 얼마나 있을까? 적어도 내가 본 사람 중에는 손에 꼽을 정도였다.

뭐, 최근에 그에 준하는 좋은 사람을 자주 보긴 했지만.

호랑이 쉼터를 이어받으면서 말이다.

아무튼.

"짐작하고는 있었지만."

대단하긴 하네.

그도 그럴 게 쉬워 보이지만 결코 쉽지 않은 일이었다.

한송이와 함께 집을 보고 나왔을 때 이장님과 마주치며 들은 얘기가 있었다.

갑자기 그만두고 정리했다는 말을 듣고 내가 물은 거였다.

혹시 무슨 문제가 있었냐고.

그러자 이장님은 작은 일이 있었다고 얘기해 줬다.

잘 나가는 집이 들어오면 일어나는 그런 일들.

중요한 점은 김혜주 씨는 거기서 그저 방관하고 있지 않았다는 거다.

5장 〈285〉

언제나 영업이 종료되면 주변의 쓰레기를 치우고 정리했단다.

가게에 들르는 손님들의 소음에 대해서도 항상 주의했었고, 새벽 일찍부터 웨이팅하던 사람들이 문제를 일으키지 않도록 따로 장소를 마련하기도 했다.

마을 사람들이 불편함을 참아 준 이유도 그런 노력이 보였기 때문이었다.

그래, 저렇게 노력하는데 봐주자는 느낌?

덕분에 마을에 활기가 생기긴 했으니 그 정도는 넘어가자고 마을 회관에서 얘기가 나왔단다. 나중에 김혜주 씨가 카페를 접으면서 아쉬워하는 분도 있었다고.

그럼에도 사과를 하는 게 어떠냐고 권했던 건, 직접 마을 사람들의 반응을 봐야 죄책감을 덜 수 있을 것 같아서였다.

실제로 사과를 한 뒤 표정이 밝아졌으니 성공인 듯했고.

"레시피북을 돌려 드린 뒤 반응은 좀 의외긴 했지만."

억눌렸던 밝은 아우라가 터져 나오듯 음울한 아우라를 밀어냈다.

그리곤 사방으로 아우라를 뿌렸다.

사실 이번엔 내가 특별히 한 게 없어서 아우라를 얻을 수 있을까 싶었는데…….

김혜주 씨의 아우라 또한 카페 곳곳에 스며들었다.

그리고 이선아의 아우라가 그랬듯, 그것은 손가락 위에

서 노닐다가 그대로 스며들었다.

>김혜주의 문일지십

그리고 재능이 흡수됐다.
"와…… 이런 재능이 있으니까 그랬구나."
문일지십(聞一知十).
한 가지를 알려 주면 열 가지를 스스로 깨우치는 재능이라니…….
한마디로 천재라는 거였다.
뭘 해도 잘했을 사람이라는 말이기도 했다.
이전에 뭘 했는지 정확한 사정까진 모르지만, 늦게 배워도 남들보다 더 빨리 깨우쳤을 테니.
할아버지의 호랑이 쉼터에서 본 것을 바로 응용해서 대박이 났던 것처럼 말이다.
"숨은 재야의 고수, 뭐 그런 느낌인가?"
이제 죄책감도 덜었으니 이 재능을 제대로 펼쳐 보셨으면 좋겠네.
꼭 카페가 아니더라도 잘할 것 같다.
김혜주 씨라면 이번 경험으로 배운 걸 이용해서, 왠지 호랑이 쉼터와는 다른 방법으로 이로운 영향을 주는 방법을 찾을 거란 생각이 들었다.
그래서 더욱 응원하게 되는 듯했다.
"뭐, 꼭 그래야 할 필요는 없지만."

어쨌든 기분은 좋네.

그나저나 새로 흡수한 재능은 호랑이 쉼터의 특별함으로 또 어떻게 적용되려나?

문일지십이니 재능 하나를 배우면 다른 것도 쉽게 배울 수 있으려나?

궁금한 건 또 못 참지.

바로 확인해 보기로 했다.

* * *

사라랑~!

샤랑~

아우라 덩어리들이 주변을 맴돌았다. 이제는 익숙해질 법도 한 모습이지만 그럴 수 없었다.

왜냐면 또 다른 상황이니까.

다른 재능으로 불러낸 아우라들이 아니라, 이번에 얻은 문일지십으로 불러낸 아우라였다.

그것도.

〉김하나의 손재주(2)
〉고나은의 매력
〉백수아의 성장(2)
〉한송이의 그림

……과 같은 처음에 얻었던 재능부터.

>조동우의 외유내강
>이선아의 소통

……처럼 최근에 얻은 것까지.
수많은 재능을 담은 아우라들이었다.
김혜주 씨의 재능 '문일지십'이 만들어 낸 진귀하고 신비로운 상황에 멍했던 것도 잠시.
'이 다음은……?'
떠오른 재능의 아우라들은 뭔가를 기다리는 듯했다.
근데 그게 뭔지 감이 안 온다.
조율처럼 재능을 끌어다가 쓰는 건가? 그런 거면 조율과 연계성이 인정돼서 영향을 줬을 텐데 그건 아니었다.
"나보고 뭘 해 달라는 거야."
통통 날아다니는 아우라에 대고 물어봤지만, 답이 있을 리가…….
꾸르!
"아. 네가 있었지?"
어느새 다가온 브라우니가 뭔가 열심히 설명해 주기 시작했다.
꿀꿀거릴 뿐이라 쉽게 알아들을 수는 없었지만.
[소통] 재능 덕분인지 어떻게든 이해는 할 수 있었다.
"그러니까…… 이걸 압축?"

꾸루~!

"그러면 뭐가 달라져?"

브라우니 말은 여기저기 날아다니는 재능의 아우라들을 한곳에 뭉치라는 거였다.

그렇게 하면 뭐가 어떻게 달라지길래?

물론 그건 브라우니도 제대로 설명을 하지 못했다.

'음.'

고민은 짧았다.

여태 호랑이 쉼터에서의 신비로운 일들이 안 좋은 쪽으로 일어난 적은 없었으니까.

그리고 설사 그렇다 하더라도…… 역시 궁금한 건 못 참겠단 말이지.

사라랑~

날아다니는 아우라들을 불러 모았다. 그리고 모두를 품에 안았다.

우우웅!!

그 순간, 아우라들이 공명했다.

그리곤 각각의 재능을 품은 여러 아우라들이 하나가 되기 시작했다.

그 모습은 너무나 신비로웠다.

알록알록한 빛깔의 아우라들.

그것들이 뭉쳐진 모습은 마치 신화 속의 여의주인 것처럼 어떤 보옥보다 아름답고 아찔한 구슬이 되어 품에서 떠올랐다.

"이건?"

손을 뻗자, 그대로 손바닥 위에 둥둥 떠 오른 구슬은 이내…….

스르륵!

품으로 파고들어 그대로 내 몸에 스며들었다.

그리고 머릿속에 그동안 '???'로만 보였던 텍스트가 드디어 비밀을 벗었다.

>만생공(2성)

"만생공?"

그렇게 베일을 벗은 텍스트 아래로 보이는 재능들.

—고유 : 개안(2), 제조, 터 생성, 재능흡수, 공명.
—흡수 : 손재주(2), 매력, 성장(2), 그림, 뚝심(2), 목공, 조율, 역발산기개세, 대기만성, 희생, 농사, 몰입, 외유내강, 소통, 문일지십.

그동안 많이도 흡수한 재능들이 이번에 베일이 벗겨진 '만생공'이라는 것 아래 자리했다.

만생공, 이건 도대체 뭐지?

그런 의문을 가지려던 찰나, 나뭇잎 하나가 바람에 날려 와 눈을 덮었다.

푸른 나뭇잎 사이로 스며든 햇볕이 무척 따뜻하다고 느

끼던 순간!

나뭇잎이 다시 바람에 날아가며, 바뀐 주변의 풍경이 눈에 들어왔다.

'이건…… 꿈?'

예전에 봤던, 그 아무것도 없는 공터였다.

얼마 전에는 할아버지가 나오는 꿈을 꾸더니 또 비슷한 걸 꾸는 건가? 싶던 그때!

저 멀리 새하얀 털에 먹물처럼 검은 무늬를 가진 집채만 한 호랑이가 성큼성큼 다가왔다.

샛노란 눈동자는 정확히 나를 보고 있었다.

본 적이 있는 녀석이었다.

처음 이 꿈을 꿨을 때 봤던 백호, 그 녀석이 분명했다.

그래서인가? 그때와 달리 지금은 무섭지 않았다.

크르르!

지저를 울릴 듯한 낮은 울음소리조차도 그냥 랑이의 고롱 소리처럼 편하게 들렸다.

그런 걸 아는지 모르는지, 백호는 곧장 이쪽으로 다가왔다.

그리고…….

툭!

이마를 내 이마에 댔다.

복슬복슬 따뜻하고 부드러운 털의 감촉이 느껴졌다.

녀석이 말하고 싶은 게 뭔지, 맞댄 이마를 통해서 느껴지는 듯했다.

그리고…….

"아저씨? 누워서 랑이 들고 뭐 해요?"

"어?"

그 뜻이 다 전해졌을 즘, 수아 목소리와 함께 꿈에서 깼다.

수아의 말에 정신을 차리고 주위를 둘러봤다.

익숙한 풍경의 공터였다. 그리고 또 손에 잡힌 몽실몽실한 건 랑이였다.

왜앵~?

"아니다."

얘가 왜 손에 들려 있는지는 모르겠지만, 아무튼 랑이도 수아도 이쪽을 의아한 눈으로 바라보고 있었다.

"여기서 뭐 해요?"

"일광욕."

"그게 뭔데요?"

"아."

얘 아직 초등학생이지.

요즘은 이런 말 안 배우려나?

"광합성 같은 거야."

"아저씨가 나무예요? 왜 광합성을 해요?"

일광욕은 모르는데 광합성은 아는 거냐.

역시 예상이 되지 않는 아이다.

그거야 아무튼.

"사람도 가끔은 이래야 좋아."

빛도 받고 살아야 사람의 정신도 건강해지는 건 사실이지.

물론 지금 나는 그래서 그런 게 아니지만.

그나저나 시간이 벌써 이렇게 됐나? 잠깐 꿈을 꾼 것 같은데 시간을 훌쩍 지났네.

자리를 털고 일어나면서 슬쩍 텍스트창을 봤다.

[만생공]

김혜주 씨의 문일지십으로 밝혀진 '???'의 정체였다.

방금 꾼 꿈과 관련 있으며 호랑이 쉼터가 내게 준 특별한 능력.

문득 꿈속에서 백호가 내게 다가와 했던 말을 떠올렸다.

울음소리인지, 혹은 속삭임인지, 그도 아니면 머릿속을 울리는 뜻인지.

알 수 없었지만 분명 그리 말했다.

'만 가지의 생령이 모여들고, 생령이 작은 샘을 이루니.'

꿈속에서 들었을 땐 무슨 말인지 몰랐는데 꿈에서 나오니 알 것 같았다.

공터를 가득 채운 아우라들이 생령, 그리고 그 생령이 모여 깃든 내가 작은 샘이라고 하면 쉽게 이해가 되니까.

'꿈은 그럼 만생공이 (1성)에서 (2성)이 되면서 꾸게 된

건가?'

 나도 모르게 조건을 만족했던 모양이다.

 그렇다면 이름까지 밝혀진 만생공은 과연 어떤 힘을 가지고 있을까?

 사라라랑~

 머릿속으로 만생공을 떠올리자 꿈을 꾸기 전에 봤던 구슬이 머릿속에 떠올랐다.

 동시에 재능들이 보였다.

*고유
—개안(2), 제조, 터 생성, 재능흡수, 공명.
*흡수
—화생 : 희생
—수생 : 성장(2)
—목생 : 손재주(2), 그림, 목공, 농사
—금생 : 매력, 조율, 소통, 몰입
—토생 : 외유내강, 문일지십, 역발산기개세, 대기만성, 뚝심(2)

 이전처럼 무작위로 나열된 게 아니라, 각자의 색끼리 뭉쳐진 모습이었다.

 '정리가 됐네?'

 물론 단순히 정리만 된 건 아닐 터. 이것도 또 확인을 해 봐야겠는데?

"아참참! 아저씨, 오면서 들었는데요~ 오늘 티라미수 하셨다면서요?"

아차, 수아가 옆에 있는 걸 깜빡했네.

다행히 녀석은 제 할 말이 많은 녀석이라, 내가 잠깐 멍 때린 것에 관심이 없었으니…… 마침 잘 됐다.

"그건 또 어디서 들었어?"

"히히! 다 소식통이 있죠!"

"그러냐. 근데 오늘은 일찍 왔네?"

깊이 생각해야 하는 건 일단 접어 두고 수아를 봤다.

오랜만에 보는 듯한 녀석의 얼굴은 꽤 수척해 보였다.

그새 고생 좀 했나?

"이제 다 준비했거든요. 히히!"

"오? 자신만만하네."

"아마 보면 깜짝 놀랄걸요?"

"그러냐."

고생했으니 원하는 결과를 얻었으면 좋겠네.

그런 의미에서 오늘은 민트 초코도 두 잔까지는 줘야겠다.

"들어가자."

"네!"

우리가 안으로 들어가자 랑이도 쫄쫄쫄 안으로 따라 들어왔다.

"음료도 줄까?"

"당연하죠! 저를 뭐로 보고."

"뭐로 봐야 되는 거야?"

"……그게 뭐야요. 재미없어요."

참, 냉정한 녀석이다.

쓸데없는 말은 삼키고 어떤 음료를 마시고 싶은지 물었다.

"당연히 민초프!"

"그럴 줄 알았다."

"히히!"

"오늘은 특별히 두 잔까지 줄게."

"오오! 진짜요? 앗! 근데 안 돼요."

"응? 안 돼?"

맨날 더 달라던 민초프 귀신이 오늘은 웬일로?

"네. 컨디션 관리해야 되니까요. 찬 거 너무 많이 먹어서 탈 나면 어떡해요? 아저씬 그것도 모르고. 치이."

아니, 네가 맨날 와서 두 잔씩 먹고 싶다고 노래를 불러서 주려고 한 건데?

살짝 억울하긴 했지만 어쩌겠는가, 틀린 말은 아닌데.

"알았다. 잠깐 기다려."

우선 텃밭으로 나왔다.

어쩐지 더 싱그러워 보이는 풍경 속에서 민트를 따려는데…….

'음?'

뭔가 느낌이 이상했다.

따려던 민트가 아닌, 옆에 있던 다른 민트를 따야 될

것 같은 느낌이었다.
 그래서 그 느낌대로 민트를 따 봤다.
 효과는 크게 다른 게 없는 것 같은데…….
 고개를 갸우뚱하며 안으로 들어와서 민트 초코 프라프치노를 만들었다.
 원래도 눈을 감고 할 수 있을 정도로 이제는 완전 손에 익었다.
 그런데 평소와는 다른 느낌이 들었다.
 뭐랄까…….
 '재능들이 하나처럼 적재적소에 발현되는 느낌인데?'
 이전에는 의식을 해야 재능을 쓸 수 있었다면, 지금은 그러지 않아도 자연스럽게 발현이 되는 것 같았다.
 그렇다면 아까 민트를 딸 때도 왜 그랬는지 이해가 됐다.
 '음, 여러 재능이 얽혀서 그렇게 느꼈던 거 같네.'
 그렇게 자연스럽게 엮여서 최적의 것을 찾아낸 거지.
 개안이라든가, 역발산기개세라든가, 농사 등등. 재능들이 일종의 숙련된 감각처럼 물 흐르듯 찾아낸 것이다.
 '이건 좀 재밌는데?'
 음료를 제조하는 것도 마찬가지.
 제조와 손재주, 그림 등등.
 복합적으로 연계되는 감각은 정말 신기했다.
 마치 만능 재주꾼이 된 느낌?
 이게 만생공이라는 이름을 알게 된 효과라면 정말 좋은

걸 얻은 셈이다.

'당연히 개별로도 쓸 수 있고 말이지.'

손재주에 집중하자 아우라가 손에 깃들었다. 그리고 순식간에 민트 초코 프라푸치노가 만들어졌다.

집중하니 만생공으로 발동되는 것보다 훨씬 강하게 발동한다.

아무튼.

"자, 티라미수랑 같이 먹어."

"예에~! 오랜만에 먹는 민초푸!"

아이처럼 신난 수아의 모습에 나도 모르게 미소가 지어졌다.

하긴 아이가 맞긴 하지. 대화가 잘 돼서 가끔 까먹는다.

"음~ 맛있다! 히히! 역시 아저씨 민초프가 최고야."

"할아버지 것보다?"

"으음…… 할아버지한테는 미안하지만. 민초프 한정으로 아저씨 당첨!"

"호오? 진짜?"

이건 좀 놀라운데?

왜지? 설마 만생공 때문에?

'할아버지는 만생공의 이름을 알지 못했나?'

생각해 보면 할아버지의 텃밭에는 민트와 당근만 있었다.

나머지는 잡초고.

음…… 그건 아닐 것 같다.

왜냐면 할아버지 텃밭에서 난 당근의 효과는 아직까지 내가 일군 텃밭에서는 나오지 않았으니까.

카페를 이어받고 얼마 되지 않아서 먹은 당근인데 아직도 효과가 있지 않은가.

질이 다르다고 해야 하나?

물론 민트는 내가 키운 게 더 질이 좋긴 한데…….

'미묘하네.'

아마 할아버지의 카페와 내 카페도 다르기 때문이 아닐까.

손님도, 주인도 달랐다.

그러니까 호랑이 쉼터도 다른 거겠지. 마치 김혜주 씨의 노력이 깃든 카페가 또 달랐던 것처럼.

그래도 민초프 한정으로 할아버지를 따라잡았다는 소리를 들으니 기분이 좋은데?

"근데요~"

"응?"

"플래카드는 어디 있어요~?"

"……플래카드, 어, 그러니까."

이런 깜빡했다.

주변의 둘러보는 수아의 모습에 등골이 오싹했다.

"아! 저번에 내가 빈집에 누가 이사 왔다고 했지?"

"왜 말 돌려요."

수아의 볼은 이미 빵빵하게 부풀었다.

이거, 말 잘못 하면 완전 삐질 듯.

"아니, 그런 거 아니야. 거기 사는 언니가 그림 잘 그리잖아? 그래서 좀 도와 달라고 했어. 내일 같이 만들 거야."

한송이 씨…… 미안합니다. 이렇게라도 살아야지.

그러자 얼굴을 들이미는 수아.

"진짜요?"

"그럼. 진짜지."

의심하는 수아에게 진심을 담은 듯한 표정을 연기했다. 물론 잘은 안 통한 듯했지만.

"지켜보겠어요."

"그, 그래."

아무래도 진짜 제대로 만들어야겠는데?

근데 잠깐만…….

'이 녀석, 내 민초프가 맛있다고 한 이유가 설마 저것 때문은 아니겠지?'

흐음, 물어봤다간 완전 삐질 것 같아서 물어볼 수도 없고 참.

이번엔 어쩔 수 없지. 다음에 진짜 물어보기로 했다.

* * *

다음 날.

"죄송합니다. 괜히 제가…….."

"아뇨~ 괜찮아요. 재밌는데요?"

"그럼 다행이네요. 작가님은 한 달 동안 음료 한 잔은 무료로 드릴게요."

"좋아요."

이삿짐을 정리하고 커피 한 잔 마시러 온 한송이에게 자초지종을 말했다.

'혼자 만들어도 될 것 같긴 한데.'

플래카드 만드는 것 정도는 자신이 있었다.

하지만 그러면 진짜 거짓말을 하게 된 거니 일단 부탁을 해 본 건데…… 다행히 한송이는 어렵지 않게 승낙했다.

"수아라고 했죠?"

"예. 지금은 바가지 머리가 아니긴 한데, 이렇게 생겼습니다."

플래카드 한쪽에는 수아의 얼굴을 캐리커처로 그리기로 했다. 물론, 한송이 씨가 실력을 발휘했다.

'자, 그러면……'

나도 한쪽에서 펜을 놀리기 시작했다.

그림의 옆에 랑이랑 백구, 그리고 토리까지 그려 줬다.

"우와. 잘 그리시네요? 그리고 엄청 귀여워요. 애들은 누구예요? 랑이는 알겠는데."

"백구는 이장님네 강아지고, 얘는 가끔 산에서 내려오는 토끼입니다. 텃밭에 자주 오죠."

"와! 정말요? 한번 보고 싶다."

"나중에 오면 말할게요."

"이 마을로 이사 오길 진짜 잘했네요. 아니었으면 오늘도 방구석에 있었을 텐데."

하는 일이 집에서 그림을 그리는 거니까 그렇겠지.

근데 확실히, 같은 일을 해도 여기서 하면 밖으로 나올 일이 더 많을 것 같긴 했다.

워낙 여유롭기도 했고, 다른 사람 시선 신경 쓰지 않고 산책하기도 좋았으니까.

어르신들이 크게 불편하게 하는 것도 없고.

……물론 편의는 좀 부족하지만.

"아 참, 어제 그분이 오셨다고 들었어요."

"아, 들었나요?"

"네, 저한테도 티라미수 주고 가셨거든요."

한송이의 질문에 김혜주 씨를 봤다고 답하면서도 손은 부지런히 움직였다.

이 정도면 된 것 같은데?

창고에서 나무 자재를 꺼내서 길이에 맞게 재단했다. 그리고 펼치기 쉽게 손잡이를 만들어 줬다.

"이 정도면 될 것 같습니다."

"와~! 저 이런 건 처음 만들어 보는데."

참 밝은 사람이란 말이지…….

이게 뭐라고 처음 만들었다며 좋아하다니.

처음 봤을 땐 우중충 그 자체였는데 많이 변했다.

"마실 것 좀 드릴까요?"

"으음~ 오늘은 뭐가 좋을까요?"

"아, 혹시 요거트 드셔 보셨어요?"

"요거트요? 아! 새로 추가됐구나. 좋아, 이거 주세요."

"위에 토핑은 뭐로 드릴까요? 아니다, 하나씩 드릴게요. 부탁도 들어주셨는데."

"그럼 좋죠!"

토리의 굴에서 가져온 요거트가 아직 남아 있었다.

아무래도 조만간 또 보충을 해야 할 거 같다.

생각보다 이것저것 쓰기 좋아서 빨리 줄었다.

아침에 시리얼 넣고 먹어도 든든하고.

"우아! 이거 엄청 맛있네요? 그냥 요거트랑 좀 다른 느낌인데요? 신데 시지 않고, 단데 달지 않은 느낌?"

"……그게 무슨 느낌이죠?"

"맛있다는 거죠."

평가는 무슨 말인지 당최 이해가 안 되지만……그래도 좋아하니 다행이네.

"신기하네요. 어쩜 이렇게 맛있을까요? 요거트를 좋아하는 건 아닌데."

"수제로 만들어서 그러는 게 아닐까요?"

사실은 거기다 토리의 굴에서 숙성시켜서 그런 거지만.

아무튼 한송이는 이해했다는 듯 고개를 끄덕였다.

"하긴. 사장님 손으로 만들었으면 다르긴 하겠네요."

"괜찮으시면 플레인으로 한 통 드릴까요? 집에 두고 시리얼이랑 같이 드셔도 좋을 겁니다."

"좋죠!"

한송이에게 챙겨 줄 요거트를 한 통 담아 왔다.

그나저나 마을에 이렇게 대화할 사람이 있으니, 나도 심심하지 않고 좋은 듯했다.

여태 계속 뭘 하느라 바쁘긴 했어도, 또래랑 이렇게 대화하는 건 또 다르니까.

"응? 넌 언제 왔어? 아니, 그리고 상태가 왜 그래?"

"……일하다 도망쳤으니까. 나도 마실 것 좀 줘요."

요거트를 가지고 나오니 이선아가 좀비 같은 몰골로 한송이 옆에 앉아 있었다.

다행히 몰골이 저래서 그렇지 텍스트창으로 보이는 상태는 또 괜찮았다. 오히려 좋은 느낌?

"이장님하고?"

"응. 새벽부터 지금까지 붙잡혀서 밭일을…… 으으!"

얘도 고생이구나. 이장님 밭이 좀 커야지.

근데 왜 도시로 안 가고 계속 여기 있지?

"그럼 다시 올라가면 되지 왜 계속 있어?"

"아빠랑 내기했거든요."

"내기?"

"있어요. 그런 거."

뭔지 몰라도 큰 게 걸렸나 보다.

나야 좋았다. 고정적인 손님이 더 생기는 거니까.

"저 밭일 안 해 봤는데. 혹시 같이해 봐도 돼요?"

해맑은 한송이의 말에 이선아가 황당한 표정을 지었다.

아마 나도 같은 표정이 아닐까.

이 사람, 진짜 처음 봤을 때랑 다르네. 내성적인 줄 알았더니 붙임성도 좋고.

"언니."

"응?"

"천사인 줄."

근데 저거 그냥 둬도 되나?

한송이의 손을 꼭 잡은 이선아의 모습이 꼭 악마 같은데…….

"아 참! 사장님, 수아 친구 응원 가는 거. 저도 가도 돼요?"

"예? 어…… 좋죠!"

음.

이선아가 이런 마음이었구나.

한송이 몰래 마주친 이선아와는 서로 같은 눈빛을 주고받았다.

* * *

시간은 왜 이렇게 빨리 가는 건지.

어느새 수아가 말한 공연 날이 왔다.

정확히는 학교 축제 날이지만, 아무튼.

게다가 혼자 가면 뻘쭘할 뻔했던 수아 공연 응원 가기도 다행히 혼자가 아니었다.

근데.

'설마 한송이 씨는 물론, 이선아까지 같이 갈 줄이야.'

인원이 좀 늘었다.

여기에 이장님과 마을 어르신들도 따로 또 오신다고 하니까…….

"진짜 잔치 느낌이에요!"

수아네 학교로 향하는 길.

그런데 이미 입구에서부터 노점들이 줄을 서서 양쪽 길을 채우고 있었다.

분위기가 한송이 말대로 학교 축제보다는 동네잔치에 더 가까웠다.

정말 오랜만에 보는 풍경이었다.

도시에서도 아직 이렇게 하려나?

모르겠다.

"예전이랑 똑같네."

"그러게."

나와 이선아는 주변 풍경에 추억을 떠올리며 구경했다.

이런 시끌시끌하고 복작복작한 광경은 오랜만이기도 했고, 마을에서는 이럴 일이 거의 없으니.

"두 분은 여기 출신이라고 했죠?"

"예. 오래 살진 않았지만, 그래도 얼추 기억은 나네요."

"와— 신기해요."

이 사람은 진짜 신났네.

여기저기 구경하기 아주 바쁘다.

"저기 번데기도 있어요! 술집에서 기본 반찬으로만 봤는데."

그러게, 아직도 저렇게 파는구나.

'음…… 나도 마지막으로 본 것은 지역 축제 같은 데밖에 없었나?'

전 회사에 다닐 적에 워낙 여기저기 출장을 많이 다녔던지라 기억이 난다.

물론, 답사 차 다녔던 거라 놀거나 즐길 시간은 없었는데…….

아무튼 거기 가도 이런 게 있긴 했다.

가격이 워낙 사악해서 그렇지.

"와! 천 원에 한 컵이래요! 드실래요?"

"아뇨. 전 괜찮습니다."

"선아는?"

고개를 끄덕이는 이선아와 함께 한송이는 번데기를 먹으러 갔다.

누가 보면 한송이가 이선아 동생인 줄 알겠네.

주위를 둘러보자, 평소와 다르게 우리 또래의 사람들이 꽤 보였다.

물론 다들 아이의 손을 잡고 오는 게 학부모들인 거 같지만.

'시골에는 애들 없다더니. 그래도 좀 있긴 하네.'

아마 주변에 있는 읍내에서도 와서 그런 것 같았다.

이래서 수아가 그렇게 열심히 연습을 한 건가?

규모가 꽤 된다. 학교 가정의 달 행사가 아니라, 지역 가정의 달 행사였던 건가.

"저건 뭘까요? 솜사탕 에이드? 신기한 게 진짜 많네요."
나도 조금 관심 가는 것들이 있었다.
원래 나였다면 크게 관심이 없었겠지만, 호랑이 쉼터를 운영하면서 생긴 관심이라고 해야 하나?
예전이었으면 슬러시나 믹스 커피 정도나 보였을 텐데 요즘은 본격적인 아메리카노나 방금 한송이가 말한 솜사탕 에이드 같은 것도 보였다.
솜사탕 에이드라…… 저건 좀 궁금한데?
"마셔 볼래요?"
"어? 사 주시게요?"
"예. 저도 궁금하던 참이라."
솜사탕 에이드는 내가 사 줬다.
이선아 것까지 석 잔.
그렇게 무지개색 솜사탕이 얹어진 에이드를 한 잔씩 들고 각자의 방법으로 마셔 봤다.
한송이는 솜사탕부터 뜯어 먹고.
이선아는 음료부터.
나는 솜사탕을 바로 녹여서 마셨다.
그리고…….
"음."
셋 다 애매한 반응을 보였다.
뭐랄까, 굉장히 동심 어린 맛을 생각했는데 그냥 설탕물에 김빠진 탄산만 남은, 현실에 찌든 맛이라고 해야 하나.
"애들은 좋아하겠네요."

한송이가 애써 포장을 했다.
틀린 말은 아니었다.
실제로 애들은 신나 하면서 음료와 솜사탕을 즐겼다.
부모들 표정은 안 좋아 보였지만.
'축복을 쓰고 온 보람이 있네.'
그래도 다들 아우라의 상태가 나쁘지 않았다.
수아나 카페에 자주 오는 한송이나 이선아처럼은 아니지만, 칙칙한 아우라는 많이 보이지 않았다.
있더라도 약한 수준. 생활 속에서 스트레스를 안 받는 사람은 없으니 심각한 건 아니었다.
나중에 호랑이 쉼터에 찾아오면 더 좋겠지만…….
'오늘은 홍보하기도 좀 그러네.'
전에 마트를 찾았을 땐 자연스럽게 했는데 말이지.
이럴 때 보면 백구가 참 좋은 간판이긴 했다.
어쩔 수 없이 오늘은 그냥 구경이나 해야겠다.
"어? 사장님?"
"응? 아! 하준이 아버님? 하준이도 있었네? 안녕?"
지나가다 갑자기 누군가 부르는 소리에 돌아보니, 그곳엔 하준이 가족이 있었다.
그러고 보니 이쪽 동네에 산다고 했지?
"아녕하쎄요."
"그래. 잘 지냈어?"
"응!"
하준이가 밝게 인사를 했다.

옆에 있던 하준이 엄마와도 마저 인사를 하고 호기심 가득한 눈으로 보고 있던 한송이와 이선아도 소개해 줬다.
"아하, 같이 놀러 오셨구나. 반가워요."
이렇게 인사하니 뭔가 어색한데?
평생 이랬던 경험이 없던 터라……
"오빠, 여기서 뭐 하고 다니는 거야?"
"뭐 하고 다니긴. 그냥 카페 하는데?"
인사를 끝낸 이선아의 질문은 예상한 범위였다.
근데 나도 좀 신기하긴 했다.
일하러 가서 아는 사람 만나는 경우는 있었다.
어차피 거기서 거기니까 현장에 가면 여기저기서 오는 사람들이야 뻔하니까.
그런데 이런 건 또 처음이네.
"안녕~? 이름이 하준이야? 너 너무 귀엽다."
"헤헤."
한송이는 하준이에게도 인사를 했다.
그런데 하준이 녀석, 왜 수줍어하지? 나한테는 안 그러던데.
"하준아. 꾸꾸 사진 볼래?"
"응."
이것 봐라?
역시 내 말에는 수줍음이라고는 전혀 찾아볼 수가 없었다.
오로지 꾸꾸 사진에 대한 관심뿐.
이 녀석, 저런 순수한 차별이라니.

"와! 벌써 열매가 달렸나요?"

"예. 얼마 전에 달렸더라고요. 먹어 보니까 아주 맛있던데요? 안 그래도 딴 것 좀 보내 드리려고 했는데."

"어머! 주시면 저희야 너무 좋죠. 조만간 한 번 또 갈게요."

"그러세요."

하준이 엄마와는 조만간 오겠다는 약속을 잡았다.

그리고 슬슬 인사를 하고 가려는데, 어째 이선아와 하준이 아빠가 묘하다?

"아는 분이야?"

"아, 내 팬이래."

"팬?"

"게임 방송하거든. 게임 좋아하신대."

"아아······."

이선아가 하는 개인 방송의 팬이셨구나. 그러고 보니 꽤 유명했던가?

신기한 인연이다.

아무튼 한송이와 헤어지기 아쉬워하는 하준이와 헤어지고 이제 슬슬 안으로 들어가 보려는데······.

'응?'

순간 고개를 돌렸다.

방금 되게 칙칙한 아우라가 지나간 것 같은데. 뭐지?

두리번거리니, 금세 한쪽 구석에 피어오르는 칙칙한 아우라를 찾을 수 있었다.

정장 차림의 젊은 남자였다.

차림을 보니 노점을 하는 사람도 아닌데, 왜 저 구석에 쭈그려 있는 거지?

음.

근데 말을 걸기도 조금 애매한 게 다짜고짜 가서 당신 아우라가 안 좋아요 라고 하면…….

'미친 사람 혹은 사이비 취급이겠지.'

그렇게 주저하고 있는데 정장 차림 남자가 이내 자리를 툭툭 털고 일어났다.

그리고 어딘가로 향했다.

눈만 따라서 이동하는 모습을 지켜보니…….

"오정환 씨. 어디 갔다 왔어요?"

"아. 죄송합니다. 잠깐 바람 좀."

"바람이요? 지금 갑자기 바람 쐬러 갈 시간이 어디 있습니까? 우리가 놀러 왔어요?"

"그게 사실…… 엄마가 병원에서 수술하신다고 해서요. 잠깐 통화만 했습니다."

"……수술하신다고요? 그럼 지금 바로 가야 하는 거 아닙니까?"

"아닙니다. 일단 당장은 괜찮다고…… 퇴근하고 오라고 합니다."

"퇴근……오늘은 저녁까지 일정이 있는데……하, 어쩔수 없죠. 알겠습니다. 그럼 오정환 씨는 오늘 일단 정시에 퇴근하세요."

"감사합니다!"

같은 직장 동료로 보이는 조금 더 나이 어려 보이는 남자와 대화를 나눈다.

슬며시 들어보니 왜 영 표정도 안 좋고 분위기도 안 좋은지 이해가 됐다. 한창 바쁠 때 동료가 저러면……한숨이 나오지.

하지만 어쩌겠는가, 가족이 아프다는데.

예전 회사의 부장 같은 인간이 아니고서야 매정하게 안 된다고 할 수는 없었다.

역시나 아우라가 칙칙한 남자가 누군가에게 뭐라고 하려다가 한숨을 쉬었다.

그러고는 한층 누그러진 모습으로 뭐라고 또 말하며 둘은 어딘가로 향했다.

'음…… 저쪽이 사수 같은 느낌인데 아우라가 안 좋네.'

분위기상 처음 칙칙한 아우라를 뿜던 남자가 상사로 보였다.

반면 부하 직원으로 보이는 남자는 오히려 아우라가 밝아졌다.

'응? 왜 밝아지지? 가족이 아프다며?'

내가 잘못 들었나?

조금 이상하긴 했지만, 앞의 상황까진 모르고 방금 대화만 들은 거라 속단할 순 없었다.

그래도 이상하긴 했지만 더 이상 대화도 들을 수 없으니…….

더 추측은 하지 않기로 했다.

그보다 그나저나 저 상사인 남자의 아우라는 조금 안타깝다.

물론 그렇다고 내가 모든 사람의 아우라를 다 살피고 케어해 줄 순 없는 노릇이니.

내가 손을 뻗을 수 없는 곳까지는 어떻게 할 수 없었다.

"왜 그러세요? 아는 사람이라도 있어요?"

"아. 아닙니다. 이제 가시죠."

"네!"

내가 한 곳만 보고 있으니, 이상한 듯 물어 오는 한송이의 화제를 전환했다.

뭐, 저쪽이야 연이 있으면 카페에 오겠지. 하준이네가 그랬던 것처럼.

일단 수아 공연이 시작되기 전에 얼른 자리를 잡으러 들어갔다.

운동장에 의자를 둔 게 다인 무대였지만, 그래도 꽤 많은 사람이 있었다.

그리고 다른 한쪽에는 또 뭔가를 하려는 듯, 한창 분주하게 준비 중이었다.

"저기 무슨 체육 대회 같은 것도 하려나 봐요."

"그러게요. 신기하네."

달리기, 줄다리기 등등. 재미있는 것들이 보였다.

공연이 끝나면 저걸 하는 건가?

'어?'

그때, 준비를 하고 있는 사람 중 하나가 눈에 들어왔다.

방금 봤던 그 사람이다.

정확히는 상사 쪽.

아무래도 저걸 준비하는 사람이었던 모양이다.

칙칙한 아우라는 여전했다. 근데 아까 그 부하 직원은 안 보이네?

따로 작업을 하나 어디 갔나?

"어! 시작한다!"

"안녕하세요, 여러분! 오늘 MC를 맡을 강동호입니다!"

한눈을 파는 사이 사회자가 올라와서 공연에 관한 설명과 주의 사항을 말하기 시작했다.

이후 관객 참여 이벤트에 추첨까지 있다고…….

과연, 거기에 초대 가수도 있다고 하니 사람들이 이렇게 모인 건가 싶었다.

하긴 애들 공연만 하는 거면 부모들만 왔겠지.

게다가 공연하는 팀 중에서 잘한 팀에게는 상금도 있다고?

역시 수아가 그렇게 준비한 이유가 있었다.

행사 사이즈가 크다.

'과연 어떠려나?'

기대하며 무대를 응시했다.

"아유~ 귀엽다!"

첫 공연은 유치원생들로 보이는 아이들이 나와서 하는

율동이었다.

"어? 아까 그 애도 있어요."

"그러게요."

한송이의 말에 자세히 보니 그중 하나가 하준이었다.

과연, 그냥 온 게 아니라 하준이도 공연을 하러 왔구나.

그건 안 물어봐서 몰랐다. 그냥 놀러 온 줄 알았지.

무대 앞에서 열심히 알려 주고 있는 선생님을 따라서 춤을 추고 있는 애들을 보고 있으니 웃음이 절로 나온다.

원래 애를 좋아하는 편은 아닌데 말이지.

꾸물꾸물 애들이 추는 춤에 다른 사람들도 웃음을 터트리며 지켜봤다.

어디서 옷을 맞췄는지 아이들이 모두 같은 옷을 입고 나왔는데, 세상 무해한 아기 새들을 모아 놓은 것처럼 참 귀엽다.

하지만 몸동작은 옷과 다르게 제각각이었다.

어떤 아이는 춤은 안 추고 사람들 구경하고.

또 어떤 아이는 앞에 선생님 따라 하지 않고 혼자만의 춤을 추고.

하지만 그런 모습들이 자연스러워서 더 귀여운 공연이었다.

물론 앞에서 열심히 같이 춤추는 선생님은 극한직업 같았지만.

어쨌든 다 같이 즐기는 이런 분위기는 진짜 오랜만인 듯했다.

"이사 오자마자 이런 걸 볼 수 있다니, 운이 좋았던 거 같아요."

"그러게요. 저도 여기 와서 이런 경험을 다 하네요."

수아 아니었으면 아마 와 보지도 않았을 텐데…… 이거 이따 나오면 응원을 열심히 해야겠다.

옆에 보니 부모들로 보이는 사람들은 열심히 영상도 찍고, 박수도 치고 있었다.

이거 우리도 영상을 좀 찍어야 하나?

"……뭐? 왜?"

"영상은 네가 잘 찍을 것 같아서."

개인 방송도 하는 이선아니까 혹시나 해서 부탁했다.

까칠할 것 같은 녀석이었지만, 말하니 알겠다며 고개를 끄덕였다.

이 녀석도 은근히 즐기는 거 아냐?

"오예. 콘텐츠 각."

음…… 뭐, 즐기는 방법이야 여러 가지니까.

콘텐츠가 별거 없는 시골 일상에 새로운 게 나왔다면서 좋아하는 이선아를 보니, 얘도 보통은 아닌 거 같다.

그래도 잘 데리고 온 건가?

왜 아직도 시골에 남아 있는 건지는 모르겠지만 아우라는 계속 좋아지고 있으니. 아무튼 나쁘진 않겠지.

그렇게 다 같이 즐기기며 기분이 더 좋아지던 그때!

"으아! 찾았다. 형님 여기 있었네요."

"어? 왔어?"

수호가 왔다.

아, 오늘 훈련 때문에 여기서 만나기로 했지. 와서 따로 얘기 안 했는데, 어째 잘 찾아왔네.

옆에선 수호를 처음 본 한송이와 이선아가 눈을 휘둥그레 하는데…….

"수아다!"

수호가 무대를 보며 소리쳤다.

일단 소개는 나중에 하고 공연부터 보기로 했다.

무대를 보니 수아와 시아가 나란히 서 있는 게 보였다.

"와~ 천호 초등학교 춤신춤왕 백수아!"

그 모습에 백수호가 소리를 쳤다.

이 녀석, 안 그럴 것 같은데 응원 잘하네?

'단어 선택이 좀 올드한 거 같긴 하지만.'

고지식한 이미지의 수호라 어울리는 듯 안 어울리는 듯하다.

아무튼 나도 플래카드를 펼쳐서 응원을 보조하기로 했다.

그러자.

"와아아아!!!"

드디어 수아가 공연을 시작했다.

수아와 시아 공연에 앞서, 유치원생들 말고 다른 아이들의 공연도 있었다. 하지만 으레 아이들의 공연이 그렇듯 귀엽긴 해도 계속 집중해서 보진 않았다.

그냥 귀엽다고 잠깐잠깐 보는 정도?

그런데…… 수아의 공연은 좀 달랐다.

쿵! 쿵!

일단 비트부터가 강렬한 노래를 골랐다.

"오. 산군보?"

"응? 그게 무슨 노래야?"

"원곡은 정확히 모르고, 스트릿 댄스 하는 사람들 나와서 댄스 대결하는 프로그램 있었거든? 거기에서 챌린지 대결이라고 해서 나온 노래였어. 제목이 특이해서 기억나.

어떤 남자 아이돌 노래라고 들었는데……."

이선아가 옆에서 설명해 줬다. 근데 사실 들어도 잘 모르겠다.

뭐, 유명한 거겠지.

그나저나 여자 아이돌 노래가 아니라 남자 아이돌 노래라니…… 조금 의왼데?

그러든 말든 계속해서 경쾌한 비트가 흘러나왔다.

그리고 그에 맞춰서 수아와 시아가 춤을 추기 시작했다.

쿵!

수아가 첫걸음을 묵직하게 무대 앞에 찍었다.

그리고 그 뒤로 시아가 표홀히 뛰어올랐다.

"오오~!"

그 기세만으로 무대를 보던 사람들의 입에서는 함성이 절로 나왔다.

그리고 이어지는 퍼포먼스들에도 다들 좋아하며 반응했다.

안 그래도 다소 밋밋한 분위기가 이어졌던 터라 둘의 강력한 모습은 관객들의 정신을 리프레시 하기 딱 좋았다.

이 정도면 성공적이라 볼 수 있겠는데?

게다가.

'생각보다 더 노력했구나.'

저렇게 되기까지 얼마나 연습했는지가 고스란히 전해졌다.

춤에 대해서 잘 알지는 못해도 저게 잘한다는 걸 바로 알 수 있을 정도로.

왠지 모르게 기특한데?

그리고 그 모습에 감동한 건 나뿐이 아니었는지.

"와아아! 백수아 잘한다!"

백수호가 오랜만에 고등학생 같은 모습으로 환호했다.

내가 만든 플래카드까지 뺏어 들고 응원하는 모습에 평소에는 투덕거려도 저래서 남매인가 싶다.

아마 수호의 경기 때도 수아가 가서 저러겠지.

참 보기 좋은 남매였다.

그렇게 흐뭇하게 공연과 수호가 응원하는 모습을 보던 그때!

우웅! 웅!

"응? 뭐야?"

"스피커 소리가 좀 작아진 것 같지 않아요?"

"그러게."

신나게 수아, 시아의 공연을 보던 사람들이 웅성거리기

시작했다.

그건 다름 아닌 음향 장비가 갑자기 이상해졌기 때문이었다.

빠르고 강하게 퉁퉁! 울려야 할 장비가 갑자기 어째 시원찮은 소리를 내고 있었다.

때문에 한창 공연을 즐겁게 구경하고 있던 사람들의 주의도 점점 흩어졌다.

수아와 시아는 여전히 무대에서 열심히 춤을 추고 있었다.

아마 상황을 제대로 인지하지 못하는 모양.

'대체 무슨 일이지?'

좋은 공연에 재를 뿌리는 기분이었다.

여태 잘 되다가 왜 이러는 거지.

이러다간 공연이 망치게 생겼다.

비록 학교의 작은 축제, 그것도 아마추어의 무대일 뿐이다.

하지만 저 두 명에게는 그 어떤 큰 무대보다 중요했다.

눈살을 찌푸리며 시선을 저 뒤로 향했다.

무대 주변을 보니 관계자들이 부산스럽게 움직이는 게 보인다.

'저 사람은······.'

아까 봤던 칙칙한 아우라를 가진 사람과 그의 동료들로 보이는 사람들이었다.

"오정환 씨, 뭘 만진 거예요!?"

"아니, 전 딱히 만진 거 없는데요."

"하! 근데 갑자기 왜…… 됐고. 이걸 어쩐다."

"어차피 곧 끝나니까 잠깐 사회자가 시간 벌어 주면 원래대로 되지 않을까요?"

"그럼 지금 하는 건 어쩌고요?"

"그야……."

대화가 들리지는 않지만 어째 아까와 비슷한 상황으로 보인다.

칙칙한 아우라를 가진 남자가 다른 동료에게 뭐라고 하는 듯한 모습.

그것만 봐도 뭔가 문제 있다는 걸 알 수 있었다.

당장이라도 가서 뭐라고 하고 싶지만…….

'지금 자리를 비우면 안 돼.'

안 그래도 분위기가 좋지 않은데 괜히 움직일 필요는 없었다.

사람이 떠나는 것처럼 보이면 군중 심리가 발생할 수도 있으니까.

게다가 수아와 시아도 이제야 상황을 파악했는지 눈빛이 흔들리고 있었다.

게다가, 지금 이 자리에서도 해결할 수 있다.

'조율!'

마침 오늘 쑥쑥이의 축복을 받아서 왔다. 그러니까 여기서도 아우라만 있으면 능력을 쓸 수 있을 터.

당연히 아우라는 넘쳤다.

지체하지 않고 바로 조율을 머릿속에 담았다.

사라랑~!

자연스럽게 아우라들이 모여들었다. 그리고…… 내가 생각하는 대로 움직였다.

쿵쿵쿵!

수아의 걸음에는 그에 맞는 웅장한 비트를 강하게.

시아의 걸음에는 우아하고 은밀한 비트를 흘리듯이.

"어?"

"뭐지?"

그 소리를 들은 사람들의 반응이 다시 달라졌다.

방금까진 조금 산만했던 모습들에서 무대에 집중하는 듯한 모습으로.

뭐가 어떻게 바뀐 지는 모르지만, 공연의 분위기가 달라진 건 느낀 모양이다.

그리고 그건 비단 보는 사람뿐만이 아닌 듯했다.

밋밋했던 음향에 겨우 춤을 추고 있던 수아와 시아도 아우라들이 펼치고 있는 조율에 영향을 받는 듯.

이제야 노래와 하나가 되어 무대를 말 그대로 찢기 시작했다.

둘이서 무대를 완전히 장악한 것이다.

"와아아아아!!"

마치 4분이 1분이 된 듯.

그냥 말로만 아이돌 하겠다고 한 게 아니었다는 걸 증명했다.

노래 제목이 산군보라고 했던가? 조율에 의해 비트가 제대로 더해지자 정말 그에 맞는 춤사위가 나왔다.
　때로는 한 발 한 발 힘주어 걷고,
　때로는 소리조차 나지 않는 것처럼 은밀하게, 사뿐사뿐 걷는다.
　그때마다 아우라가 어우러져 사방으로 퍼져 나간다.
　둘의 상체와 하체가 마치 분리된 것처럼 따로 화려하게 움직인다.
　그리고 그 각각이 조화롭게 박자를 타며 리듬을 만들고 있었다.
　두 사람의 발 구름과 몸짓이 점차 증폭돼 간다.
　거기에 다시 자신감을 찾은 수아의 풍부한 표정, 시아의 시크한 표정까지 더해지니…….
　"저게 애들이라고?"
　"와! 진짜 공연을 보는 것 같아요!"
　이선아와 한송이의 평에, 나는 물론이고 주변 사람들도 모두 공감하였다.
　백수호도 아까처럼 신이 나서 응원을 이어갔다.
　그리고.
　쿠우웅!!
　마지막 수아와 시아의 발걸음을 끝으로 공연이 끝났다.
　그리고 잠시 정적이 있었다가 여태까지와는 다른 함성 소리가 터져 나왔다.
　"와아아!!"

"이번 축제 공연 중 최고다!"

공연의 성공 여부는 사람들의 환호 소리와 더불어, 수아와 시아의 표정이 상기된 것에서도 느낄 수 있었다.

물론 여기가 수많은 관중이 있는 그런 무대는 아니었기에 주변이 터져 나갈 듯한 격렬한 반응은 분명 아니었다.

그저 작은 동네 마을 잔치에 온 듯 모여 있는 사람들이 보내는 환호였을 뿐이었다.

하지만 그것만으로 녀석들은 공연을 위해 노력한 모든 것이 보답받은 듯한 표정을 지었다.

"무슨 애들이 무대를 저렇게 잘 써?"

"그러게요. 저 아이돌 공연인 줄 알았잖아요."

수아, 시아는 내려갔지만, 사람들의 수군거리는 소리는 계속 이어졌다. 듣다 보니 괜히 내가 다 뿌듯할 정도.

무대에 올라온 사회자도 잠시 할 말을 잃은 듯, 처음엔 멘트를 못 했다.

"와, 제가 지금 뭘 본 거죠? 여기 유명 아이돌이 왔다 간 건가요? 천호 초등학교라는 그룹이 있었나? 우와…… 진짜 대박이었다 그죠?"

뒤늦게 정신을 차린 듯 사람들과 소통하기 시작했음에도 여운은 남는 듯. 다음 공연을 소개하지 못하고 수아, 시아 무대에 관해서 얘기를 나눴다.

"어, 아. 그리고 보니 다음 무대를 보기 전에 잠시 음향에 문제가 있었다고 하는데요. 아! 됐나요? 그럼 바로 보시겠습니다."

그렇게 시간을 보내다가, 뒤늦게 무대 뒤에서 보낸 사인을 보고 다음 무대를 시작했다.

아까 어수선하게 부산하던 무대 옆의 사람들도, 이젠 정리가 됐는지 보이지 않았다.

마음 같아서는 가서 한마디 하고 싶었는데…….

'회사 다닐 때였으면 바로 갔을 지금은 아니니까.

당시에는 꽤 날카로웠던 터라, 이런 것은 잘 참지 못했었다.

업무 특성상, 일정이 하나 뒤틀리면 거기서 생기는 피해가 커졌기에 더욱 그러기도 했고.

어쩌면 그래서 더 여유가 없었던 게 아닐까 싶을 정도.

"다행이다. 중간에 좀 이상하긴 했어도 엄청 잘했다 그죠?"

"예, 잘하긴 하더라고요."

한송이의 말에 눈에 힘도 풀고, 방금 무대에 관한 대화를 나눴다.

수호는 그새 수아가 있는 무대 뒤편으로 간 모양인지 보이지 않았다. 관계자니까 상관없겠지.

"이건 진짜 컨텐츠 각인데?"

"그거 올리기 전에 수아한테 동의는 받아."

"당연하지. 누굴 양아치로 알아? 출연료도 줄 거야."

이선아의 말에 피식 웃음이 나왔다.

'그나저나, 조율을 이용하면 그런 것도 가능하구나.'

사실 사용하면서 바랐던 건 이렇게까지 극적인 것은 아

니었다.
 그저 카페에서 배경 음악으로 그랬듯, 주변에 둘의 조합을 하나처럼 하고 싶었을 뿐이었는데…….
 활용에 따라서는 주변에 공명시킬 수도 있구나.
 좋은 걸 알았다.
 아무튼 그렇게 이제 여유가 좀 찾아오는 건가 싶던 그때!
 사라라랑!
 '이건 또 뭐야?'
 여긴 카페가 아닌데 왜 아우라가 내게 몰려드는 거지?

　　　　　　　　＊　＊　＊

 처음엔 무대 뒤편에서 날아오는 아우라뿐이었다.
 아마 수아와 시아의 것으로 추정되는 맑은 아우라.
 그런데 그 뒤로 주변의 다른 사람들에게서도 조금씩 아우라가 날아왔다.
 조금씩이라지만, 사람이 워낙 많다 보니 조율로 만졌던 아우라의 배 이상으로 늘어난 엄청난 양이었다.
 이런 건 예상하지 못했는데…….
 사라라랑~
 사방에서 날아오는 작은 아우라는 마치 빛으로 이뤄진 눈송이 같았다.
 그야말로 황홀한 풍경.

그리고 그렇게 날아온 아우라들은 내 주변을 맴돌다가 이내 하나씩 스며들었다.

마치 전에 한송이, 이선아와 함께 마을 어르신들에게 빵과 음료를 나눠 줬을 때와 비슷한 느낌이었다.

설마 내가 조율로 수아, 시아 무대에 영향을 줘서?

'그게 아니면 설명이 안 되는데.'

이런 식으로도 되는 거였나.

하긴, 생각해 보면 사람들에게 밝은 에너지를 전달해 주는 게 호랑이 쉼터의 능력이니, 지금 상황도 이상한 건 아니었다.

어쨌든 조율로 수아와 시아 무대를 꾸며 줬고, 거기에 많은 사람이 즐거워했으니까.

그래도 조금 당황스럽긴 하다.

이렇게 많은 아우라를 받는 건 또 처음이기도 했고.

"왜 그러세요?"

"예? 아, 아닙니다. 생각보다 축제가 더 재미있는 것 같아서요."

"그러게요! 저 진짜 안 와 봤으면 후회할 뻔했어요. 사장님 덕분에 이런 곳도 와 보고 너무 좋네요."

한송이에게서도 아우라가 흘러 나와 내게 스며들었다.

다행이라고 해야 할지, 아쉽다고 해야 할지.

재능은 흡수되진 않았다.

아마 마을에서 있었던 일과 비슷한 듯했다.

더 집중적으로 칙칙한 아우라를 완전히 반대되게 바꾼

건 아니라서 그렇겠지.

그래도 이 정도 아우라 양이면 정말 많았다.

텃밭에 뿌리면 작물들이 좋아하겠는데?

"자! 그럼 우리 초대 가수의 축하 무대를 보고 시상을 시작하겠습니다!"

"와아아!"

이제 참가 공연은 끝났고 초대 가수가 올라왔다. 당연하게도 이런 축제에는 트로트 가수였다.

"오. 저 사람 맨 온 트롯에 나온 사람이다."

"맨 온 트롯?"

"요즘 트롯 붐 일으킨 프로그램 있어요."

"넌 어째 그런 건 다 알고 있네."

"오빠는 티비도 안 봐요? 우리 아빠 맨날 그거만 보는데."

"아……."

이선아의 말에 새삼 요즘 티비와는 완전히 동떨어진 삶을 살고 있다는 사실을 깨달았다.

물론 그전에도 별로 안 보긴 했다만…….

그나저나 말 나온 김에 이장님은 어디 계신 거지? 온다고 했었는데.

"그럼 시상을 시작하겠습니다. 시상에는 천호리 이천용 이장님과……."

응?

축하 공연이 끝나고 올라온 사회자가 시상자를 말하는

데, 거기에 이장님이 있었다.

아니, 온다는 게 저렇게 온다는 말이었어?

무대 위로 우리 마을 이장님을 시작으로 주변 다른 마을의 이장님들, 그리고 왠지 시장으로 보이는 사람이 올라왔다.

그들은 여유롭게 인사 및 소개를 하고는 바로 시상에 들어갔다.

그리고…….

"최고 인기상은, 천호 초등학교의 두 호랑이! 백수아, 정시아! 입니다!"

그리 크지 않은 축제였기에 큰 상이라든지 그런 엄청난 건 없었지만, 그래도 수아와 시아가 그동안 노력한 보상을 받았다.

다행이었다. 중간에 우여곡절도 있었는데…….

"감사합니다!"

무대에 올라와 씩씩하게 인사하는 수아의 모습에 다들 박수를 치며 환호했다.

물론 나도.

덕분에 정말 좋은 추억이 생겼다.

그리고 동시에 색다른 경험까지.

* * *

그렇게 함께 축하해 주며 이어지는 행사들까지 모두 구

경하고서 기분 좋게 돌아오는 길.

'응? 저 사람은?'

눈에 띄는 사람을 발견하자 발걸음이 절로 멈췄다.

그 사람이 맞는 것 같은데 설마 이쪽으로 오는 건가?

긴가민가하네, 잘못 본 걸 수도.

아까 정장을 입은 사람들은 다 뒷정리하고 있었으니…….

"왜요? 아는 사람이라도 있어요?"

"아뇨. 그냥 아는 사람인가 해서 봤습니다."

"아하."

잘못 봤나 보다.

금방 신경을 끄고 한송이와 대화를 이어가자, 이선아에게서 '은근히 아는 사람 많네.'라며 중얼거리는 소리가 들렸다.

아까 하준이네를 만나서 의도치 않게 오해를 산 것 같지만, 굳이 정정할 필요는 없어 보였다.

대신, 시상이 끝나고 쪼르르 달려온 수아를 상대했다.

"아저씨, 어땠어요~?"

"잘하던데?"

"에이, 그게 뭐예요. 좀 더 긴 감상 없어요?"

"음…… 너는 살찐 고양이 같고, 시아는 살 빠진 고양이 같았어."

"아, 뭐야! 치이!"

볼을 뽀로통하게 부풀리는 수아의 모습에선, 아까 무대 위에서 멋지게 춤을 추던 미래의 아이돌은 어디 갔는지

도통 보이지 않았다.

대신 볼 빵빵하게 귀여운 고양이만 있었다.

역시 놀리는 맛이 있는 아이였다.

주변에서도 다들 그 모습에 귀엽다는 듯 웃자 수아는 더 볼을 부풀렸다.

더 놀리면 진짜 삐지겠네.

"그래도 잘하긴 잘하더라."

"푸히히! 당연하죠! 저희가 최고 인기상인데."

살짝 띄워 주니 바로 헤헤 웃는 녀석의 모습에 따라 웃었다.

단순해서 더 좋은 녀석이었다.

옆에 있던 시아는 고개를 절레절레했지만.

이런저런 얘기를 떠드는 사이, 아까 봤던 사람은 금방 잊고 있던 그때!

"저. 실례합니다."

웬 남자가 다가왔다.

정장을 입은 칙칙한 아우라를 풍기던 아까 그 사람이었다.

잘못 본 게 아니었네.

"예, 무슨 일인가요?"

"아, 그게 아까 무대에서 생긴 문제 때문에 사과를 드리러 왔습니다."

"음……."

남자는 수아가 있는 우리에게 곧장 다가와서는 문제가

있었다며 사과부터 했다.

역시 문제가 있었나.

예상은 했다. 그런데 솔직히 굳이 이렇게 사과까지 올 줄은 몰랐다.

이런 행사는 보통 항의해도 이미 지난 것이니 어쩔 수 없다는 입장이 많으니까.

오히려 굳이 가서 따져도 사과 한마디 없는 경우도 많은데, 그걸 이렇게 찾아와서 먼저 사과하다니…….

"그 문제면 이쪽에 말씀하시면 될 것 같네요."

물론 내가 받을 사과는 아니었다.

당사자는 수아와 시아였기에 슬쩍 둘의 뒤로 움직였다. 그리고 아이들만 두면 좀 그러니, 보호자처럼 뒤에 있었다.

인상을 찌푸린 수호도 조금 진정시킬 겸.

내가 옆에 있으니 수호도 화를 내지 않고 일단은 지켜봤다.

그리고 당사자인 수아는…….

"미안하게 됐어요. 저희 측 실수입니다."

"그건 괜찮은데, 혹시 그래서 이 상 준 거예요?"

정중하게 사과하는 남자를 향해 수아는 주눅 든 것 하나 없이 물었다. 그러자 남자는 살짝 당황한 듯하다가 금방 표정을 바꾸더니 답했다.

"그건 아닙니다. 내부 회의 결과와 관중 반응을 살펴서 나온 거죠."

"그럼 됐어요."

"예?"

"어차피 최고 인기상은 저희라는 거잖아요. 히히! 아! 시아야, 넌 어때?"

수아의 물음에 시아는 아무렴 상관없다는 듯 어깨를 으쓱할 뿐이었다.

둘 다 의외로 쿨하네.

아니, 쿨한 것보다 그릇이 크다고 해야 하나?

"양해해 주셔서 감사합니다. 혹시 주소를 알려 주시면 저희가 소정의 보답을 해 드리고 싶은데…… 보호자가 누구실까요?"

남자는 안도의 한숨인지를 내쉬며 보호자를 찾았다.

사과는 당사자에게, 보상은 그래도 보호자에게.

'일 처리가 깔끔한 사람이네.'

그 모습에 나는 물론 수호와 주변 사람들의 표정이 풀렸다.

사과라는 게 별거 아닌 것 같지만 이렇게나 다른 결과를 주는 거였다.

"어, 저 혹시 형님 카페로 받아도 될까요? 저희는 학교에 있을 것 같은데."

"응? 아, 그래도 돼. 우리 카페 주소 알려 줄게."

"감사합니다."

결국 호랑이 쉼터를 알려 주는 걸로 상황은 일단락 했다.

그리고 슬쩍 말해 줬다.

"호랑이 쉼터라고, 카페거든요. 언제 한 번 오세요. 잠깐 쉬었다 가기 좋을 겁니다."

"아, 예. 시간 되면 한번 찾아가 보겠습니다."

올지 안 올지는 솔직히 모르겠다.

그래도 방금 그 사과하는 모습은 정말 마음에 들었다.

그러니 기왕이면 한 번 찾아왔으면 좋겠다.

[안수혁]
*상태
—회사 생활에 대한 짙은 회의감으로 우울, 공황
—스트레스성 위염

……지금의 저 상태를 해결하기 위해서라도 말이다.

제일 처음 카페를 찾았던 외부 손님이자 한송이의 친구 김하나와 비슷한 상태였다.

아니, 어떻게 보면 조금 더 심할지도…….

아무튼 전에 비슷한 것을 한 적이 있으니, 분명 호랑이 쉼터에 오면 도움이 될 수 있을 거다.

물론 아닐 수도 있다.

김하나는 기회가 필요했고, 그 기회를 기다리다가 지친 상태였다. 그러다 호랑이 쉼터에 와서 쉰 덕분에 그 기다림을 더 할 수 있었고 마침내 기회를 얻은 거였다.

그러니까 외부 요인도 마침 잘 맞아떨어졌기에 해결된 케이스.

이번에도 그럴지는 모르는 일이었으니까.

그래도, 반대로 말하자면 그 작은 차이가 많은 것을 바꾼 거기도 했다.

이번에도 혹시 아는가?

잠깐 쉬었다 가는 게 작은 숨구멍이 되어 줄지.

그것만으로도 자신의 상태를 여유롭게 돌아볼 수 있겠지.

손님이 호랑이 쉼터에서 얻어 갈 것은 그것이면 충분했다.

그건 그렇고.

"아저씨! 저 민초프~! 민초프 만들어 주세요!"

"그래."

어쩌다 보니까 무리의 보호자가 되어 이들을 이끌고 돌아가게 됐다.

뭐, 기분 좋은 날이니 이것도 나쁘지 않았다.

뒤풀이를 카페에서 하게 된 셈이지만.

* * *

축제의 여운이 가시기까지는 그리 오랜 시간이 걸리지 않았다.

바로 다음 날 모두 일상으로 돌아갔다.

이제 어느 정도 작업실을 꾸민 한송이는 작업을 시작했고.

이선아는 뭐, 여전히 이장님한테서 열심히 도망치다 걸렸다.

수아와 수호는 학교에 가니 따로 일상을 찾을 것도 없었고.

마을 분들이야 잠깐 있는 익숙한 행사니까 애초에 오래가지도 않았다.

아마 그 여운이 제일 오래간 사람은 그래도 내가 아닐까.

'아우라들이 정말 풍부해졌어.'

그날 이후로 카페의 아우라가 거의 배는 늘었다.

한 사람에게는 적은 양의 아우라였을 지라도 그 수가 많으니 당연했다.

그래서일까?

"하루가 다르게 크네."

텃밭 작물들의 성장 속도도 달라졌다.

조금만 보지 않아도 쑥쑥 자라는 느낌이었다.

"오? 이건 참외인가?"

슬슬 본격적인 여름 작물들도 보였다.

옥수수도 키를 넘게 자랐다.

여름 과일의 제왕, 수박 꽃도 보이고……

그렇게 여기저기 꽃을 피운 덕분에 벌들도 슬슬 활동을 시작했다.

쑥쑥이에게 방충 효과가 붙어 있긴 한데, 벌은 거기에 속하지 않는지 왕왕 날아다녔다.

왜앵~

"어허. 안 돼."

랑이가 그걸 잡겠다고 텃밭을 뛰어다니는 게 문제라면 문제랄까?

자연스럽게 수분을 옮겨 주는 데 방해라니. 안 될 일이었다.

물론 말린다고 될 랑이가 아니긴 했지만.

'토리가 있어서 그래도 괜찮네.'

정확히 토리가 어떤 식으로 텃밭에 도움을 주는 건지는 몰라도, 랑이가 저렇게 방해함에도 텃밭은 잘만 성장했다.

게다가.

"꽃이 펴서 그런가, 향도 달라진 느낌이네."

텃밭에서 상큼한 향이 나는 것 같았다. 아, 이건 꽃 때문이 아니구나.

"이거 라임이랑 레몬 나무가 이렇게나 자랐어?"

전에 종묘사에서 사 온 묘목 중에 있었던 라임과 레몬 나무. 그게 어느새 높게 자란 것이다.

사실 묘목들은 언제 다 자랄지 알 수 없어서 당장 수확은 생각도 안 했는데…….

'상큼한 냄새가 얘들이었구나.'

축제의 여운을 싹 날려 버릴 상큼한 녀석들이 얼굴을 보이고 있었다.

이 정도면 나중에 기대해 볼 만할지도?

"후우, 일단 오늘은 여기까지."

정리를 마치고 잠시 구석에 주저앉았다.

그리고 멍하니 텃밭을 바라봤다.

사실, 그날 수많은 사람에게서 뿜어져 나왔던 폭설 같은 아우라의 풍경이 아직도 자꾸 아른거렸었다.

그건 내게 있어, 그 정도로 충격적인 광경이었으니까.

'그간 카페에서만 되는 줄 알았던 능력이 다르게도 사용할 수 있다는 것을 알려준 거니까.'

장소에, 그리고 나에게만 국한되지 않는다는 것.

그 덕분에 여러 가지를 생각해 볼 수 있었다.

힐링과 휴식의 의미, 그리고 그 방향성까지 말이다.

그 예가, 이번처럼 나 혼자만이 아닌 다른 누군가를 통해서 전달할 수도 있다는 점이었다.

내가 조율로 수아와 시아에게, 수아와 시아가 그곳에 모인 관중들에게 전달했던 것처럼 말이다.

'행복은 번져 나간다는 건가?'

연결된 아우라를 통해서 간접적으로 다른 이들에게도 전하는 방법.

분명 수아나 시아뿐만 아니라 다른 사람들에게도 사용이 가능할 거 같았다.

새로운 관점이었다.

조금만 더 고민하면 다른 방향을 찾을 수 있을지도?

'뭐, 예상과는 달리 그리 많은 사람에게 전달이 안 돼도 상관은 없지.'

적은 사람에게만 전달된다 해도, 이게 가능하다면 지금

보다 더 많은 사람에게 호랑이 쉼터의 효과를 줄 수 있다는 거니까.

그래서 더 축제의 여운과 많은 생각에 잠겨 있었는데…….

그런데 그런 생각을 레몬과 라임 나무가 환기시켜 줬다. 당장 그게 중요한 게 아니라고 말이다.

게다가.

딸랑~딸랑~

마침 당장 중요할 손님도 오셨다.

그것도 조금은 반가운 손님이.

"어서 오세요~"

"아, 예. 안녕하십니까."

"또 뵙네요."

"기왕이면 택배로 부치는 것보다 직접 전달해 드리는 게 좋을 것 같아서요."

축제 때 사과를 전했던 그 남자가 손님으로 왔다. 그것도 마침 적당한 핑계로.

"이건 애들이 학교에서 오면 전달해 드릴게요. 직접 주면 좋을 텐데……."

이제 점심시간이 지난 오후였다.

수호는 당연하고 수아도 집으로 오기에는 조금 이른 시간.

그래도 수아는 이제 일찍 올 테니 조금만 기다리면 직접 만날 수 있을 것이다.

"시간 되시면, 여기서 조금 기다리실래요?"

"음……."

남자는 잠깐 시계를 확인했다.
하지만 난 바로 눈치챘다.
저건 아마 요식 행위일 가능성이 높았다.
잠깐 봤지만 일할 때 아주 깔끔한 스타일인 사람이었다. 분명 계산을 다 해 두고 찾아왔을 터.
내가 그랬기에 잘 안다.
"일단 반차를 쓰고 오긴 해서, 괜찮을 것 같네요."
"반차까지 쓰셨어요?"
"하하. 그게, 개인적으로 오는 거라서요."
"음? 그럼 이것도?"
이런, 그렇다고 반차까지 쓰고 개인 시간에 올 줄이야.
심지어 선물도 법인카드가 아니라 본인이 산 모양이다. 그렇게까지 할 줄은 몰랐는데?
'반차를 쉽게 쓸 사람은 아닌 것 같고.'
역시 저 상태와도 무관하지 않은 선택 같았다.
칙칙해진 아우라.
그때 봤을 때보다도 더 그 색은 짙어진 상태였다. 그사이에 또 무슨 일이 있었던 건지…….
우선 가게에 흐르는 음악에 조율을 담았다.
때마침 나오는 것도 편안한 음악. 우선 상대방의 상태를 확인하는 게 먼저다.
"네, 그럼 일단 거기 앉아 보시겠어요?"
"후우, 네 감사합니다. 그럼 잠깐만……."
다행히 잘 먹혔는지, 그는 편안하게 자리에 앉았다.

그리고는 조금씩 몸을 늘어트렸다. 딱 봐도 평소 피로나 스트레스가 많이 쌓여 보이네.

우선 주문을 준비해 볼까? 그렇게 생각한 순간.

"사실 이제 미련이 좀 떨어져서요. 사람도, 일도."

자리에 앉은 남자 안수혁은 나직하고 담담하게 말했다.

생각보다 더 편하게 속마음을 전하는 그. 그런데 그 말의 의미는 전혀 편한 것이 아니었다.

'이거, 완전 말기네.'

말 그대로 번아웃이 극한에 다다랐을 때나 보일 수 있는 반응이었다.

당장이라도 모든 것을 포기하고 싶은 마음에 사로잡혀 있는 것처럼 보였다.

'그렇다면 내가 할 수 있는 것은 하나지.'

호랑이 쉼터가 할 수 있는, 다른 이들에게 해 줄 수 있는 본 목적 말이다.

이곳을 찾는 이들에게 작은 휴식처가 되는 것.

그것에 충실하기로 마음먹었다.

'회의감이라…… 역시 김하나와는 좀 다르긴 하네.'

[안수혁]
*상태
—회사 생활에 대한 짙은 회의감으로 우울, 공황
—스트레스성 위염

이제는 손님이 된 남자의 상태였다.

얼핏 비슷하다고 생각했는데 아니었다. 김하나는 일 자체의 회의감보다는 지친 상태, 그러니까 조금 휴식이 필요한 상태가 맞았고.

이쪽은 진절머리가 나서 아예 정이 떨어진 상태로 보였다. 이번 일로 반차를 냈다는 것만 봐도 확실했다.

회사원에게 휴가란 그런 거니까. 그런데 그걸 이런 일로 쉽게 사용한다?

이건 빨간 불이 깜빡거리는 거나 다름없었다.

그러니까 정리하자면…….

'나랑 비슷한 상태인데?'

내가 퇴사하기 전이랑 거의 비슷했다. 나도 회사와 그 안의 사람에게 학을 떼고 나오지 않았던가.

"그렇군요."

나 참 이런 일로 공감하는 건 좀 그렇지만, 공감이 안 갈 수가 없네.

안 그래도 도와줄 생각이긴 했지만, 아무래도 이번엔 제대로 된 힐링을 주고 싶어졌다.

물론 그러려면 좀 더 대화가 필요할 테니.

"마실 것 좀 드릴게요. 기다리시는 동안 드시죠."

마침 좋은 게 생각이 났다.

(회사 때려치우고 카페 합니다 4권에서 계속)